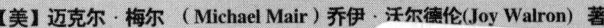

KAITEN

【美】迈克尔·梅尔（Michael Mair）乔伊·沃尔德伦(Joy Walron) 著　周鹰 马智良 译

回天号

重庆出版集团　重庆出版社

All rights reserved including the right of reproduction in whole or in part in any form. This edition published by arrangement with The Berkley Publishing Group, a memker of Penguin Group（USA）LLC, a Penguin Random House Company, arranged through Andrew Numkery Associates International Ltd.

版贸核渝字（2015）第011号

图书在版编目(CIP)数据

回天号／（美）迈克尔·梅尔，（美）乔伊·沃尔德伦著；周鹰，马智良译. —重庆：重庆出版社，2016.9
ISBN 978-7-229-09617-5

Ⅰ.①回… Ⅱ.①迈… ②乔… ③周… ④马… Ⅲ.①纪实小说—美国—现代 Ⅳ.①I712.45

中国版本图书馆CIP数据核字（2015）第055931号

回天号
HUI TIAN HAO

（美）迈克尔·梅尔 乔伊·沃尔德伦 著
周 鹰 马智良 译

责任编辑：马春起
责任校对：郑 葱

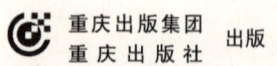

重庆出版集团
重庆出版社 出版

重庆市南岸区南滨路162号1幢 邮编：400061 http://www.cqph.com
重庆出版集团艺术设计有限公司制版
重庆市国丰印务有限责任公司印刷
重庆出版集团图书发行有限公司发行
E-MAIL:fxchu@cqph.com 邮购电话:023-61520646
全国新华书店经销

开本：700mm×1 000mm 1/16 印张：19.25 字数：265千
2016年9月第1版 2016年9月第1次印刷
ISBN 978-7-229-09617-5
定价：48.00元

如有印装质量问题，请向本集团图书发行公司调换：023-61520678

版权所有 侵权必究

谨以此书献给
参与太平洋战争的美国和日本士兵及水手
以及爱他们的人

"英勇是一种天赋。直到真正的考验来临时,拥有它的人才会知道自己是否真正拥有它,在一次考验中拥有它的人从来不能确切地知道下一个考验来临时自己是否还会拥有它。"

——拿破仑·波拿巴（1769—1821），法国军事家和政治家

"英勇？我想这是暂时的精神错乱。你不能梦想'我今天要成为英雄',你想做得最好,因为你不想失去更多的生命。你的战友比你的家人更亲近。"

——丹尼尔·井上（Daniel Inouye，1924—2012），美国已故参议员,来自夏威夷。在1945年4月21日的战斗中,他失去了一只胳膊,但用一枚手榴弹炸掉了一个机枪手的阵地；他获得的军事奖项包括杰出服务十字勋章、铜星勋章和两个紫心勋章。

"武士道是日本武士被要求或者被教导必须遵循的道德准则。它是一种无法用语言表达的、不成文的规则……是从几十年甚至几个世纪军事生涯中自然发展起来的。"

——新渡户稻造（Nitobe Bushidō）《武士道——日本的灵魂》（Bushidō：The Soul of Japan，1899）

1944年5月25日，美国军舰"密西西尼瓦号（AO-59）"停泊在弗吉尼亚州汉普敦水道。

这艘军舰的服役寿命只有短短的六个月零两天，1944年11月20日在西加罗林群岛乌利西环礁湖的美国第三舰队锚地被日本新式秘密武器"回天号"击沉。

美国国家档案馆

美国军舰"锡马龙号（Cimarron，AO-22）"采用"舷侧"加油法给一艘未明身份的美国战舰加油；"锡马龙号"是新式T3快速油轮之一，拥有能够赶上太平洋舰队的航速。注意油轮和战舰之间的"白浪"，因为两艘军舰加油过程中都保持着10节的速度，以防止敌方潜艇的攻击。

美国国家档案馆

1944年7月，中校指挥官利普·G.贝克和"密西西尼瓦号"全体官兵身穿制服在珍珠港拍摄的正式合影。

照片来源：菲利普·G.贝克和史蒂夫·潘奥夫（Steve Panoff）

"密西西尼瓦号（AO-59）"舰长、中校指挥官菲利普·G.贝克

照片来源：菲利普·G.贝克和史蒂夫·潘奥夫

西蒙·"希德"·哈里斯，美国军舰"马西号（Munsee, ATF-107）"二级仓库管理员。哈里斯拍摄了37张美国军舰"密西西尼瓦号（AO-59）"垂死前的照片。由奇普·兰伯特率领的"密西西尼瓦号"探索团队对希德拍摄的照片进行了仔细的分析，从中找到至关重要的线索，并在2001年6月发现沉没已久的"密西号"残骸。

照片来源：希德·哈里斯

弗洛里安·"比尔"·布里奇，二等消防员

照片来来源：弗洛里安·"比尔"·布里奇

约翰·A.梅尔，二等消防员

照片来源：约翰·A.梅尔

雷蒙德·G.福乐曼，二等供水员

照片来源：雷蒙德·福乐曼

罗伯特·伏加莫尔，一等消防员

照片来源：罗伯特·伏加莫尔

"密西号"上,海神(餐厅首席总管弗兰克·卢茨扮演)和他的"皇家法庭"故意折磨这些不幸的菜鸟们,让他们参加古老的"深海兄弟会"活动,否则不能成为受人尊敬的老水手。1944年8月23日,"密西号"穿过赤道。即使在战争期间,也举行这种流传几个世纪的古老海军传统活动。屈辱夹杂着欢乐,这样的经历肯定会给通过仪式的考验,即将成为老水手的菜鸟们留下不可磨灭的记忆。

照片来源:玛格丽特·彭士·霍威尔(Margaret Pence Howell)

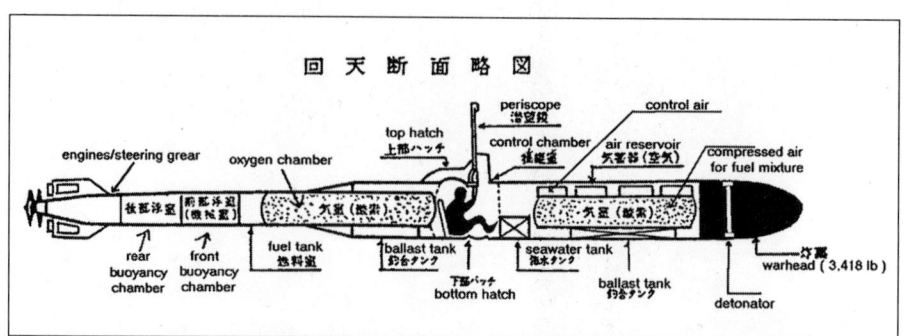

Ⅰ型"回天"图纸，1946年4月由美国海军反日本技术部门绘制，体现出了情报分析专家分析的人操鱼雷的主要部件。

美国国家档案馆000245美国海军反日本技术部门-1946年4月-二战海军技术情报部-O-01-123-日本T~1

两艘固定在IJN I-级潜艇甲板前部的V型垫座上的"回天"。两条固定载人鱼雷的链子将从潜艇内部松开。另外两艘"回天"以相同方式固定在甲板尾部。

照片来源：日本回天纪念博物馆

当拖船"马努斯号（ATF-107）"全速驶向西南，向被攻击的"密西西尼瓦号"靠近的时候，滚滚黑色油烟柱直冲天空。

照片来源：希德·哈里斯

由乔·罗森塔尔拍摄的美联社传真照片，显示出1944年11月20日着火的美国军舰"密西西尼瓦号"。罗森塔尔后来拍摄了硫磺岛战役中美国海军在折钵山顶升旗的著名照片。

美国国家档案馆

当哈里斯站在拖船"马西号（ATF-107）"舰桥高处拍摄这张照片的时候，成吨的海水被浇在"密西西尼瓦号"货物甲板上的55加仑润滑油桶上。"密西西尼瓦号"的桅杆被正在下沉的油轮上的浓密黑烟笼罩着，无法看见。润滑油桶着火了，像罗马烛台般从货物甲板腾空而起。当润滑油桶在他们中间溅起水花的时候，幸存者们满心惊恐，生怕他们的生命也会像主供水员詹姆斯·"斯密提"·史密斯那样被油桶夺走。

照片来源：希德·哈里斯

08：25 "密西西尼瓦号"向左舷倾斜，滑出视野。当"密西西尼瓦号"开始向左舷翻转并倾覆的时候，希德·哈里斯正在往他的35mm相机里装胶卷。哈里斯急忙转身，按下快门，没有通过取景器进行观察。结果证明，这张照片记录下了当天发生的事件中最引人注目的瞬间。

照片来源：希德·哈里斯

出击仪式:1945年7月18日,少尉水井(Mizui)和他的"回天"团队在执行"多闻"任务前接受短剑。

照片来源:日本回天纪念博物馆

从普拉格岛南部暗礁上收回的I型"回天"在乌利西的一架起重机下摇晃着。3 418磅的弹头和乘员舱不见了。"回天"的共同发明人、上尉仁科关夫曾经希望这种秘密武器永远不会被美国军队知道。1944年11月20日"密西西尼瓦号"沉没后,这个已被毁掉大部分的武器的残骸被发现了,日本的"撼天者"首次被披露。直到占领日本后,美国海军才发现这极具破坏力量的"回天"的本来面目。

美国国家档案馆

奇普·兰博特（Chip Lamber）和妻子帕姆（Pam）以及帕特·斯卡侬（Pat Scannon），摄于2001年4月6日第一次下潜到"密西西尼瓦号"之后。

照片来源：奇普·兰博特

仁科的"回天号"击中"密西西尼瓦号"油轮右舷之后，右舷3号副油箱的隔板散落在乌利西海底的泥沙之中。3 418磅弹头爆炸的力量与3号中心油箱里满满的100号航空汽油挥发物的爆炸力结合起来，使油轮的主甲板和龙骨断裂开来；根据奇普·兰博特的说法，照片中心左侧部位的残骸不是"密西西尼瓦号"的。圆形的金属壳和看似螺旋桨的笼形护罩表明它应该是"回天"舰尾推进系统的残余部分。2013年潜水队下潜期间没有从舰首右舷找到能够证明"回天号"击中油轮的准确位置的残骸证据，可能是乌利西环礁湖海底的流沙影响的结果。

照片来源：奇普·兰博特

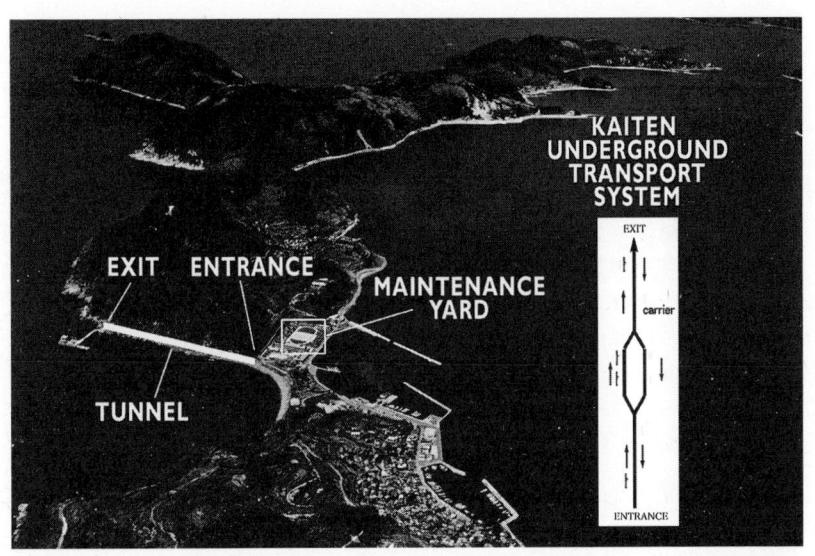

"回天"在维修厂被装上一艘搬运器,然后通过一个隧道系统由铁路运输至码头进行水上训练;隧道掩盖下的铁路系统躲过了美国侦察机的侦察。

照片来源:小野正实

一艘I型"回天"被降到德山湾进行水上训练。

照片来源:
日本回天纪念博物馆

"回天"共同发明人中尉仁科关夫(左)和黑木博司。

照片来源:
日本回天纪念博物馆

I-47潜艇上士冈由纪夫用素描软铅笔为"回天号"乘员描绘了一幅美国航母被"回天"击中后一分为二的草图。前往乌利西环礁湖执行菊水任务的头晚,四名"回天号"乘员在I-47潜艇草图上签名。仁科写下的意思是"瞬间沉没"。

照片来源:日本回天纪念博物馆

(从左至右)"回天号"乘员少尉佐藤章、中尉仁科关夫、中尉福田齐、少尉渡边幸三即将登上I-47被送往乌利西的发射点。

照片来源:日本回天纪念博物馆

（从左至右）"回天号"乘员少尉今西太一、中尉丰住和寿、中尉吉本健太郎和少尉工藤义彦即将登上I-36被送往乌利西的发射点。

照片来源：日本回天纪念博物馆

1944年11月9日，当I-47潜艇携带四艘被绑在甲板上的"回天号"离开"吴"军港的时候，"回天号"乘员和潜艇船员以传统的告别方式挥舞帽子。注意I-47舰桥上画着菊水波纹。

照片来源：日本回天纪念博物馆

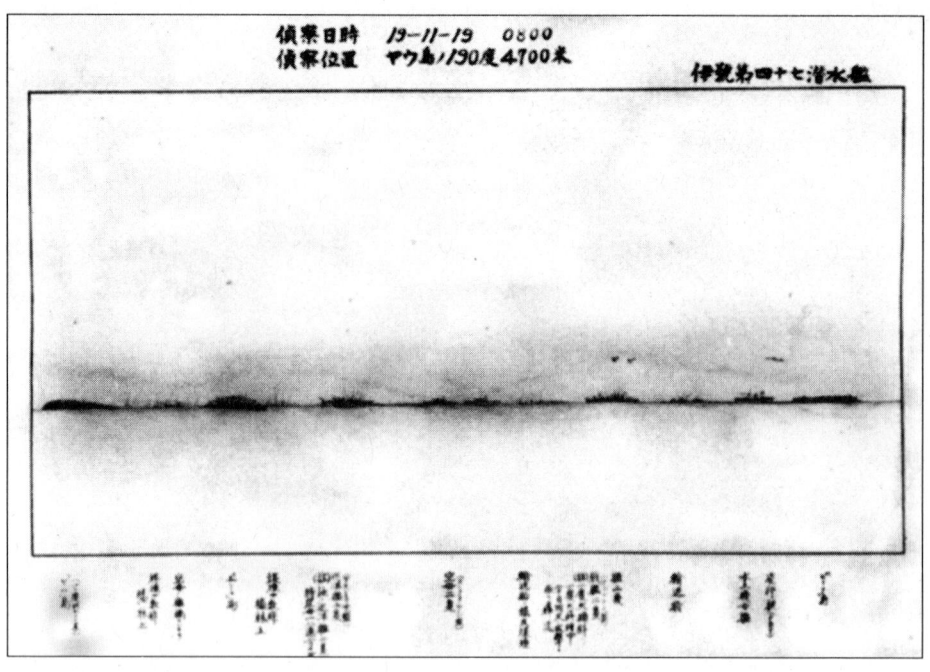

日本潜艇舰队没有配备潜望镜照相机，所以这张1944年11月19日绘制的I-47对乌利西环礁湖的侦察草图具有历史意义，弥足珍贵。

照片来源：日本回天纪念博物馆

中尉小滩利春（1945）。1962年，小滩利春创立回天协会。利春成立这个组织的目的是为"回天号"乘员建立"自助会"，因为这些乘员以惊人的速度接受训练之后便前去执行没有退路的"死亡任务"了。多年以来，回天协会已渐渐演变成为纪念和团聚协会。

照片来源：日本回天纪念博物馆和小滩利春

少尉今西太一参加海军前是庆应义塾大学经济学学生。图中文字是他的手迹。今西是唯一从I-36潜艇上成功发射的"回天号"乘员。今西潜入马斯岛西部的反潜艇网络后触发了美军在乌利西环礁湖的反潜装置。11月23日,攻击发生几天后,他的遗体在第三舰队航母、战列舰和巡洋舰的锚地被发现。

照片来源:日本回天纪念博物馆

2013年7月,作者迈克·梅尔戴着水肺在"密西西尼瓦号(AO-59)"的残骸所在处第六次潜水。梅尔和右舷甲板上的3.5英寸火炮合影。火炮已被硬硬的珊瑚覆盖,只露出炮管。注意圆形的炮管。深度大约125英尺。

照片来源:马克·汉纳(Mark Hanna)

1999年，美军军舰"密西西尼瓦号（AO-59）"船员在得克萨斯州科珀斯县克里斯蒂市（Corpus Christi, Texas）重聚。（从左至右）约翰·巴雅克、埃德·金斯勒、拉里·格拉泽、弗雷德·斯卡福斯、安德鲁·约翰逊、温斯顿·惠顿、哈罗德·里奇、比尔·吉莫森、艾尔·贝尔、约翰·梅尔、约翰·迪安、费尔南多·奎瓦斯、詹姆斯·刘易斯。（后排，从左到右）罗伯特·琼斯、厄尔·吉文斯、雷·福乐曼、厄尔·范·奥登、吉姆·坎宁汉姆、格斯·李维克斯、詹姆斯"J·P"哈蒙德、弗雷德·开普林格。

照片来源：迈克·梅尔

马歇尔·多克，美军军舰"阿拉帕霍号（ATF-68）"总药剂师助手。多克先生被派去清理可能会对穆加航行造成危害的漂浮物。"阿拉帕霍号"放下一艘小船到水面后，水手们开始用来福枪击沉漂浮的残渣碎片等。在离"密西西尼瓦号"沉没地100码远的地方，有一个物体在晃动。随后，多克从乌利西的油腻海水中拉出"回天"共同发明人、上尉仁科严重毁坏的尸体。

照片来源：马歇尔·多克

目录
CONTENTS

前言 / 1

时间表 / 1

序言 / 1

第一章　撼天者 / 1

第二章　朝阳初起 / 9

第三章　中途岛 / 17

第四章　"巨轮密西" / 25

第五章　六个金属环 / 39

第六章　海王星的"深海兄弟会" / 53

第七章　自杀潜艇 / 71

第八章　战地之星 / 83

第九章　神风特攻队 / 99

第十章　轮船杀手、飞机杀手 / 109

第十一章　水上之花 / 119

第十二章　最后使命 / 127

第十三章　菊水作战 / 135

第十四章　乌利西死难 / 149

第十五章　逃难 / 163

第十六章　救援 / 189

第十七章　死亡阴影 / 205

第十八章　任务失败 / 217

第十九章　1944 年 12 月 / 239
第二十章　暮日西沉 / 255

尾声 / 263
后记 / 268
致谢 / 270

前　言

　　1944年（二战结束的前一年），美国军舰"密西西尼瓦号"发生爆炸，在太平洋西部沉没。若干年后，幸存者约翰·梅尔仍然沉浸在对同船水手的深切悼念和那天所有的人经历的痛苦的悲痛回忆之中。他不仅非常想讲述出"密西号"的故事，还觉得应该让全世界了解这个日本创造并在乌利西环岛使用，炸沉军舰的神秘陌生武器。若干年后的2005年，约翰·梅尔在弥留之际让儿子迈克承诺写出"密西号"的故事。

　　迈克是竞争度极高的视听设备和系统领域商人。他从繁忙的生活中抽出几百个小时调查"密西号"以及炸沉它的被称为"回天号"的自杀式潜艇的故事，疏于照顾妻子和孩子们。他阅读了几千页的书籍、文章和海军行动报告，请教了日本历史学家和曾在"回天号"上服役的潜艇人员，并且采访了数十位依然健在的油轮工作人员，有时还采访他们的儿子、妻子或者其他亲属。在他开始研究回天计划，特别是1944年11月20日前往乌利西执行杀戮的菊水任务时，他震惊地认识到，作战双方持有的理想和目标常常是相同的，也许最大的共同点是拯救自己的国家和他们自己的生活方式。他们选择实现目标的手段或许不同，至少对于那些拿起枪作战或者随着潜艇深潜的独立个人来说是这样的，但他们对未来的希望却是相同的。政府开战是另外一回事。

　　当迈克尔·梅尔开始拼凑他收集到的海量数据的时候，他认识到，他要讲述的是一个大故事，甚至比他父亲所在军舰的故事大得多。从这个故事里，人们将会看到，一个像日本这样的国家是如何将自杀可以成为一场原本注定失败的战争的转折点这种信念灌输给他们的士兵的，一群人对死亡的选择是如何让众多美国人跟着丧生的。

回天号

当乔伊·沃尔德伦和梅尔合作酝酿撰写本书的时候,她带来了三十年新闻工作者的经验和水下考古的专业知识。正是因为有了这些经验和专业知识,她撰写了一本关于二战的书籍——《美国军舰亚利桑那号:军舰、男人、珍珠港袭击和唤醒美国的符号》。她作为新闻工作者的广泛经验和采访技巧与梅尔数年的研究互相结合。两个人发现了以前未公布的文件,采访了一些以前从未讲述过他们的战争经历的人员,他们最终还找出并采访了那个药剂师的助手。多年前,这个助手在乌利西环礁湖水域有过非常重要的发现。本书揭密了这个发现,并解决了一个长期悬而未解的问题。

这是一个讲述命运如何让那些人走到一起的故事,一个以太平洋战争为背景的很人性化的故事。

时间表

1941年

12月7日　珍珠港被袭击，美国正式卷入二战

1942年

6月4—6日　中途岛战役：盟军胜利，日本损失四艘航空母舰

1943年

3月3日　潜艇员黑木博司提呈海军上将山本五十六研发"回天号"自杀式潜艇的提议

4月19日　山本在所罗门群岛伏击中死亡

1944年

2月26日　"吴"军港海军"回天号"项目试验研发团队建立

5月18日　美国舰队油轮"密西西尼瓦号"（"密西号"）调试

6月6日　诺曼底"D"日登陆

6月19—20日　菲律宾海战，也被称为"马里亚纳射火鸡大赛"，迫使日本改变战略

7月25日　两个"回天号"雏形交付黑木和仁科进行海上测试

8月1日　日本海军要求在三十天内完成100艘"回天号"制造

8月23日　"密西号"穿越赤道到达金钟群岛

8月26日　"密西号"到达金钟群岛马努斯港口

8月31日　准备为舰队加油：因为支持9月8日进攻小笠原群岛、火山岛和雅浦岛，"密西西尼瓦号"首次获得"战地之星"

回天号

9月6日　回天项目的发起人黑木博司在"吴"军港（Kure）的训练事故中死亡

9月6日　盟军攻克并占领帕劳群岛南部，包括10月14日的贝里琉岛战役，"密西号"为此第二次获得"战地之星"

9月9日　空袭菲律宾群岛："密西号"第三次获得"战地之星"

9月20日　美国占领乌利西（加罗林群岛）并在此建立前进基地

10月10—11日　因为支持台湾岛和冲绳岛进攻，"密西号"获得第四枚"战地之星"

10月20日　完全丢失台湾岛后，日本第一航空队组建特攻队神风敢死队——自杀式飞行队

10月21日　"密西西尼瓦号"第一次进驻乌利西环礁湖

10月25日　莱特湾战役：神风敢死队飞机第一次有组织的袭击

11月2日　"密西号"最后一次冲击：为进攻吕宋岛而进行海上加油

11月9日　菊水团从日本出发；潜艇母舰I-36，I-37和I-47从"吴"军港出发，每艘携带四艘"回天号"；I-73开往帕劳执行牵制任务；I-36和I-47冲向乌利西

11月15日　"密西号"最后一次返回乌利西

11月19日　美国军舰"康克林号"在帕劳克所罗湾击沉日本潜艇I-37，潜艇人员全部阵亡

11月20日　攻击乌利西并击沉"密西西尼瓦号"，损失63名军官和船员。仁科关夫死亡

1945年

1月23日　"回天号"从母舰I-48出发攻击乌利西，乘员吉本健太郎死亡

5月8日　VE日（欧洲胜利）：欧洲战争宣布结束，太平洋战争继续

7月24日　美国军舰"昂德希尔号"撞击一艘"回天号"，带来灾难性后果

8月6日和9日　美国在广岛和长崎投放原子弹

8月14日　VJ日（日本战败）：日本投降

8月15日　日本帝国海军第六舰队下令烧毁所有文件

9月2日　东京湾，在"密苏里号"上签署和平协议

2001年

4月6日　密克罗尼西亚联邦的奇普·兰博特带领的潜水队在乌利西发现"密西西尼瓦号"沉没地

2013年

7月　返回乌利西，对"密西西尼瓦号"进行潜水研究

序 言

1944年11月20日

太平洋加罗林群岛乌利西港

在西太平洋，几乎远到西菲律宾附近，有一个由珊瑚岛组成的加罗林群岛（Carolines），犹如一串珍珠静静地镶嵌在大洋里。这是美军在1944年9月，也就是太平洋战争的第三年最新占领的地点，被建立成美国海军的前进基地。这个由珊瑚小岛环抱的蔚蓝环礁湖被称为乌利西（Ulithi），是世界上最大的锚地之一。环礁湖里的独木舟和小渔船已经消失不见，由军舰完全取代，舰上伸出的长枪和瞭望台似乎划破了天空。

几个小时前，一艘甲板上携带着四艘小型鱼雷艇的母舰I-47已经到达乌利西外的公海处。这四艘鱼雷艇被称为"回天号（Kaiten）"或者"撼天者"。操作它们的四位航行员离开I-47内部，爬进在黎明前的黑暗中静静等待的鱼雷艇。每个人都知道，这是他们的最后一次航程。这个犹如蚕茧般、只有一个小帆布座位的钢铁体将很快成为他们的永久归宿地。

在郁郁葱葱的弧形热带港口南端，美国军舰"密西西尼瓦号（Mississinewa）"，一艘快速海军补给船，抛锚停泊在波光粼粼的水中，数百艘美国第三舰队的军舰停泊在它四周；威风凛凛的美国军舰上布满长枪大炮，遍布整个深水区，补给舰通过密密麻麻的管道向它们传输燃料、食物和邮件。这是一个宁静的清晨，是过去几个星期的菲律宾大屠杀以来难得的喘息机会。

随着战争在1944年底达到高潮，美国舰队的军官和船员都陶醉在近期在莱特湾（Leyte Gulf）、台湾（Taiwan）和冲绳岛（Okinawa）取得的胜利喜悦之中。他们已经重创日本空军战斗力，每个人都感觉时局已经转向有利于盟军的方向，

回天号

尽管有疯狂的神风敢死队的威胁,但胜利似乎唾手可得;即使在欧洲战场,纳粹的控制力也已开始瓦解。就在十一月下旬这特殊的一天,尽管重炮还在轰炸德国乡村,希特勒却终于离开了狼巢(Wolf's Lair)——从战争开始他就一直占据的总部。他被迫前往柏林,在那里迎来自己最后的命运。

在宁静的环礁湖停泊的这几天,可能很容易让美国水兵忘却战争;在这些布满环礁的小岛上,清香娇嫩的缅栀花瓣在黎明的温暖气息中颤抖着,环礁湖的湖水轻轻冲刷着布满铅画的船体,波光水影与迷彩设计使船体很难从海上被发现。从一个甲板到另一个甲板上,值班水兵只听到海风吹拂着岸边数百棵棕榈树发出的沙沙声,听过长久的炮击轰鸣声后,这声音听上去是那么悦耳。玳瑁龟在沙滩上搜索着晚餐,椰子蟹在礁石缝隙中快速爬动。对于这些远离家乡的水兵,加罗林群岛这些未受污染的岛屿恍若一个梦幻般的歇息地。

但战争仍在按它的轨迹运行,每天依然需要紧锣密鼓地为筹备中的战斗进行准备,就在今天早上,敌人已经到达乌利西,清澈的水下隐藏着难以想象的恐怖。

偷偷潜入港口的是五艘最新研发的"回天号"中的一艘,一个微小的载人潜水器,携带着一枚鱼雷,刚刚从它的母潜艇出发。当这名日本自杀潜艇乘员驾驶那48英尺长的船只转动着下沉,像一只长雪茄在水中旋转时,他竭力让自己神情专注。他感觉双手像在方向盘上滑动着,他在银色海水中向前推进,在数百艘敌舰中择路而行。靠近港口时,这艘船很难操纵,他额头上的武士巾早已汗湿;从母潜水艇I-47上被发射出来时,他被规定了固定的航行路线,他渐渐靠近巨大的军舰停泊区域,搜索一个目标。每一刻都是危险的,他冒着随时被周围的美国海军探测到的危险。

他想到了自己的生活,思考着自己的死亡;他想到了那些将在他的成功的激励下追随他的人,他思念他远离的岛国的家人;他考虑得最多的,是天皇和拯救国家的使命……短短几秒内,所有这些零散画面从他脑海中迅速闪过。然后,在使命的驱使下,他保持舰艇不偏离航线,并将潜望镜露出水面,搜索目标船。

序 言

就在那时，"噶什号（Cache）"油轮甲板上的警报官注意到，在距离他的船400码以外的水中有一个漩涡。他还观察到一串泡沫的踪迹，看到一个潜望镜在波浪中移动并消失。他立即报告了这个情况。

就在这同一时刻，在附近的"拉克万纳号（Lackawanna）"上，船头瞭望员跳了起来，因为他看见潜望镜微弱的影子消失在一片泡沫中。当时刚好05:30过一点。

"潜望镜。"这名水兵大喊着冲向值班室，打电话向"拉克万纳号"舰桥甲板上的长官汇报。每个人都知道这意味着什么：敌方潜艇正潜伏在水下，也许不止一艘。汇报完隐藏的威胁之后，值日官返回舰桥，他看见了潜望镜的羽状影子，它正慢慢经过自己的船头，向着停泊在800码以外的"密西西尼瓦号"移动。

"噶什号"的无线电警报响起，消息被传播到各艘船。舰长可以想象到，此刻，在通道出入口以外，驱逐舰正像疯狂的黄蜂一样，在水面盘旋着搜寻入侵者。他觉察到一种深深的不祥和恐惧感。

在潜望镜十字线上的，是一艘以印第安纳州的一条河命名的军舰"密西西尼瓦号"。油轮刚刚在锚链所及的范围内转了一圈，它的右舷部分此刻正好朝着那一片泡沫的来向。油轮上装满了执行下一次的任务所需的燃油，船上的中心油箱里装有404 000加仑100号航空燃油，舰桥后部油箱里装着90 000桶海军特种燃油。它是一场灾难的受害者，也是一堆等待火星的干柴。

在水下，潜艇乘员知道自己生命的最后时刻已经到来，这艘船的终结意味着他生命的结束，他甘愿为自己的国家献出生命，他的一生就为了这一刻、这一天、这一使命。他的金属棺材里的螺旋桨在震颤，发出嗡嗡的声响，他的紧张感逐渐减弱，他做出的"正确"决定令他平静下来，让他在这最后一刻保持着镇定。

在美国第三舰队的军舰上，官员和船员们虽然恐惧潜艇的入侵，但通道出入口的防潜艇网络肯定能阻止潜艇，不让它们进入。美国人从来不曾想象到，这绝密的自杀性武器会出现在他们所在港口下面的水域中，一艘足够小的潜艇能从远

回天号

离主航道的侧方通道渗入到港口；他们也不可能想象到，几个星期后，纽约、旧金山和波士顿的报纸会以头条新闻报道说，残酷的命运已经降临到远在这个叫乌利西的偏远地方的他们头上。

潜望镜消失了，潜艇在一群橙色斑纹的鱼中迂回前进，以35迈的时速冲向巨大的船体。水下剧目开始上演，潜艇乘员冲向自己的生命尽头。潜艇在蓝绿的海水中飞速向前，乘员希望他的致命武器能撞上油轮的右舷船体。

突然，一连串震耳欲聋的深水炸弹爆炸声穿透他的船体，猛烈地摇晃着他，几乎要将他的船从他手中夺走。很明显，敌人已经发现了特攻队的存在：菊水——神圣的自杀任务——此刻必须完成。他坚定地去迎接崇高的死亡。

第一章
撼天者

最凶猛的毒蛇也可能被一群蚂蚁征服。

——海军上将山本五十六

日本帝国海军总司令（1940）

第一章　撼天者

1943年3月5日
东京

　　日本帝国海军联合舰队总司令拆开一封信，六张信纸撒了出来，显露出用人血写出的874个纤细文字。读信的人是海军上将山本五十六——偷袭珍珠港的出色构思者和执行者，发现自己的牙关咬紧了。他正在读的是一份最不寻常的请愿书。

　　这样的要求是他在这场战争中从未见过的，不要求补给或燃料，不是军官之间的内讧，也不是对战术的抗议。相反，这是一个慷慨激昂的呼吁，恳求去面临最大的危险，因此用鲜血写就，以显示请愿者最深的诚意。请愿者恳求允许开发载人鱼雷，对敌方船只发起自杀式袭击。

　　请愿来自少尉黑木博司（Hiroshi Kuroki），一个才华横溢的年轻潜艇员，帝国海军一颗冉冉升起的新星。他承认他的想法很激进，但他辩称这将意味着牺牲一条生命便可击沉一艘敌艇。这种战略可以扭转战争局势：牺牲一百个人，摧毁一百艘美国主力军舰。

　　受到百年智慧的驱动，黑木相信，火热的工作热诚和古老的武士道唤起的牺牲精神——强调忠诚和服从，视荣誉重于生命——可能挫败美国军队的巨大威力。自杀理念作为军事职责的一部分，已经深深嵌入日本文化几千年。战士光荣的死体现出武士道的侠义精神，在日本备受尊重，其核心原则包括诚实、忠诚和死的光荣。

　　海军上将的思绪转回到1941年底的珍珠港袭击，以及部署在那里准备轰炸美

回天号

国船只的五艘小型潜艇。他曾想到过那次使命是自杀性的,但它取得了不错的战绩,尽管10名乘员中有9名殉职。就在偷袭夏威夷之前,为这10名(每艘小型潜水艇两名)即将去珍珠港碰运气的乘员拍了一张照片。在日本,九名死亡乘员受到的称赞,比向海港投掷炸弹的日本飞行员更多;"九英雄"的死亡和随后对他们的神化,强化了潜艇就是自杀武器的概念,激励其他年轻人以他们为榜样。

在履行军事职责的过程中自杀是非常光荣的历程,相比之下,未完成使命是无法忍受的耻辱。从珍珠港返回的第十名乘员一直没有获得任何荣耀,因为他被海浪冲上海滩后就被抓获了。他被唾骂成卖国贼,他的形象被从进攻前拍下的原始照片中涂抹掉,只留下其余九位英雄。

山本五十六重读请愿书。正如请愿者强烈声明的那样,自杀潜艇的概念在这里已经发生了新的转折。在死亡来临时接受死亡与故意自杀不是一回事,尽管在战斗中阵亡始终是崇高的结局,但它并不总是必要的。这是那些小型潜艇与即将被称为"回天号"的自杀式潜艇之间的本质区别。不同的是乘员的命运。小型潜艇是设计用来释放鱼雷的,但乘员绝对可以逃命,而且仍能履行自己的使命,遭到袭击后,潜艇也不会自动毁灭;但"回天号"潜艇却意味着乘员必死无疑。他必须瞄准一艘敌方目标船,驾驶潜艇冲向灾难性的结局。

历史上没有任何记载表明山本五十六是否接受了黑木的殷切请愿。仅仅一个月后,美国飞行员在所罗门群岛(Solomon Islands)偷袭他的飞机,这位备受尊敬的将领丧命。

但是,黑木依然在推行他的行动。尽管痛失山本和他希望得到的支持,他继续鼓动其他帝国海军的决策者研发自杀式潜艇,将它作为攻击性武器。

另外一名潜艇员,海军少尉仁科关夫(Sekio Nishina)加入他的请愿,共同呼吁生产自杀式鱼雷。他们共同的热忱部分源于中途岛(Midway)战役的失败。在那场战役中,四艘日本航母被摧毁,太平洋战争的天平向盟军方面倾斜。1942年6月的中途岛战役是日本空军和海军的惨败,一个可怕的教训,预示着常规战术也许不可能赢得这场战争。没有人比黑木和仁科更严肃地从这场战役中吸取了

第一章　撼天者

教训。

当得知短短几个小时之内四艘航母沉到海底的惊人消息时，日本帝国海军已经感到震惊和羞愧，这是他们舰队的奇耻大辱。山本五十六当时在远程位置监控这场争夺战，黑木和仁科在附近的小船上。这两位资深潜艇员一直没从这个震惊中缓过神来，而且渐渐认识到，如果日本想要赢得这场战争，必须采用截然不同的战略。在悔恨懊恼的驱使下，他们开始寻找一种新的武器，一种能够提供足够的速度、杀伤范围和爆炸力，能够摧毁战列舰或航母的武器。

黑木和仁科从心底里渴望扭转太平洋战争的局势，并且取得胜利，或者最起码为和谈取得一个比较有优势的地位。1943年12月28日，他们俩到东京，向海军部长和他的参谋人员提议研发回天潜艇和自杀战术。两位年轻军官泰然自若、口齿伶俐、充满激情地陈述了自己的想法，充分展现了他们誓死也要完成神圣使命的奉献精神。

黑木首先向帝国海军的长官们阐明了严酷的局势：

如果袖手旁观，这个国家必然灭亡。我们必须立即采取一些决定性的手段，否则我们只有永远遗憾。虽然我们只是普通战士，但我们应该献身于自己的使命……虽然我们已经决定牺牲生命，但我们要以最有效的方式完成任务。这个武器就是实现我们目标的武器。

日本海军部人员都知道，他们在太平洋正面临着越来越严重的损失，也认识到末日即将来临。但是，在战争的这个节点上使用这样的疯狂措施有必要吗？当然，"神风敢死队（kamikaze）"的问题已经被探讨过，对盟军舰队的几次袭击也可以称得上自杀式攻击。但至今为止，没有使用过任何有组织地要求年轻人去赴死、耗损帝国海军力量资源的方式。海军专家倾听他们的陈述时，纷纷点头称是，积极回应他们的战斗热忱。但他们依然踌躇不前，这表明他们只是在理论上接受这个概念，却并不打算在战争的这个节点上采取这样决绝的措施。

即便如此，黑木和仁科设想的秘密武器还是顺理成章地进入战争资源的范围。在二战之前和战争期间，武器技术得以迅速发展，许多同盟国和轴心国派出科学家开发有创新性和竞争力的武器。有足够的理由认为特殊攻击潜艇可能是战争胜负的关键点。

在珍珠港摧毁美军战列舰的武器之一是一种长矛鱼雷：装有木鳍片的鱼雷。它能够使深水鱼雷在浅海运行和前进。它可能是当时世界上最好的鱼雷，当然优于美国鱼雷。在1942年的瓜达尔卡纳尔岛（Guadalcanal）战斗中，长矛鱼雷也取得了巨大的成功，但随着战争的推移，它慢慢变得过时，到1943年底和1944年初，长矛鱼雷已经没有任何用处，因为主要海战的范围已经扩大至两百英里及以上，远远超出了鱼雷打击水面舰艇的优势范围，已经是飞机战了。太平洋已经成为空中战场，最好的对敌武器是航母。

其他的特种潜水器已被开发并用于战争。第一次世界大战中，意大利海军已通过大胆利用小型鱼雷艇和其他特殊攻击武器发起攻击而脱颖而出。第二次世界大战的最初几个月里，载人鱼雷的概念就驱使意大利工程师研发出了一种武器。由于它不寻常的形状，它被称为"Maiale"，意为"猪船"。

在开始的时候，合作工程师上校拉菲尔·雷塞提（Raffaele Rissetti）和中尉拉菲尔·保罗奇（Raffaele Paolucci）独立研发猪船。他们的设计基于用40马力的发动机通过压缩空气驱动27英尺长的德国鱼雷。两名士兵将骑跨在这个武器上。他们的头部暴露于水面上，身体的其他部分完全淹没在水下。猪船上有两个弓形金属罐，每个装有375磅炸药。金属罐可以被挪动，并通过磁性"帽贝"贴附在敌方船体上，通过时间引信定时，可以在其后的五个小时内的任何时候爆炸。但是，驾驶猪船的水下航程并非自杀式任务。如果船员觉察到自己被敌方探测到，他们会返回到安全的区域。

"猪船"的研发是意大利独裁者贝尼托·墨索里尼在1935年推动的，原始设计经过了少尉泰索·泰希（Teseo Tesei）和爱雷斯·托奇（Elios Toschi）的细化。和早期的设计相比，他们提交的载人鱼雷有了显著的改进，最明显的是提高了鱼雷的潜行距离。1936年1月，第一潜艇舰队秘密试验了发明者研制出的两个模型，结果是成功的。

1940年初，在一个夜晚进行的模拟进攻中，三艘载人鱼雷从意大利潜艇基地斯佩齐亚湾（Gulf of Spezia）出发，一个载人鱼雷成功地穿过港口，将一个炸弹模型依附到目标舰上，还测试了通过短波无线电导引载人鱼雷返回母船。但是最后没有在猪船上安装这个设备，主要原因是鱼雷操纵员感觉任何返回式设备都会影响男人不惜一切代价取得胜利的决心。

猪船操纵员跨骑在船体上，脚踩金属镫。位于前方的操纵员凭借胸部一个高度弯曲的金属网受到保护。金属网上面装配着磁性罗盘、深度计、水平仪和其他仪器，用于监测电子发动机。他通过一个类似飞机方向盘的装置控制着鱼雷的舵，平衡杠杆能够使海水进出压水舱，副驾驶坐在操纵员后面。他们的背后是一个金属储存柜，里面装有呼吸装置和工具，两名操纵员有6小时的氧气供给量，他们都穿着橡胶防护服。

猪船长22英尺、直径1.8英尺、载重1.5吨，通过一台电子发动机提供动力，最大时速4.5节，航程17英里。这头"猪"可以下潜到100英尺的安全深度，而且带有一个485磅可拆卸的弓型弹头。在1939年到1943年间，共研制了8艘猪船。但是，在1941年底这个中期阶段，它们只取得了有限的成功。意大利的崩溃终止了对这种武器的进一步研发。

1940年底和1941年，英国皇家海军在西班牙、直布罗陀和亚历山大港复苏了意大利猪船。由于俘获了完整的猪船，英国海军依样仿制出一艘载人鱼雷，命名为战车"chariot"。英国的战车类似于意大利的猪船，长25英尺、直径21英尺、载重1.5吨，加长的三英尺是为了负载700磅的弹头，先进于意大利的电子发动机提供了最大4节的时速和21英里的航程，但它的安全下潜深度仅为35英尺。不过，战车驾驶员训练和操作时一般都超过了这个限度。英国战车驾驶员的橡胶服更耐久，但比意大利的装备笨重，因为英国希望在更北方的寒冷水域中使用战车。

回天号

1942年10月下旬，英国这种新型武器的部署宣告结束，因为悬吊在秘密抵抗组织所属的挪威渔船"亚瑟号（Arthur）"下的两艘战车从吊索上脱落，在特隆赫姆峡湾（Trondheim Fjord）沉没，距离德国"提尔皮茨（Tirpitz）"战列舰仅9英里。"亚瑟号"被击沉，战车驾驶员A.B.艾文斯（A.B.Evans）被抓获，德国行刑队奉希特勒1942年10月8日发布的臭名昭著的反突击命令将其杀害。

这些武器的设计有一个共同的主题：大胆、死亡甚于自杀贯穿其中。尽管只取得了有限的成功，但意大利猪船项目的核心哲学理念是高尚勇士对死亡的追求，而且意大利领导人也相信，乘员的信念和研发技术同样重要。意大利皇家海军的泰希说："真正重要的是有人勇于赴死，以此激励和强化后代。"

两年后，在东京，黑木和仁科在帝国海军官员面前使用了相同的说法："勇于赴死"。他们设想的船是一艘小型潜艇，携带威力巨大的弹头，由严格训练的勇士驾驶，准备做出最大牺牲，炸毁敌方的主力舰。经过研究英国战车和意大利猪船，他们俩相信，自杀信念将会保证这种载人鱼雷获得成功。他们的鱼雷将以自杀为本，这是完成任务的根本保证。为了证明这一点，他们坚决反对日本海军人员为潜艇设计逃生舱。

这种可以从舰队潜艇上下水的小潜艇将被称为"回天"，它的日语字面意思是"撼天者"或者"改变世界者"。对黑木和仁科来说，"回天"意味着它能够改变战争的走向，保证日本在太平洋的统治地位。为了获得胜利，用一个日本人的生命换取一艘美国战列舰，这是值得的。

但是，对于自愿参加回天计划的年轻人来说，这项任务渐渐被看作不仅是荣耀，而且是恐惧。新兵横田宽（Yutaka Yokota）被这个古老武士道的现代复兴品彻底震惊了。谈及这种自杀性潜艇时，他称武士道为"纯属找死"。

第二章
朝阳初起

我相信你们每一个人,我的同胞们,你们会愿意舍弃生命保护天皇陛下……帝国的兴盛或者灭亡、东亚的繁荣或者毁灭,取决于这场战争的胜负。现在正是我们亿万日本国民奉献我们的所有、牺牲我们的一切挽救我们国家命运的危亡时刻。
　　　　　——日本首相东条英机1941年12月8日在东京的广播讲话

第二章　朝阳初起

午夜的天空繁星闪耀，一支日本攻击部队在公海上前进。它被称作"机动部队"，一个由六艘满载全副武装飞机的航母组成的死亡舰队。到珍珠般曙光照耀着太平洋的时候，攻击部队已经在夏威夷以北230英里处待命。

夏威夷时间是1941年12月7日。国际日期变更线那边的东京时间是12月8日。按照预先约定的信号，日本人将"攀登云山"——袭击珍珠港的代号。

早上6:00，水上侦察机起飞。航母"赤城号（Akagi）"、"飞龙号（Hiryu）"、"苍龙号（Soryu）"、"加贺号（Kaga）"、"翔鹤号（Zuikaku）"和"瑞鹤号（Shokaku）"在风中摇摆，183架飞机从母舰上起飞，掀起第一道攻击波。到6:20，他们已经集结在空中，机翼上都有血红的旭日标志。俯冲轰炸机、零式战斗机和被称为"凯茨"的中岛B5N2向南飞去。90分钟航程处的珍珠港还在沉睡中。

与此同时，在夏威夷，美国海军驱逐舰"沃德号（Ward）"在珍珠港防线外发现了一艘潜艇。在潜艇下沉的时候，驱逐舰通过指挥塔发射了一枚深水炸弹，击沉潜艇。这是更多危险来临的先兆，但当时没人意识到这点。漫长的一个多小时过去之后，击沉潜艇的报告才经由官僚渠道送达海军司令部。那时时间已经非常紧迫，一艘潜艇的出现也没有引起任何注意。

当时钟指向7:02的时候，瓦胡岛（Oahu）北岸的陆军雷达操作员在雷达屏幕上发现一个巨大的飞机群。重新检查过雷达后，他们通过无线电向檀香山福特沙夫特堡（Fort Shafter）的值日官报告了这一情况。由于那天美国航母"企业号（Enterprise）"将运载大量飞机抵达，他相信那些飞机是从"企业号"起飞的，或者是从加州飞来的B-17轰炸机。值日官放松下来。

北方，机动部队优雅气派地停泊在公海上。由170架飞机组成的第二攻击波从航母上出发了。更多的中岛"凯茨"、三菱AGV12零式战斗机、爱知P3A1俯冲式轰炸机起飞。由350架飞机组成的第一攻击波和第二攻击波将对战列舰编队和希卡姆机场（Hickam Field）造成毁灭性的打击。

就在8：00将至时，瓦胡岛的天空变暗了。成群的飞机源源不断地从山头飞过，遮天蔽日。"赤城号"航母上的轰炸机飞行员阿部善次（Zenji Abe）描述了祥和平静的瓦胡岛出现时的情景。他说，当第一攻击波到达珍珠港的时候，"家家都在准备早餐，淡薄的炊烟弥漫在水面上"。鱼雷轰炸机分成两个攻击队，冲向战列舰编队，发射出他们的"鱼"。鱼雷入水后，分别冲向自己的目标：五颗冲向"俄克拉荷马号（Oklahoma）"、七颗正中"西弗吉尼亚号（West Virginia）"、两颗击中"加州号（California）"，另外两颗击中"犹他号（Utah）"，其他军舰，包括巡洋舰"罗利号（Raleigh）"和"海伦娜号（Helena）"、战列舰"内华达号（Nevada）"也被击中。

三分钟后，10组日军高空轰炸机密集飞过珍珠港上空，投下1760磅重的炸弹。数秒钟内，美国舰队湮没在火海和浓烟中。突然，一个巨大的冲击波覆盖整个瓦胡岛，空中的飞机也受到震撼。巨大的火柱和烟柱冲向天空，船体碎片和尸体碎片雨点般落在战列舰编队和福特岛上：美国军舰"亚利桑那号（Arizona）"爆炸了。

将近五千英里之外，美国威斯康星州克林顿的一名电台播音员中断转播周日下午芝加哥熊橄榄球队的比赛，播出一个令人不寒而栗的消息："日本人轰炸了夏威夷珍珠港！"熊队和红雀队的城际比赛暂停。播音员在科米斯基公园（Comiskey Park）通知所有军人返回自己的部队。

播音员的声音在梅尔家的客厅中回荡。高中生约翰从椅子上一跃而起，狂奔而出，对母亲大喊道："我得去告诉哥哥们！"一英里远外，哥哥们正拿着来复枪，屏息静气地在树林里寻找兔子。听到17岁的弟弟冲过冷冰结霜的麦田，气喘吁吁地说"日本人正在轰炸夏威夷珍珠港！"，哥哥们几秒钟内就跑回家里，整个

第二章 朝阳初起

世界似乎要在电台播音员颤抖的声音中关闭。

梅尔一家倾听着越来越多的报道。攻击新闻令父母们感到一阵眩晕：美国肯定会卷入战争。他们的四个孩子中的两个已到参军年龄，仍在上高中的约翰也可能随后参军。面对这个现实，他们深感不安。

袭击发生后的第二天，约翰和他的同学们聚集在克林顿高中的礼堂中。老师带来了一个电台，使师生们能够聆听富兰克林·罗斯福总统发表全国讲话。总统的声音低沉、雄浑而忧郁；他控制着愤怒，他的声音听起来很平静，令人心安，但威斯康星州的空气中却充满了恐惧。从当天的报纸新闻来看，整个国家都被怀疑和恐惧笼罩着。

美国舰队在珍珠港受到的破坏几乎不可想象：战列舰沉没、倾覆、瘫痪，"亚利桑那号"搁浅，近1 300人被埋葬在船体内。战列舰"俄克拉荷马号"翻了个底朝天，像一条搁浅的金属鲸鱼，龙骨刺向天空。"内华达号"在航道搁浅。只有港口外的航母逃脱了这场灾难。

对美国的威胁现在来自于两个前线：欧洲战场，希特勒仍然像疯子一样所向披靡；太平洋战区，日本指挥官会缓慢向东移动，占领一个个岛屿，实现完全占领夏威夷的梦想。

在威斯康星州，正如在马萨诸塞州、加利福尼亚州和全国各地一样，征兵站开始看到排起长队的志愿者。美国将从此不同。受到海报上毁坏的、燃烧着的战列舰残骸和"记住亚利桑那号"的口号激励，年轻人们迫不及待地签署报名。

约翰·梅尔不得不等待父母的同意才能去参加征兵，但他知道自己想参加海军。在1941年，他不可能知道，三年后，他的船将由于遭到日本潜艇乘员的第一次自杀式袭击而沉没，他将成为太平洋战争历史的一部分。

珍珠港袭击事件两天后，"亚利桑那号"仍然在港湾燃烧着，其扭曲的船体可怕地歪斜着，灼热的火焰提醒着瓦胡岛上的每个人：灾难已经降临！几十艘船需要维修；其他的被丢弃在港口，一部分被打捞上来并被改装。甚至在硝烟散尽之前，海军就知道将面临一个严重和迫切的问题：重建太平洋舰队。

太平洋战争将需要美国执行从未有过的最大造船计划。修复船只是一项艰巨的任务，更需要新的辅助舰艇来保持资源供给，特别是汽油和其他油料的供应，以便给舰队和飞机加油。虽然战列舰和航母是明显可见的攻击和防御船只，但只有在充足的燃料供给的情况下，它们才能有好的表现。尽管给它们提供燃料的辅助船舶没有引起媒体的关注，但仍然是完成任何海军任务的关键因素。

维持太平洋舰队燃料供给是一个巨大的挑战，因为太平洋舰队的锚地在夏威夷，距离美国西海岸足足有2 400英里之遥。油轮从加州或者西北部运送燃油到珍珠港一个来回，需要耗时两周时间。

在舰队依靠风力运行的年代，燃料不是问题。但是，这一切在十九世纪下半叶发生了变化。船只由风力驱动转换为蒸汽驱动，燃料取代了不可预知的风力。这是一个良好的改变，不过风力是免费使用的，燃料却必须依赖供给。

蒸汽可以取自于燃烧东西，木柴、煤炭、石油在加热炉中燃烧产生的热量。木柴燃烧总会有危险，也是引起船上火灾的常见原因。煤炭能产生更多更有效的热量，阿巴拉契亚煤矿的产量相应增加。在这个以煤炭为动力的时代，舰队的机动性依靠煤炭的供给。一艘军舰以10节航速前进时，一小时内可以非常轻易地消耗掉三到四吨煤炭。因为军舰的航程取决于煤仓的大小，所以在不同港口保证充足的煤炭供应就成为关键。

然而，直到1908年伟大的怀特舰队完成环球航行，让燃料船和舰队同行的设想才得到重视。虽然事实证明这是美国的一个工程壮举，但在运煤船不能及时提供燃料的情况下，16艘以煤炭为动力的军舰14个月的航程令美国海军尴尬至极。外国运煤船不能及时提供燃料也许是这次航行吸取的最大教训。

即使有及时的煤炭供应，煤炭的传输也需要耗时，并且效率不高，石油成为有吸引力的替代物。当石油在1909年成为舰队动力的时候，由于是软管加油，所以传输问题很轻易地得到了解决，其效率无疑也优于煤炭烦琐的传输。

第一次世界大战更进一步说明了需要在海上给军舰加油。北加州马尔造船厂制造出美国海军最初的两艘补给油轮。这两艘轮船"莫米号（Maumee）"和"卡纳瓦号（Kanawha）"，最初被定义为"燃料船"。但这个名称很快被"油轮"这个新术语取代。在海军的官方术语中，所有的油轮都是补给船或者作战后勤舰，用于在海上给美国军舰加油。相对来说，油罐轮是民用商船，没有海上加油的设备，只是在港口之间运输燃油。二战中，油罐轮从美国西海岸运输大量燃油到太平洋舰队的集结地，油轮则定期从这些集结地得到补给，并在海上给军舰加油。

1917年，美国军舰完成第一次海上加油，耗时仅仅10小时35分钟。6艘驱逐舰分别被加入了两万加仑燃油，加油速度每小时三万二千加仑，并且这个壮举是由经验不足的船员在恶劣的海上环境中创下的。

20世纪的20、30年代，海上加油变得越来越重要。从战略理论推测，如果在太平洋地区打海战——大多数海军心中由来已久的威胁——需要舰队在二十天内以10节速度到达西太平洋。

1923年4月，一艘海军油轮"库亚马号（Cuyama）"成功地在平静的海面以低航速给8艘驱逐舰成对加油，油轮采用跨梁式，也叫舷侧式加油，即油轮两侧各有一艘驱逐舰。

但是，"库亚马号"的船长担心给大型主力舰进行舷侧加油时会对油轮造成损害，特别是在恶劣的天气情况下。在任何情况下，与比驱逐舰大的军舰如此近距离地并行都是不切实际的，除非海面平静。任何等级的涌浪都有可能导致油船船体和索具的损坏，甚至造成人员伤亡。

另一艘油轮"卡纳瓦号"试图采用在船尾安装一个拖拉式发动机的方式在海上加油，加油速度为每小时一万六千加仑，但这极低的加油速度不能满足在海上给大型主力舰加油的需求，于是船尾式加油方式在1931年被取缔。从那以后，所有油轮都采用舷侧式加油。

一个与燃油相关的问题——海军深切关注的问题——是战列舰"内华达号"、"俄克拉荷马号"、"亚利桑那号"、"爱达荷号"、"密西西比号"和"宾夕法尼亚号"很短的巡航半径。扩大它们的巡航范围成了取得太平洋战争的关键。所以，在海上加速加油变得至关重要。

并且，在海上加油的油轮的航速最快也抵不上最慢的军舰。为了使油轮与被加油的军舰并驾齐驱，它们显然必须能够达到相同的航速。于是，更新型的海军油轮被设计出来了。它们能够和战斗舰队保持相同的速度。但是，被改建为海军补给轮的商用油罐船远远达不到要求。到20世纪30年代，海军高级军官相信，海军的低配置不能保护他们在太平洋的利益。但是，陷于经济危机的胡佛政府没有心情去重建舰队。

1933年，富兰克林·罗斯福总统的就职典礼给了美国舰队新的希望。在第一次世界大战中，罗斯福曾担任海军部长助理，并且热情支持海军。他的新政顾问劝服他相信，海军建设可以作为治愈美国经济危机的一种方式。因此，为了激发就业和现金流动，罗斯福总统签署了一项行政命令，将23.8亿美元用于新的海军建设，包括建造三十二艘新的战列舰。

舰队的陈旧困扰着海军高级战争决策者。他们如此关注海军的现代化建设，以至于在新版"橙色战争计划"中，将建造快速、现代的补给船，包括油轮，放在非常优先的地位。高级将领建议，快速油轮应该能够达到15节的航速。这是一个非凡的要求，因为当时的商用油罐船的航速只有11节，即使设计中的最快油罐船，也只有13节的航速。这个重大建议加快了12艘新锡马龙级快速油轮的建造。"锡马龙"是第一艘建成的国防油罐船的名称，令人印象深刻的"锡马龙号"。1939年1月7日交付时，"锡马龙号"是1922年后美国第一艘交付给舰队的油轮，它长553英尺、舷宽75英尺，是世界上最大的加油轮船之一，也是当时美国建造过的最快的加油船。很快，其他同类油轮被相继生产出来。

战争进行三年后，另一艘快速油轮"密西西尼瓦号"将会脱颖而出。约翰·梅尔这样的年轻人将会成为这艘船的船员，航行在战争即将结束的太平洋上。与此同时，他们也将进入历史画卷。

第三章
中途岛

失败者没有资格谈论战争。

——日本谚语

第三章　中途岛

船载无线电在嘀嗒嘀嗒响着，山本五十六站在一旁，不可置信地阅读着不断发来的电报。他和其他军官在遥远的西部指挥着中途岛的攻击。这是1942年6月4日，太平洋上的这场战斗是不折不扣的灾难，日本军队在珍珠港取得的胜利正在化为乌有。海军上将此刻听到的，是令人震惊、不可思议的消息！

偷袭珍珠港之后的繁荣已不复存在。与今天的事件对比鲜明的是，珍珠港已经为美军和它的盟友开启了太平洋战争的大门，带来了不可逾越的灾难。现在，六个月后，中途岛战争呈现出了全新的战争面孔。

山本曾设想将占领中途岛作为分散和削弱美国太平洋舰队兵力的最有效手段，使其在足够长的时间内无法行动，日军可以趁机巩固其在太平洋岛的防卫圈。由于这位海军上将曾在夏威夷偷袭中获得成功，因此认为有必要打出决定性的一击。他打算在中途岛把美国航母引入陷阱，再由第一机动部队摧毁他们。之后，他的第一舰队——由一艘轻型航母、三艘巡洋舰、七艘战列舰和十三艘驱逐舰组成——将与第二舰队一起扫荡剩余的美国海面部队，完成对美国太平洋舰队的毁灭性攻击。

在远离中途岛的地方，山本频繁征询参与这场战争的指挥员们的意见。在众多的参谋人员和军方支持他的人员中，有两位年轻的潜艇员中尉黑木博司和少尉仁科关夫，都是"甲标的"（Ko-Hyoteki）微型潜艇的乘员。这两位经验丰富的微型潜艇员驻扎在改建的水上飞机母舰"千代田号（Chiyoda）"和"日进号（Nisshin）"上，秘密参与了一系列工作。他们对中途岛失败的反应和对日本取得最终胜利的愿望，是帝国海军后来确定研发两位艇员设想的秘密武器的重要因素。

回天号

　　珍珠港事件一直是个神秘的传说。在美国正式参与二战的时候，日本舰队的实力远远高于效率低下、装备老化的美国太平洋舰队。1941年12月7日，珍珠港袭击造成了巨大的破坏。在那个悲惨的周末，八艘美国战列舰中的五艘被击沉，其余大部分的舰艇和飞机被毁或者受损。但二战完全不同于传统的战列舰交战。现在，战争转移到了公海，战列舰的位置已经被航母取代，它们才是海上的霸王。

　　珍珠港和中途岛都以航母为核心。在珍珠港，从六艘日本航母上密集飞起的攻击机沉重地打击了老化的美国战列舰舰队。幸运的是，那一天，美国的三艘航母远在数英里外的海面上，因此幸免于难，这原本是一个惨淡事件中的偶然因素。事实证明，对于六个月后日本的中途岛之战，这是一个致命的预兆。美国航母在这次战斗中大获全胜，使四艘日本航母沉入海底。山本12月7日没能摧毁美国航母，似乎有命中注定的意味。

　　为什么他会失败呢？12月6日，也就是攻击的前一天，日本高级军官在美国航母的作用和重要性上产生严重的分歧。鉴于美国航母和战列舰迥然不同的部署方式，对于什么才是偷袭的攻击焦点，他们爆发了一场激烈争论。最新的情报表明，美军战列舰停泊在港口中，航母却在大海上。海军上校源田实（Minoru Genda）竭力主张去攻击航母。他希望在12月7日的攻击时刻，那三艘航母会返回珍珠港。如果那样，他说："就算8艘战列舰全都不在，我也根本不在乎。"

　　山本的高级参谋大石保（Tamotsu Oishi）司令承认航母的重要性，但他推断说："如果我们能够击沉全部8艘战列舰，结果会更好。"

　　就这样，攻击发生，瓦胡岛被摧毁。"亚利桑那号"和"俄克拉荷马号"被连续打击战列舰的中岛飞机彻底炸毁，美军航母依然停留在海上。事实证明，它们当时不在港口，是日本飞机在攻击瓦胡岛时只受到少量美军飞机还击的主要因素，但是结果很快就出来了：美国航母在中途岛之战中占据着决定地位。

　　许多个星期里，"亚利桑那号"扭曲残骸的阴影笼罩着海港，时刻提醒着每一个经历了那个噩梦的军官和海员。那一天也被富兰克林·罗斯福总统称为"耻

第三章 中途岛

辱日"。当"亚利桑那号"的上部结构被切掉,其他军舰被修理或者分割后,绝望的感觉开始激发出坚定的信念。美国人投入战斗。

初战的失利使美军士气低落。但珍珠港事件后六个月内,美国海军已经变成一支装备日益增强,而且具有侵略性的军队。但是,日本人仍然相信自己的力量更强。这种态度后来被称为"胜利病"。他们投入一系列的战役:威克岛(Wake Island)向日本投降,紧接着的是菲律宾的陷落,并且战果扩大至瓜达尔卡纳尔岛(Guadalcanal)。1942年5月底,日本最高统帅部开始把目光投向美国西海岸,它细长的海岸线可以作为战略基地,以控制太平洋和巴拿马运河。作为占领陆地战略的一部分,日本的下一步侵略计划就是中途岛。它是美国和日本之间的太平洋中点,位于夏威夷西北部。经过两个月的计划和演习后,山本五十六认为他们已经做好了攻击准备。

然后,最糟糕的命运降临到山本头上,而且这也是每一个军队司令恐惧的事情:敌方已经清楚他的计划。就在攻击前不久,美国情报专家破译了日本海军的密电,发现了他们预定攻击的地点:中途岛。美国海军以三艘航母为中心部署了自己的力量:"企业号"(它在12月7日幸免于难)、"大黄蜂号(Hornet)"和"约克城号(Yorktown)"。1942年6月4日早上,玫瑰色的天空刚刚变白,日本和美国舰队在战斗中相遇。这次交战改变了战争的历程。

美国拥有三点优势:优秀的情报人员、以中途岛为基地的飞机广阔的侦察范围以及出其不意的因素。

凌晨4:00整,第一批美国飞机离开中途岛,前去搜寻日本舰队。半个小时后,从"约克城号"上起飞19架SBD侦察机。5:20,发现敌方飞机,10分钟后,发现一艘日本航母。局势很快发生变化。一个VMSB-241海上轰炸中队从中途岛出发了。6:16,日本开始攻击中途岛。美国迎战。

7:55分,六个月前也是在这个时刻,第一枚炸弹落在珍珠港。此刻,美国飞机正密集攻击日本航母"苍龙号"。一分钟后,"赤城号"和"加贺号"陷入火海之中。

随后的三个小时里，美国飞行员像宰割池塘里的鸭子一样攻击日本舰队。他们发射出一波又一波鱼雷，派出一组又一组俯冲轰炸机，攻击日本战列舰和航母。当美国俯冲轰炸机在日本航母上投下他们的载弹时，甲板上停满了正在重新加油的飞机。它们连珠炮似的爆炸了，火焰冲向天空几百英尺。

在6月4日这短短的两个小时中，日本在场的四艘航母中有三艘遭受致命创伤。这是现代海战史上最激烈的事件，仅次于珍珠港偷袭。航母"加贺号"被击中起火；"苍龙号"被击中两次，三十分钟后，舰长下令弃船；"赤城号"上的战斗机起火，它自己也被鱼雷和炸弹击中。

美国飞机以航母为轰炸中心。他们向航母甲板上投下了500磅炸弹。炸弹爆炸，点燃正在重新加油的飞机。猛烈的大火融化了柚木和金属相间的甲板，点燃甲板下面储存的弹药和燃油。巨大的黑色火球升起，浓烟滚滚，烈焰冲天。

被美军的俯冲轰炸机精确击中后，海上霸王、联合舰队的攻击核心"赤城号"没能坚持多久。它上面的飞机着火后不到一个小时，舰上幸存者接到弃船命令。

6月4日傍晚，日本人目睹了不可思议的景象：机动部队的三艘航母"加贺号"、"苍龙号"和"赤城号"已经受损，正在燃烧。第四艘航母"飞龙号"也即将遭受从"企业号"上起飞的飞机投下的炸弹轰炸。17:05分，最后一艘日本航母被几次命中后，也着火了。

遭受攻击后的"苍龙号"似乎有可能获救。当它的火势减弱时，日本消防人员准备冲上甲板灭火救船。但晚上7点钟，随着一场巨大的爆炸，一个灿烂的火球冲上天空，航母沉入了海浪中。十分钟后，水面下传出一声沉闷的巨响，水面上的船只都摇晃起来。

19:15，"苍龙号"沉没了。紧跟着10分钟后，"加贺号"也沉没了。

放弃"赤城号"的命令已经下达。"苍龙号"沉没后不久，战场上的高级指挥官和远在西边六百英里外的海军司令山本五十六发生了激烈争论，他们辩论着处理航母的最佳方案。现在的问题是炸沉它、放弃它，还是火速营救，用缆绳将

第三章 中途岛

它拖引至一个日本海军基地。一名军官反对炸沉"赤城号",并且慷慨激昂地争辩道:"我们不能用帝国的鱼雷炸沉帝国的航母!"

山本自己承担了这沉重的耻辱枷锁。停顿了一段似乎漫长的时刻后,他说:"我曾经是'赤城号'的舰长,这是我发自内心的遗憾,但我现在必须下令炸沉它。我会向天皇请罪,用我们自己的鱼雷炸沉'赤城号'。"

第二天,6月5日早上5:00,他的命令被执行,"赤城号"被鱼雷击沉。同一天早上9:00,第四艘航母,也是所剩的最后一艘航母"飞龙号",沉没到满是血液和泡沫的中途岛海水中。

美国在这场战斗中遭受的唯一重大损失是"约克城号"航母。6月6日午后不久,在遭受日本报复性的打击后,它被鱼雷击中,15个小时后沉没。

中途岛之战是对日本海军的沉重打击。98%曾经轰炸过珍珠港的航母人员被消灭了。山本五十六,曾在12月7日成功开启战争序幕的日本海军司令,失去了他所有四艘老牌航母和它们上面的绝大部分飞机和飞行员。这是六个月前的胜利之后一场毁灭性的损失。

具有讽刺意义的是,在珍珠港袭击中幸免于难的美国航母没对山本无动于衷。在中途岛彻底打败了他们的航母之一,就是12月7日幸运地从他的魔掌中逃脱的美国太平洋舰队的航母。

惊悉四艘帝国海军航母骇人听闻的损失后,山本舰队的两名艇员黑木和仁科开始构思能够改变战争的新式武器。仁科设想了一种小型潜艇,它不同于A型小潜艇,它可以从水下潜艇发射。几个月后,他们开始一起工作,用想象力丰富的头脑构思出"撼天者"。他们相信这种武器可以逆转战争命运。

时间从1943年进入1944年,具有战略地位的岛屿从日本手中丢失,秘密性武器对军事领导人的吸引力增加。紧迫感渐渐转变成孤注一掷。

自杀武器包括了一种由气球运输的航空炸弹。在一场鲜为人知、被称为"飞象行动(Fu-Go)"的战役中,日本放飞了大约9 300颗装着炸弹的气球。气球随着气流横越太平洋,意欲在美国爆炸,引起森林大火,造成恐慌和死亡。气球

回天号

上装备着一枚15千克的杀伤性炸弹和四个4.5千克的燃烧弹,还有一枚闪光炸弹用于摧毁证据。只有一个致命事件被记录了下来,1945年5月,在俄勒冈州的布莱(Bly),一位部长的妻子和五个孩子野营时发现一颗气球炸弹,开始玩耍起炸弹来。炸弹爆炸,6人全被炸死。虽然他们是唯一已知的气球炸弹伤亡者,但许多气球——也许有1 000颗——到达了美国领土,有些甚至飞到了遥远的内陆州,比如明尼苏达州。

1942年受到过讨论的自杀性武器种类很多,但中途岛之战显然成了日本军队态度的转折点,希望和绝望之间的跷跷板,武士道的觉醒。在那种气氛中,"找个地方去死"成为某些日本战士的优先选择。他们就是在空中的神风队飞行员和在水下的"回天号"乘员志愿者。

第四章
"巨轮密西"

战争必须是这样的，为了保护生命，我们抗击可能毁灭我们的敌人；但是，我不崇尚宝剑的锋利，我不崇尚弓箭的迅捷，也不崇尚勇士的荣耀。我只崇尚他们所捍卫的一切。

——J．R．R．托尔金《魔戒·双塔记》

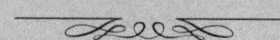

第四章 "巨轮密西"

1944年3月28日,马里兰州麻雀镇(Sparrows Point),天气极冷。一艘油轮准备从船坞滑下,正式踏上航程。在漫长的等待中,马格里特·彭士(Margaret Pence),这艘船的制造商,仰望着大如高层建筑的巨大轮船。船上漆着一张弓和一个香槟瓶,船名"密西西尼瓦"取自印第安纳州的一条河流。和其他美国海军委托制造的所有轮船一样,船名前加USS,意思是"美国军舰"。人们把它拗口的名字简称为"巨轮M"或者"巨轮密西"。

六周后,这艘军舰被交付给指挥官。5月18日14:00,在喧闹的伯利恒造船厂,水手长的长哨声在船舶的叮当声中响起。海军上将菲利克斯·盖加克斯(Felix Gygax)踏上这艘最新海军油轮的甲板,慰问甲板上的船员们。由上尉B.M.沃德(B.M.Ward)带领的团队紧跟在海军上将身后,伴随他在标志性的油轮迷宫中穿行,管道、步行小道、绞盘、阀门和缆绳索一一从眼前掠过。所有的船员各就各位。

尽管庆祝活动还在举行,但每位水手都知道,战争在召唤。最后一位发言的军官用简短的语言结束活动:"你们即将去到南太平洋,而且你们中的一部分不会活着回来。愿上帝保佑你们,祝你们好运!"船旗升到桅杆上,迎风招展。有几位年轻人心里想:一个月后,这旗帜会在什么地方飘扬呢?三十分钟的庆祝活动结束后,水手们转身离开,耳畔回响着不祥的声音"……你们中的一部分不会活着回来"。

当选"密西号"第一批军官的人组成了一支多样化的人才队伍。最高指挥官菲利普·贝克(Philip Beck)是军舰的首任舰长,也是最后一任舰长。贝克是一名德高望重的军官,时年50岁。他充满自信,成竹在胸,非常熟悉海洋,具有丰富的航海经验，但有些水手对他持怀疑态度，因为他喜欢喝烈酒。

他1894年出生于纽约，1911年作为见习水手加入海军。他也在商船上工作过，从能干的水手逐渐升至水手长、二副。1918年至1920年，他作为预备役军官在美国海军服役，在海地（Haiti）、波多黎各（Puerto Rico）和巴拿马运河区域运送军队。被美国海军聘为预备役少尉后，他首次服役的油轮是美国海军的"萨拉·汤普森号"，大西洋舰队的军舰之一。

1942年回归海军服役前，他的最后一份受聘工作是在泛美石油运输公司。以中尉军衔在美国海军的"肯莫尔号（Kenmore）"上服役后，他将部队运送至瓜达尔卡纳尔岛，并被晋升为中校，然后被重新分配至美国海军的"克撒图特号（Cossatot）"。一年后，他被任命为即将服役的油轮"密西西尼瓦号"的舰长。他会一直坚持记录行动报告，直至他的军舰在他接受任命仅仅六个月后毁灭。

中尉罗伯特·L.罗维（Robert L.Rowe）是"密西西尼瓦号"的引航员，有多年的商船航海经验。1933年，他作为少尉开始他的海军生涯。珍珠港袭击后，他在南太平洋度过了几个月，他所在的军舰为残余的美国舰队加油。罗维以浓厚的波士顿口音和极强的幽默感出名。1944年1月，罗维升任海军上尉，当"密西号"在巴尔的摩（Baltimore）附近被建成后，他被分配至该油轮。

首席医疗官、中尉约翰·比尔利（John Bierley）在肯塔基州贝尔维（Bellevue）长大，1933年从俄亥俄州大学毕业。1943年11月，他作为海军预备役军人，开始服役，在波多黎各的美国韩军医院担任外科医生，次年被重新分配至"密西号"。并非每艘轮船上都配有训练有素的医生，但太平洋战场上的确急需他的外科医术。

这些新任军官作为"90天奇迹"加入舰队。这是一个海军术语，意指仅仅接受过三个月见习军官培训的少尉。年轻少尉查尔斯·斯科特（Charles Scott）注定会成为"密西号"上的一员，但他已经订婚。他给女朋友写了一封请求结婚的信，表示他"不想将女朋友拱手相让给别人"。他女朋友很快回信表示"同意"。但是，他的婚礼必须等到他所在的军舰返回美国才能举行。1944年2月初，斯科

第四章 "巨轮密西"

特服役的军舰刚刚返回美国,他便接到命令,去罗德岛(Rhode)新的海军基地报到,等待还在伯利恒造船厂建设中的"密西号"。

这些军官都有商船工作经验和海军培训经历。这对士气很有好处。军官的丰富经验营造出稳定的气氛,对下级军官的自信也是极大的鼓舞。

"密西号"的船员组成是混合型的,有战前就报名的士兵,也有珍珠港袭击后报名的士兵,还有被战争拖入的新人。约翰·梅尔是刚刚高中毕业的学生之一,认为服役就是爱国,还可以见识到远比南威斯康星州平坦的草原更令人兴奋的外面世界。他还记得第一次受到战争激励的那一天——12月7日。三年后,他高中毕业,等待着军队的召唤。拿到毕业通知书后六个月,他终于接到入伍通知。陆军会在深没膝盖的泥泞中行进,这听上去似乎令人不太舒服,他便要求加入海军,并很快开往芝加哥大湖(Great Lakes)海军训练中心。1944年初,该中心是个繁忙的地方,因为国家造船厂正在快速建造轮船,海军急需船员。接下来的七个星期里,新水手们接受疫苗注射、听取课堂讲授,进行封闭军事演练,了解到基本的军队生活。梅尔以二等消防员毕业,被派往海上执行任务。

水手新兵们很快就了解到,海军有海军的做事方式。消防员梅尔对周围能听到他说话的任何人都说:"派我到任何军舰都行,油轮除外。"可海军仍然将他派遣到正在建造中的新补给油轮"密西号"。这就是海军方式!

另外一名消防员,俄亥俄州人鲍勃·乌加摩尔(Bob Vulgamore)高中学过化学,并在俄亥俄州朴茨茅斯(Portsmouth)的车轮钢厂进行过钢材分析。经过激烈挣扎后,他在爱国和爱家之间做出了选择。如果征兵局打电话给他,33岁的他决心参加招募。一天,他试验室的总化验师向每位化验师和分析师发放雇用延期申请表,乌加摩尔不为所动,撕碎申请表,第二天毅然应征入伍,加入海军。

船上人员的选择有时是有意的,有时是随机的。50名船员都是从大湖海军培训中心来到"密西号"的,姓氏都以C或者D开头。很明显,经过点名后,这些以C或者D开头的人员接到命令,仓促登上去新港(Newport)的火车。事实

回天号

上，1944年11月底，"密西号"上报的最后一份278名完整人员名单中，以C开头的有44名，以D开头的有45名。一个人的命运有可能取决于非常随机、无伤大雅的细节。

舱面人员中有许多从来没在海军油轮上航行过。高级军官们都知道，艰巨的任务正等待着他们。"密西号"加油部门的舱面人员由数十名只接受过简单培训的高中生组成，经验不足。显然，要想"密西号"转变成一艘有足够能力的舰队补给油轮，需要经验丰富的人员。于是，1944年3月，从舰队和美国本土抽调的水手老兵受命前往新港，开始培训这些将要主宰这艘军舰的水手。

"密西号"工程部的几位成员是珍珠港袭击之前或袭击刚刚发生之后正规入伍的水手，经验丰富。工程建造维修部的这股核心力量，是确保军舰1944年6月在切萨皮克湾（Chesapeake Bay）试航后尽快出海的关键。

机械军士格斯·李维克斯（Gus Liveakos）1940年8月加入弗吉尼亚州诺福克的104招聘公司。李维克斯是阿拉巴马州格林维尔（Greenville）一名希腊餐厅老板的儿子，两年后高中毕业，因为大萧条时期没有薪水付给老师，高中被取消了一年；因为学校暴发流感疫情，另外一学年也没了。他作为水手登上一艘巡洋舰。在那里，他有了一个重大的发现：倒霉的水手睡在吊床上，工程师却睡在双层床上！他感觉双层床"刚好"适合他。所以，这位争强好胜的阿拉巴马州人加入了所谓的"狙击手"——泛指在甲板下面工作的任何人——的行列，成了一名消防员。3月，他被调到巴尔的摩，成为"密西号"的机械师。

弗洛里安·比尔·布里奇（Florian "Bill" Brzykcy）曾在爱荷华州伯灵顿的中西部烘焙公司工作过，生产制作饼干的糖浆。1941年，他17岁。一次，他在工休期间看着一艘蒸汽船懒洋洋地在密西西比河上行驶时，决定加入海军。他没有通过第一轮海军色盲测试，但几个月后，他被录取了，因为海军取消了色盲测试。他还没回过神来，已经被派往伊利诺伊州的大湖海军培训基地的新兵训练营。那里的新兵训练时间已经缩短至仅仅四个星期，于1942年7月底结束。在紧接着的令人眼花缭乱的射击训练中，布里奇学会了在吊床上睡觉，并在接受各种军事训练的同时参加多种技能培训课。这位年轻的爱荷华州人在机械考试中取得很好的成绩，接到命令作为二等消防员到美国海军"维霍肯号（Weehawken）"报到，成为"黑帮"的一员。这个称呼来自于一百多年前，那时煤成为蒸汽轮船的燃料，"黑帮"指那些将煤铲到满是煤灰的煤炉里面的人。

布里奇被派驻在燃料室里。那里装备着老式苏格兰管状锅炉，能够使火焰围绕着锅炉管燃烧。这是一个类似于老式蒸汽火车头的危险系统，很容易发生爆炸。这种锅炉管的基体上会渐渐积聚起硬水中的矿物质，被燃料室的水手称为"皇冠上的奶酪"。如果水从管道基体上消失，皇冠上的奶酪就会变得炽热，紧跟着可能发生灾难性的爆炸。为了防止这种情况发生，锅炉管必须随时完全浸没在水中。这份危险工作可不是布里奇想要的，他幻想着离开"维霍肯号"，加入真正的海军。

不幸的事接二连三地在布里奇的家人中发生。当他在"维霍肯号"上服役的时候，他接到一封电报，得知哥哥在一次摩托车事故中丧生，他得到9天的丧假。他不知道他的军舰即将开赴卡萨布兰卡。他刚刚到达加利福尼亚，准备参加葬礼时，得到了更加令人沮丧的消息：就在他哥哥去世三天后，他的父亲，一名重新入伍的一战老兵，也在海外牺牲了。布里奇伤心欲绝，假满未归。在他后来返回他的军舰时，他被海岸巡逻队抓获，经过简单的军事法庭审判，他被判罚195美元。

他很高兴被转移到布鲁克林（Brooklyn）接收兵营。那是一座新建筑，里面有干净的厕所和浴室，甚至还可以在一个货摊上买到"geedunk"，水手这样称呼冰激凌和其他零售。有几位来自其他国家的水手和美国水手驻扎在一起，打斗几乎每天都会发生，但布里奇设法避开了这些麻烦。一天晚上，在一家本地酒吧里，一名醉醺醺的英国水手向女王祝酒，并坚持说英国人优于美国人。当这个喜欢吹嘘的家伙喝晕过去之后，美国水手把他弄到一家文身店里，在他的胸上文上了星条旗，还在下面文上了"上帝保佑美国"。

布里奇的下一站是新港，那里正在为弹药舰"胡德山号（Mount Hood）"和油轮"密西号"培训船员。成为一等消防员后，他到弹药船"胡德山号"报到，被分配到调试小组。但由于该轮船未能按计划进度交付使用，一些最初被分派到"胡德山号"的人员被重新分配到"密西号"上，其中包括布里奇。

雷蒙德·福乐曼（Raymond Fulleman）在新泽西州布卢姆菲尔德（Bloomfield）长大。工业制造业是那里的主要产业。战争开始的时候，这位年仅19岁的纤细青年已经得到一份锅炉装配学徒的工作，但他却在寻找加入海军或者到商船上工作的机会，因为他喜欢海上的工作。

在那个时代，官方规定，正式的海军服役时间是6年，但海军预备役只需要两年。但是，非官方的说法，当然也是每个人都知道的，只要应征入伍，就要服满6年兵役。福乐曼本来打算服6年兵役，但他无意间听到排在他前面的小伙子热情地告诉老招兵人员说他想签署6年的兵役时，招兵人员大喊道："你到底怎么了？你真不知道你在做什么，签两年的吧。"

轮到福乐曼的时候，他机智地对同样的问题回答道："我参加预备役。"通过基本培训后，他被派往美国海军轻型巡洋舰"莫比尔号（Mobile）"。他在那里晋级为一等消防员和三等供水员。1944年4月，他被派往他服役的下一艘军舰"密西号"。

三等机械军士斯坦利·约翰逊（Stanley Johnson）在罗德岛长大。珍珠港事件后，他被选入当地一家工厂从事战争工作，然后在1943年11月参加海军。完成新兵营训练后，他和未婚妻在1944年2月结婚，然后接到命令去当时仍在弗吉尼亚州诺福克建造的美国海军"胡德山号"报到。当这艘军舰的完工明显会延期的时候，约翰逊和其他主管级别的人员接到新的命令——这次是去油轮"密西号"。事实证明，这次转换将会是命运的改变。这次相当公平的调遣变化使某些人踏上死路，让另一些人幸免于难。"胡德山号"和"密西号"都将沉没在南太平洋的热带海域，相隔10天，距离830英里。

由于种族歧视，在战争中，黑人的军衔等级被限定在一定范围内。在整个舰队中，黑人水手只能在船上的军官室内服役。军舰上的军官要求有经验的黑人和他们的同伴作为管事，为他们提供膳食服务。许多经验丰富的黑人水手军衔级别较高。

三级服务员罗利·波波斯（Raleigh Peppers）负责军官的衣物洗涤和食品冷藏。与其他黑人水手一样，他在许多地方都受到不公平的对待。在阅兵场，黑人水手只能肩扛棍子，白人水手则有来复枪。波波斯讲述了自己的困惑："嗨，我们也是为了国家参军的。"他的第一次任务是跟随一艘运输船常规航行，前往波多黎各运糖。一位有经验的厨房总管看出波波斯有快速学习的能力，提议将这位年轻人提升为三等服务员。在新港基地，波波斯被重新分配到"密西号"上，以高等黑人水手身份服役，管理一个厨师和服务员团队，为军官提供美食。

每天给"密西号"上的船员提供餐食是一项巨大的任务，需要很多事先的规划和有效的运输。船上年纪最大的成员之一，餐厅首席总管弗兰克·卢茨（Frank Lutz）肩负着这项重任。49岁的他是"密西号"上最有经验的水手之一，丰盛的美食完全证明了他的经验和他年轻团队的能力。

费尔南多·奎瓦斯（Fernando Cuevas）是一位有经验的快餐厨师。1917年，当他的父亲从波多黎各移民至纽约，到烟草公司工作时，他随父来到美国。1941年底，奎瓦斯被任命为液压操作员。他被征募入伍时，已经结婚8年，妻子已经有6个月身孕。

当"密西号"载上这些军官和水手准备出海的时候，还有最后一大群水手在等待分配。这些士兵进入到一个座位被分开的房间：一边的椅子是弹药船"胡德山号"的，另一边的椅子则是"密西号"的。没有任何明显的缘由，但三位水手，厄普丘奇（Upchurch）、麦克格瑞蒂（McGarity）和麦克劳克林（McLaughlin）挪动到标识着"密西号"的椅子上。鉴于当年晚些时候"胡德山号"发生的事情，这次选择挽救了他们的生命。

军列从罗德岛新港出发，开到巴尔的摩码头。"密西号"的水手第一次看到

回天号

了他们的新家。"密西号"被建造成为有"三个岛"的双螺旋油轮，意思是甲板上有一个凸起的后甲板、一座舰桥和前甲板。甲板下，两个一模一样的纵舱将主舱一分为二；横舱再将这艘油轮的内部分为24个主货舱。

这艘新建的油轮上涂抹着新鲜的迷彩漆，甚至让久经考验的老兵也眼花缭乱，更让这些只见过渔船的年轻水手望而生畏。前往大西洋的船一般被涂成蓝色，前往太平洋则被涂成暗灰色。船员们第一次看见"密西号"的时候，这艘油轮被涂成完全不同的搭配色：最新的伪装是由灰色、黑色和白色锯状条纹组成的。他们心想："这艘船是要开往——北冰洋吗？"登舰之前，军官们将会知道，他们要开往太平洋，但这个目的地对船员是保密的。

1944年"巨轮密西"下海的那一天，太平洋战争已经持续了两年半。珍珠港突袭使美国和盟军很快结盟。但是，珊瑚海（Coral Sea）和所罗门岛的战争已经让很多美国人丧生。1942年6月的中途岛海战，是盟军对日本舰队一场惊心动魄的报复。但对于日本人来说，这场战斗唤起了武士道精神。双方海军都从中途岛事件中得到了启发。

随着战争转移至西太平洋，大多数美国人不知道的列岛很快成了每天的头条新闻：马绍尔群岛（Marshall Islands）、阿德米勒尔提群岛（Admiralties）、马里亚纳群岛（Marianas）和加罗林群岛。这些岛屿名称浪漫，却充满着血腥味儿。6个月的试运行后，"密西号"将带着它的军官和船员去面临生命的转折点，美国人也将从报纸上了解到一个他们从没听说过的地方：乌利西。

船员们背上水手袋，走上跳板。海上考验训练开始。战争似乎突然临近，不再是另一半球上发生的事。

5月26日，弗吉尼亚州诺福克。第一周的油轮生活在检查和调试中过去。下一次运行试验结束后，"巨轮密西"将离开港口。离开之前，必须通过很多消磁作业对船体进行消磁。船员们用电线包围船体，然后工程师们通过电线传输电

第四章 "巨轮密西"

流,这个过程改变了船体的磁场,并且至少可以提供临时的保护,避免受到日本人在太平洋上投放的数千枚磁性鱼雷的攻击。随着战争的发展,磁性鱼雷成为日益严重的问题。美国海军现在要求对所有军舰进行频繁消磁。

在这个过程中,手表有可能被意外消磁。因此,在对"密西号"进行消磁前,一名水手将船上所有人的手表、钟表和其他计时器收集起来,把它们拿到岸上进行保护,直到消磁结束。

船员中有传言说,军舰将在5月27号离岸,进行更多的调试活动。后来的5天里,军舰在切萨皮克湾里航行。船员们测试设备,进行各种演练:灭火、海上避碰、消磁运行、战备布署(GQ)、压船货物转移和射击。消防员测试泵房观察室内所有的水泵、仪表、阀门和成排的管道和设备。

第二天将举行大型射击演练,瞄准手和助手将操纵这个大家伙。它需要两到四部装载机把炮弹从弹药库传送到炮台。瞄准手进行瞄准,助手转动手轮的曲柄,改变炮管的高度。"密西号"的大多数大口径武器都需要一个七人团队进行操纵。炮手的助手们对甲板上的人员进行训练,传授"密西号"上武器库所有型号武器的使用方法,水手们组成了一个个技术熟练的团队。

6月4日,这艘军舰终于准备出海,六名调试顾问离开"密西号"。舰长贝克在21:11起锚,命令船员在一分钟后进入战略布署位置。约翰·梅尔冲向他自己在右舷20mm重炮的炮耳操作手工作岗位。命令从舰桥上发出:以18节的速度前进。重炮手开始向黑暗中的一个固定目标发射炮弹。25分钟内,舰尾第五号底座上那门5″/38重炮和所有4门3″/50重炮都已经通过射击试验。当那门5英寸重炮连发9轮时,梅尔的左耳疼起来。炮手告诉他需要耳塞的时候,为时已晚。

6月5日傍晚,消息在船员中传开了,随着有史以来集结的最大海滩进攻力量攻入法国海岸的诺曼底海滩,等待已久的对被纳粹占领的欧洲的进攻已经开始。由于配备有移动战舰和空中掩护的优势兵力,盟军战胜,并且占领了沿海地区。"密西号"的船员们推测他们可能会被派往欧洲,支持D日进攻。但这样的命令没有到来。

回天号

他们转而进行确保油轮安全的培训，最重要的操作之一就是灭火。主力舰着火是异常危险的事情，油轮所运输的货物使它更加危险。作为特殊训练，6月7日，舰长贝克派遣十名人员去布鲁克林的消防学校，随后两天又派遣另一个二十人的团队前去学习。这种培训不适于胆小鬼：导师在一座金属建筑内部倒入10加仑汽油和机油的混合物。消防员，包括比尔·布里奇，穿上石棉衣服，袖口也用石棉手套封闭以保护双手，用湿布蒙住脸，只露出两只眼睛。建筑物燃烧起来时，水手们拖着消防水带冲进大火之中。他们必须奋力抓住消防水带，因为水流在水带内施加了巨大的压力，使它像疯狂的蛇一样乱窜。演习结束后，受训人员大汗淋漓地从建筑中冲出，希望永远不会像这样在大海上对"密西号"进行灭火。

6月的第二周过去之后，油轮仍然停泊在港口，装运储备物资，准备出海。一些幸运海员得以上岸活动。

水手雷·福乐曼偷偷溜下船，度过他最后一晚的自由时光。像很多已经经历过战争的人一样，他认为自己不可能活着打完这场战争。由于死亡随时可能来临，福乐曼不介意挑战严格的海军条令。只要有机会，他便与同船的伙伴们去当地酒吧消遣，试图忘掉他将不得不很快返回前线，无论是大西洋还是太平洋。

水手们获得自由的小窍门包括以下一些道具：一个5加仑的水桶、一些沾满油的抹布和统一的制服。他们会把制服放在水桶内，在制服上面放一些纸让它保持干净，再往纸上扔一些油抹布。然后，他们穿着粗布工作服走下军舰，手里拎着水桶，像是去处理油抹布。然后，他们会在码头上找一个僻静的地方换上制服，在岸上度过几个小时。福乐曼几次使用这种策略，其他同事也采用这种方法。

一天晚上，福乐曼决定在外过夜。下船后，他穿上白色制服，把粗布工作服卷起放在水桶中。倒霉的是，那天晚上下雨了。第二天早上，当他准备从水桶中取出工作服时，发现里面装了半桶水。他拧干浸满油污的湿衣服穿到身上，但他没能通过检查。他走过去时被甲板上的军官注意到了，因为他可能是干燥地面上穿着最湿、最皱衣服的水手。值日官脸上绽放出巨大的笑容，但是他转过背去，没去阻止这位满身湿透的船员返回军舰。

福乐曼是幸运的，但好运气只持续了几分钟。当他回船上报到时，已经是6月15日，他几乎逾期36小时。舰长审问时，贝克看着这名出格的水手，狡黠地笑着说："福乐曼，你本来可以按时返回的，从新泽西到诺福克用不了这么长时间。"

首席执行官罗伯特·刘易斯（Robert Lewis）怒不可遏，想解雇这名犯错的水手。"他不是在新泽西州，先生，他在诺福克喝醉了。"舰长否决了他的提议。"他的履历表中有说明，他在巡洋舰'莫比尔号'上参加过几次战斗。我们真的需要供水员，我们缺少经验丰富的供水员。"执行官表示抗议，但贝克没理会他，只是简单地将福乐曼的10次上岸活动时间限制在船上。这次违规也让他升职为二等供水员的时间延迟了四个月，他为此感到非常遗憾，因为这意味着他一个月的收入减少15美元。而从另一方面看，在太平洋中部也没地方去花钱了。在船上的几个月时间内，"密西号"上其他几十名水手也因违规受到了纪律处罚。海岸巡逻队还指控船上最有才能的面包师"法兰奇"不遵守海岸巡逻队的条令。甚至厨师也打破了规则。

新水手们发现，在油轮上履行职责是独特的挑战，而且是无情的挑战。软管和电缆、拖具和帆桁、航空燃油和重油——水手们学到了新的词汇和技能。拖曳软管、操纵帆桁、引燃火炉……所有这些技能和繁重的工作，使这些缺乏经验的年轻水手们在短短几个月内变成了熟手。

6月19日10：27，"密西号"起锚开往阿鲁巴岛（Aruba）油码头。阿鲁巴岛是荷兰西印度群岛的一个岛屿，靠近南美洲东北海岸。油轮沿着有浮标标记的航道前进，以15节的速度驶出汉普敦锚地（Hampton Roads）。在通用型石英卡拉森电话的指挥下，炮手操纵着四门重炮，向一个由海军飞机拖曳着的筒形拖靶射击。

为"密西号"保驾护航的是美国海军驱逐舰"斯特劳斯号（Straus）"。两艘

回天号

船以之字形航线航行,以避免U形潜艇的攻击。值班间隙期间,水手们轮流观察驱逐舰在海上迂回前进。他们怀疑水下可能也有潜艇以同样的之字形航道在前进,在军舰下方的黑暗水域中像鲨鱼一样跟随他们潜行。

第五章
六个金属环

"如果你们中有人热血沸腾，愿意光荣地为祖国赴死，请跨前一步。"

——日本土浦海军航空基地教官招募未来
"回天号"乘员时的激励语言

第五章 六个金属环

1944年夏末的一个下午，海军司令告诉两名潜艇员，将有一种新型秘密武器可以挽救日本——六金丸。他说，"六金丸"将被装载到潜艇舰队上奔赴战场，扭转不利趋势。

"什么是六金丸？"两名潜艇员几乎异口同声地问道。这个词的字面意思就是"六个金属环"。司令员回答说，那是人操鱼雷的秘密代码，驾驶这个产品就是执行一次志愿性自杀任务，以损失乘员的代价换回一艘敌方军舰。

这种极端的措施好像是日本帝国万不得已采取的。由于燃油及其他关键物资短缺，日本在强大的军事武力封锁下奋力挣扎。关键问题是驱动战舰的燃油和战争所需的物资奇缺，这限制了训练和军事出击以及对进攻的反击。美国航母特遣队已经占据制空权。

一年前，潜艇员黑木博司向山本上将提交的请愿血书只得到极少海军人员的支持，但随着日本损失的军舰、飞机和人员越来越多，日本战略专家开始考虑更加极端的措施。一系列自杀武器被列入讨论话题。经过新一轮审核后，"回天"被重新提起。

1944年1月，当海军学院四名身材较小的71届潜艇员对这个问题展开辩论时，对于水下自杀性武器的辩论已经升级。从那时起，对人操鱼雷的兴趣已经呈上涨趋势。一些高级军官，包括潜艇部队司令官的参谋长鸟巢建之助（Kennosuke Torisu）在内，都认为这种武器是在公海上攻击美国舰队最有效的方式。但他的观点受到驳斥，更被认同的观点是用这种新式武器攻击停泊的舰队——用两艘微型潜艇偷袭"珍珠港"的模式。

在潜艇员黑木博司和仁科关夫设计理念的推动下，帝国海军部在1944年2月

26日向吴港基地的工程团队发布命令研发试验型人操鱼雷。生产回天鱼雷的施工项目在吴港海军基地建立，后来生产扩展至横须贺（Yokosuka）基地和光（Hikari）基地。

吴港团队由总设计师、上尉、氧气鱼雷权威清水渡边（Shimizu Watanabe），助理设计师、工程师、中尉铃川博（Hiroshi Suzukawa），技术专家和资深鱼雷设计师楠厚（Atsushi Kusunoki）组成，铃川工程师是"回天"鱼雷研发的主要领导者。研发团队得到指令生产三艘工作模型进行海上试验。

1944年6月，"马里亚纳射火鸡大赛"到来。这是美国军官对一次战斗的戏称，指马里亚纳群岛为期两天摧毁日本海军的战斗，日本损失476架飞机和445名飞行员。日本人员和物资的可怕损失促使日本海军高层相信，只有像"回天"这种自杀性武器才能阻止灾难的来临。

"回天"的研发成了海军规划的首选项目。但是，为了使这种武器的功效最大化，必须对其自杀性保密。也就是说，即使对更高层的军方人员而言，这种武器也不能从外观上显示出自杀性产品的特征。为了掩盖"回天号"的真实使命，黑木和仁科建议在乘员座位下增加一个逃生舱口，这样就能让乘员认为，在鱼雷与敌舰即将发生撞击前的瞬间，乘员能被弹射到50到100码外。但是实际上，这种逃生舱仅仅是理论上的设计，只是为了给乘员一个在最后时刻可以得救的假象，但事实并非如此。因为撞击过程一旦开始，就没有任何机会逃生，没有任何乘员能够在高爆弹头的爆震中生存下来。但这一事实被正式忽略掉，逃生舱口的设计纯粹是为了消除那些对自杀方式不完全支持的军人的疑虑。

由于"回天"项目开始受到重视，黑木和仁科这两位默默无闻的潜艇乘员成为日本最有效秘密武器的生产的主要参与者。他们两位都是热血沸腾、才华横溢，有紧迫使命感的日本海军人员，也都将因为他们设计的"回天号"而丧生。

黑木博司是内科医生的儿子，1921年9月11日生于岐阜县（Gifu Prefecture），十几岁就加入海军。战争前，他在战列舰"山城号（Yamashiro）"上服役，转移到潜艇部队后，他成为第一位设计微型潜艇的工程师。这位自信而张扬

第五章　六个金属环

的年轻人已经熟练掌握了微型潜艇的操控技术，并且利用自己的智慧对它进行一系列改造革新，最重要的是对柴油推进系统的改进，增加了潜艇的巡航范围。他的设计改善都非常好。更重要的是，他还研发了一种新产品，这种能载5名乘员的先进D形微型潜艇几乎是他独自设计的。帝国海军很快认识到它的潜力，下令建造550艘，用于海岸防御。

黑木是一位意气风发、忠于职守的年轻军官。无论从事任何事情，他都聪明、真诚、热心、追求卓越。一名对他极有影响力的导师是东京帝国大学的日本历史教授平泉澄（Kiyoshi Hiraizumi）博士，所以黑木受到几个世纪的艺术和文化的熏陶，受到战争和侵略交织的历史的浸染，专注于人生的长期观察，几乎相信日本帝国的未来肯定会比频频胜利的过去更辉煌，这也就不足为奇了。

但是，他仍然担心战争的走向。他看出了战争冲突的实质，祈求和平安宁。他憧憬着日本在精神领袖天皇的带领下取得胜利，沉醉在神圣祖国的美好未来之中。正是这种深沉的使命感驱使他去设想出一种武器，为了爱国而不惜牺牲一个人的性命。

黑木永远不会知道他的"回天"发明是否在战争中成功，因为在"回天号"第一次攻击美国军舰之前两个月，他便去世了。

"回天"的另一名发明人仁科关夫1923年10月10日出生于滋贺县大津市（Otsu City，Shiga Prefecture），父母都是教师。他以优异的成绩毕业于大阪天王寺中学（Osaka Tennoji Middle School）。中学四年级时，他参加海军考试并取得最好成绩。毕业后，他参加海军，那是1936年，他当时16岁。

能够加入海军，是这个年轻人难以置信的成功，因为这相当于在全国最优秀学生的竞争中获胜。日本海军学院入学考试难度很大，往往只有最聪明的学生才有机会通过。下面的数字可以说明这个问题：10%的学生曾是一流学校一流班级的第一名，60%的学生曾是这些班级的前5名，其他学生至少曾是这些班级的前20名。众所周知，只有最优秀的学生才能被海军学院录取。

回天号

该学院1869年成立于明治天皇统治时期，每个班以它的入学年份命名，学院成立当年的班级为第1届。仁科1939年进入这个班，是第71届。

仁科全身心投入学习和训练，成绩出众。毕业后，他被分配到大浦崎（Ourasaki）基地。这是1942年建立于仓桥岛（Kurahashijima）的甲标潜艇基地，离吴港基地不远。在那里，他结识了黑木。两人发现彼此有共同的信念和爱国热情，开始一起认真完善他们设想中的"回天号"。

1944年3月，年仅20的仁科被晋升为少尉，然后被派往大津岛（Ozushima）基地。那里的学员都发现他是一位令人刮目相看的导师。年轻的海军学院学生小滩利春（Toshiharu Konada）是第72届毕业生，和仁科一起训练过几个月。仁科给他留下了生动的印象。

"他诚实、坦率、积极，"小滩说，"他完全领会了实质要点，努力达到目标。仁科总是代表'回天'乘员和其他基地人员站在研究和训练的前沿。"仁科的信条很简单：领导者带头。基于这个传统，他将在1944年11月的菊水任务中领队完成"回天"对乌利西的第一次攻击。

海军司令部人员一直坚持要严格保密。将"回天"项目的代号定为"六个金属环"这几个不起眼的字眼，就是为了安全起见。这个乏味的、听上去冠冕堂皇的词组肯定不会引起间谍和情报收集人员的兴趣。这个武器也被称为救亡武器（救国武器）。

"陌生人会认为它是某种零件或者船上的设备。"一名军官对"回天"志愿者横田宽解释说，"他们不会知道我们在做什么，我们的行动也不会泄露给敌人。"事实上，与"六个金属环"相关的活动如此保密，以至于战后多年，许多日本海军军官仍然对这个自杀项目的存在全然不知。

现在，"回天"有了设计、代号和策略。是时候进行建造了。

黑木和仁科的"回天"设计概念基于日本海军的大口径鱼雷，概念可以追溯到1905年日俄战争后的时期。到20世纪20年代，在英国过氧化氢和氧气系统试

第五章 六个金属环

验的相关情报资料的激励下,日本工程师开始试验富氧推进鱼雷。实际上,由于之前在过于笨重的马克VII鱼雷中使用的液态氧的不稳定性和高腐蚀等因素,英国皇家海军已经在1928年后停止了这方面的努力。然而,在吴港基地,由中将朝熊利英(Toshihide Asaguma)和少将岸本鹿子治(Kaneji Kishimoto)带领下的设计团队仍然坚持着鱼雷的研发。

到1933年,93式"酸素鱼雷",众所周知的英语名字是"长矛(Long Lance)",到了舰队试验阶段。这是一种威力强大的武器,重量和航程都超过其他主力海军的鱼雷。它不同于压缩空气鱼雷,在驶向目标时,它不会留下可以泄密其行踪的痕迹;长矛机载鱼雷使用的是压缩氧气而不是空气。由于在珍珠港的可怕攻击效果,大约一年后的1942年秋天,"长矛"仍然享有无上荣誉,在瓜达尔卡纳尔海战中,它被用于对付盟军军舰,依然取得令人难以置信的成功。

"长矛"的长度大约30英尺,直径24英寸,携带1 100磅高爆弹头。鱼雷能够以40节航速前进,甚至可以接近50节,航程34 955码。鱼雷的重量为6 107磅,拥有一个汽油/氧气推进系统。它不同于其他鱼雷,它有极高的精确性和可靠性,极少出故障。

相比之下,那时盟军海军部队在太平洋使用的鱼雷"马克15"处于劣势。"马克15"短6英尺、直径更小,携带的弹头也小得多,只有660磅。美国鱼雷的航程只有6 100码,时速只有42节,最高48节,重3 289磅,是涡轮设计,行进时会留下明显的踪迹——非常严重的缺陷,很容易从海面上探测到。"马克15"的另一个问题是雷管的失效。这一直困扰着驱逐舰舰长和潜艇驾驶员,直到1943年才最终解决引信结构的问题。总的来说,它对"长矛"只能望其项背。

"长矛"鱼雷和它可靠的推进系统,成为黑木竭力推崇的海上新式可怕武器的研发基础。他不知道自己将成为第一个受害者。

基于先进的93式"长矛"氧气推进系统,吴港基地的设计团队草拟出一个方案,将弹头的空间扩大,将乘员的空间包括进去,并将其命名为"回天I型"。原鱼雷的主要部件被全部保留下来,唯一新增加的是巨大弹头和氧气发动机之间的乘员隔间。在这个乘员空间里，有一个潜望镜和一系列操控器，能够让乘员导引鱼雷的走向。到1944年春末，设计人员完成了图纸。他们计算出携带3 418磅高爆弹头的I型人操鱼雷会有40海里的航程。在珍珠港袭击中，"长矛"已经证明它能够摧毁重型巡洋舰。"回天I型"的携弹量三倍于"长矛"，并且是由人操纵的，它同样能够摧毁战舰或航母。

尽管设计团队也设想和规划了其他类型的模型，但在战争中唯一投入使用的是单人操纵的"回天I型"。一共建造了130艘"回天I型"，每艘长48.4英尺，直径39英寸，排水量8.3吨，配置一枚3 418磅弹头。它的航程为12节48英里或者30节14英里。回天的最高速度能够达到每秒75英尺。

吴港基地雇佣工人生产新型杀人武器，后来横须贺和光基地也加入生产。到7月25日，两个"回天"模型已经列装并交付给黑木和仁科在吴港基地大入（Dainyu）鱼雷测试场进行海试。结果很成功，试验人员眉飞色舞，汇报成功时热情高涨。

8月1日，海军部正式承认"回天"为一种武器，下令月底前迅速生产100艘。神风飞机将不再是唯一的自杀武器，海上特种攻击部队将使用一种类似武器。监督特种攻击部队使用"回天"的是中将三轮茂义（Shigeyoshi Miwa），他在一年前的1943年6月接管日本第六潜艇舰队。

"回天"不稳定而且笨拙，不是为长距离单独航行设计的，需要更大的船把它们运输到要部署的地方去。为了满足这个需要，日本工程师改装了I型潜艇，使其能够运输6艘"回天"人操鱼雷。母艇靠近目标的时候，"回天"乘员会通过座椅下方所谓的逃生舱爬入他们的"回天"潜艇。

操作"回天"鱼雷的时候，乘员必须控制自己的恐惧，包括对耻辱的恐惧，因为如果他失败了，他将会很丢脸。但是，如果他成功击中目标，他不会活着回来。

虽然自杀是日本文化中的光荣理念，但对很多人来说，自杀仍然是一件令人

第五章 六个金属环

恐惧的事情。"六个金属环"背后的真实含义是：对不知何时到来的死亡的恐惧。这种恐惧感和神风飞行员的完全不同。他们选择冲向敌机，然后在一个火球中丧生。要么生要么死，神风飞行员更容易在激烈的战斗中做出那种光荣的决定。但是，在四周漆黑噪音隆隆的波浪中死亡会是什么样？"回天"项目面临着突出问题。情况很快明朗起来，招募乘员并保持他们的健康和积极性，需要特别的激励。

当然，日本军事传统是"为国捐躯"，荣誉的召唤也很重要。除了对勇士的赞誉，乘员在战斗中的死亡会给家人带来精神和物质上的利益；"回天"成员死后军衔会自动晋升两级，并能在东京靖国神社得到供奉。

靖国神社创建于1869年，是为了纪念7 751名在明治维新过程中反抗德川幕府恢复天皇权力而战死的人。靖国神社的意思是"和平救国"。从那以后，所有在战争中死去的勇士都会在靖国神社得到供奉，这里也成为日本国家官方宗教和神道的重要标志，战死者被奉为神明，意思是神或者灵。在二战中，供奉在靖国神社，得到活着的神裕仁天皇的祈祷，这是战争中死亡军人最高的荣誉。

其他优惠措施也吸引和支撑着新兵。在那个物资极端匮乏的时代，大浦崎的生活条件特别好。"回天"受训人员能得到足够的食物、香烟和糖果；那里的住房虽然简陋朴素，由木制壁板构成，但比住在船上舒适多了。参加训练的乘员不是睡在军舰甲板上的草垫上，而是睡在宽敞舒适的西式床铺上。虽然日本食物缺乏的问题越来越严重，"回天"受训人员的餐点却丰富多样。但是，这些舒适条件并不能掩盖恐惧的声音，即将到来的命运使他们紧张。尽管有一流的美食，一些乘员却没有任何胃口。

绝大多数新兵都是年轻人，有的才十几岁，大多远离家庭。他们是军人，但他们面临的不仅仅是战争的风险；他们还是"回天"项目的一员，面临着铁定的死亡。这是一种残忍的精神负担。

一位从此被尊称为"回天之母"的女人试图改变他们的生活面貌。为了减轻乘员们的孤独和恐惧，她扮演着年轻新兵们的替身母亲的角色，欢迎他们，给他们一片安定的小绿洲。这位女人就是仓重朝子（Asako Kurashige），绰号"Oshige-san"，意思是她是一位光荣的、受人尊敬的人。她在位于德山（山口县）的大浦崎基地外的村子里开了一家旅店或者叫客栈，她接待来到基地的"回天"受训员，把他们当成自己的孩子。在几个月的时间里，她结识了数十名乘员，结果，他们渐渐把她当作"回天号"乘员之母。她一点都不知道这些年轻人将要学习的潜艇计划的目的。后来，当她得知她喜爱的孩子们将要被派遣去完成的菊水任务的本质时，她悲痛欲绝。多年来，她对年轻人的同情心和奉献精神，已经在诗歌和歌曲中永恒。

在许多方面，"回天"乘员的待遇都比神风飞行员的好得多。神风志愿者只得到了最基础的培训，根本原因是，趁着他们的热情还没消减，很快便被送去赴死了。事实上，他们中的很多人甚至不会降落飞机。在战争最后的几个月内，当飞机、燃油、合格的培训师和作战培训的时间都严重不足时，这种战略的确被采纳过。在1944年和1945年孤注一掷的最后几个星期内，士兵自愿开飞机，学习基础知识，飞上天空，没再回来。

当然，这种玩世不恭的作法不会用在"回天"乘员身上。在进入水中的"回天号"之前，他们要在陆地上训练很多个星期。日本皇家海军师从英国皇家海军，所以他们的很多传统和习惯来源于英国海军。大津岛基地的大量军官和海军学院毕业生都表明，只有最优秀的海军候选人才能促成"回天"项目的成功，他们接受的训练与他们超群的天赋相应。"回天"乘员与似乎更加可有可无的神风飞行员不同，他们被看作非常有价值的商品，训练有素、专业化，是不能被浪费掉的商品。

第一批"回天"成员是从海军志愿者中挑选出来的，主要从飞行员中选出，因为那时日军的飞行教练和飞机已经所剩无几。三个标准必不可少：掌控鱼雷的体力、坚强的意志、没有家庭负担。对体力的需求显而易见，因为操控"回天"确实很难；坚强的意志意味着志愿者拥有拼搏精神和伟大的民族责任感；第三个标准是为了确保当选者有最少的家庭负担或者根本没有。已婚人士被排除，只有极少的年长士兵或者独子被选中。最佳人选是身体健康、义无反顾的年轻人。选择标准严格实施，最初很少人被选中。

日复一日的训练在缓慢推进。一艘"回天"需要七个技师，只有少数技师接受过控制潜艇的培训。等到每一件武器都被检测、配置好，携带着准备重新充氧的氧气罐返回基地的时候，四五个小时已经过去。甚至水中训练开始以后，每天仍然排满了相关活动。在接受"回天"的漂浮和岸上培训后，学员还要接受严格的相扑、柔道、英式橄榄球、赛艇和棒球体能训练。

从数千名志愿者中只选出1 375名年轻人作为"回天号"乘员，其中只有极少数人进入过"回天号"。仅有50艘"回天号"被投入到战争中。

然而，随着鲜血充满冲绳、马里亚纳和加罗林海域——日本欲望项链上闪亮珍珠的岛屿，帝国海军将领看到，他们的优势正在被一步步蚕食。到1944年后半年，他们不顾一切地想力挽狂澜。他们需要一种武器来扭转日本军队的士气，激励他们的士兵。他们不只想击沉军舰，而且希望能够以不可想象的方式冲击和打击敌方：故意自杀。神风飞行员从空中打击，菊水乘员从海上出击。

日本以强大的攻势在珍珠港拉开战争序幕，中途岛之战改变了胜利的走向。现在，他们希望无私高尚的勇士能够夺回他们在太平洋的主导地位。

1944年夏
大浦崎潜艇培训基地

"回天"乘员的培训即将开始。为这个秘密项目准备的海军基地是安全的，因为只有相关军事人员能够得到允许在这些极端机密的地方走动。

横田宽是从土埔（Tsuchiura）海军航空站2 000名接受这项必死使命培训的学员中挑选出来的人之一。横田是为了成为飞行员而进入土埔飞行培训学校的。但是，他现在已经知道有一种神秘的新式武器。

"我们的祖国正面临迫在眉睫的危险。"这位土埔新兵被这样告知，"想想祖国多么需要你吧。现在，一种能够摧毁敌人的武器已经诞生。如果你们中有人热血沸腾，愿意光荣地为祖国赴死，请跨前一步。"然后，教官给集合起来的士兵每人发了一张纸。真心希望成为志愿者的人在纸上画两个圈，"仅仅愿意执行这个任务"的人在纸上画一个圈。被真正接收的人员数量必须限制，因为足够供这些人员培训需要的"回天"还在建设中。因此，从土埔海军航空站选拔的志愿者要经过仔细审查，以便将最终人员控制在可以有效管理的100名以内。

尽管许多人认为在黑暗的水下机器里故意自杀的想法是疯狂的，但它也吸引着一些热血青年。19岁的横田受到极端爱国主义的激励。从参加海军开始，他就每天被领导人员灌输这样的理念："如果需要来临，每个人都应该乐于为帝国献出自己的生命。"

然而，不同看法依然存在：人不能白白送死。菊水上的生命是有价值的，因为这些人非常睿智，积极性很高，独一无二，并且接受过无与伦比的专业训练。因此，他们必须慎重选择牺牲方式。"死亡必须有目的。"一名教官说，"若不能严重损伤敌人，就不能死亡。"

在横田的训练组内，有一位名叫神津直次（Naoji Kozu）的前东京帝国大学学生，他1944年初被征募入伍。在反潜学校学习时，神津自愿报名参加一项他仅仅知道是危险工作的任务：自愿踏上一种能够立即扭转战局的"特殊武器"。多年以后，他说："我漫不经心地提出了申请。"接着他又补充道："我从来没想象过我会去一个绝对不能活着回来的地方。"

另一位志愿者士官久保吉辉（Yoshiteru Kubo）依然记得他得知任务真相后的震惊。

"当志愿者被邀请成为'回天'成员时，"他回忆道，"我才知道这项任务有极大的风险，这是新研制的武器难以避免的。但是，当我站在它前面的时候，我才意识到，远远不止于此，那是自杀，没有生还的机会。这使我很确信，我们被严重误导了。"

甚至高级军官也持保留意见。日本皇家海军成员、司令官鸟巢建之助对这项

第五章 六个金属环

自杀任务保持看法黯淡。他说："我相信，像'回天'这种由注定会死的人类来操控的武器不能被认为是一种武器，而是一种绝望的行为。"

然而，随着日本损失的增加，绝望的情绪在增长。随着太平洋战争势态对日本帝国愈发不利，对自杀式潜艇的欢迎程度也在增长。

从大浦崎转移到大津岛

1942年12月，中尉黑木博司曾被分配到大浦崎的P基地。9个月后的1943年秋，中尉仁科关夫随他到了这里。两名潜艇乘员都加入到训练甲标微型潜艇的活动中。但是，由于实用性和保密性的原因，1944年夏天，"回天"项目的操作和训练将被转移到吴港附近的大津岛基地。

1944年7月，拖轮从大浦崎出发，沿着海岸行驶了不远的距离，将一组"回天"乘员运送到大津岛。从1937年起，大津岛已经作为"长矛"鱼雷的发射、维修和恢复基地。这里拥有处理"回天"潜艇的设施、设备和人力。鱼雷维护专家陪同乘员和三艘试验型"回天I型"转移到大津岛。

板仓光满（Mitsuma Itakura）少校被任命为基地指挥官，中尉Y滨口（Y. Hamaguchi）负责鱼雷的组装。吴港基地提供了大量的鱼雷专家，在新的岗位上等待组装"回天"鱼雷和对它们进行发射前的检查。护航舰也被派遣到基地，作为训练演习中的快速追逐目标船。后来，鱼雷艇、汽艇也陆续到达，信佑自杀艇将在海湾作为"回天"训练中的回收舰。吴港基地还临时借调大量的船只和人员到这个基地。后来，这些船只和人员被永久分配到大津岛。

乘员和来自不同渠道的其他人员也来到大津岛。随着"回天"乘员的增加，鱼雷装配工、厨师、水上飞机维修人员、船员等也在增加。源源不断到来的新成员使这个狭长小岛上的住房和工作空间变得拥挤起来。很快，它就难以容纳如此多的海军人员了。

随着"回天"潜艇和技术人员向大津岛基地转移，海军新兵的训练也转移到这里。9月1日,"回天"训练团队悄悄转移到这个新地方,在极其秘密的情况下开展训练。

在那个9月的第一周,大津岛只有六艘"回天",因此只从200名在场的志愿者中选出32名参加"回天"训练,剩下的168名将不得不等待新建成的"回天"到来。

为了保持"回天"的顶级机密性,采取了一切可能的措施。其中最显著的是,为了不让盟军侦察机发现它的存在,在大津岛基地修建了一条隐蔽铁路,以便将"回天"从山顶的装配工厂运输到山下的水域进行海上试验。整条铁路都在隧道里,基本都隐藏在大山下,可以躲过情报收集人员的眼睛。在山中的维护保养场地,"回天"被装上一架转动台(类似于摇篮或者推车的简单工具,有车轮和车轴,在铁轨上运动),通过隧道系统转运。到德山湾码头后,转动台才从隧道里出来。

"回天"的短缺不是唯一的困难。更严重阻碍训练效果的是,基地缺少熟练技术人员来保养和维护这种人操鱼雷。直到这年后期,这一情况才有所好转。到11月底,位于德山南方海岸的第二训练中心已经存放了超过70艘"回天"。

根据新兵横田宽的说法,大津岛基地给人的第一印象是沮丧。他说,"就是两个类似于飞机棚的巨大黑色建筑"和一座简陋的房子。虽然"回天"的大部分在吴港造船厂建造,但在大津岛进行组装和维护,因此修建了这些建筑物。

接受基地司令板仓少校的正式欢迎后,志愿者得到允许参观"回天"。亲眼看到他们将用其攻击敌人并死在其中的武器后,他们得到最后的放弃机会。任何想回到传统的乘员训练中的人都可以得到批准,不会被询问任何问题,也没有不光荣的耻辱感。但是,士兵们都深受武士道精神影响,能感受到空气中沉重的耻辱感,因此很少有人利用这个机会。

古老的武士道精神压倒了其他所有约束,包括生存的理智和冲动。"荣誉高于死亡。"武士道最神圣和最核心的原则战胜了恐惧和耻辱,促使这些年轻军人去为国家做出最大的牺牲。

第六章
海王星的"深海兄弟会"

美国人喜欢战争,所有真正的美国人喜欢战争的刺激。

——乔治·巴顿将军

第六章 海王星的"深海兄弟会"

"密西号"向南驶向巴拿马运河，船上的水手们渐渐适应了船上的生活节奏，自如地操控着水管、水泵和油轮发动机。

年轻的水手学会了海军礼仪：每天第一次见到军官要行礼，以后就不用再行礼；但无论值班的时候在甲板上遇见贝克舰长多少次，所有的水手都必须向他行礼。

水手们所有时间都必须穿着水手的工作服：浅蓝色条纹衬衫、蓝色喇叭牛仔裤、统一的袜子和鞋、圆形白色水手帽。长袖衬衫可以保护他们不被日光灼伤。但是，太平洋气候炎热，衣袖一般都挽在肘部以上。水手们都按照要求在皮带上携带一柄带鞘刀具，如果被缆线或者索具缠绕住，能够快速切断它们。水手长的助手必须更加严格地执行这个规定。

水手们的日常形态由他们的军衔和技能决定，但无论是值班、进入临战状态还是休息，他们的时间总被排得满满的，很少有时间去观看从船头飞过的飞鱼，或者偶尔跟着军舰后面追逐的海豚。

水手被分成两个组，一组的工作范围从舰桥到船头，另一组从舰桥到船尾。第一组水手负责加油系统和从舰桥到前甲板的维护，包括装着100号航空汽油的油箱。航空汽油一般称为AV汽油，存储在舰桥前部的中心油箱里；副油箱在左舷和右舷，储存着海军特种机油（NSFO）；1、2、3、4号油箱在中心油箱两侧。如果有鱼雷攻击事件发生，副油箱能够作为主油箱的缓冲区。

第二组负责加油站和从舰桥到后甲板的维护。在海上进行加油作业的时候，舰桥后部的四个加油站需要几名水手操作。

拥有特殊技能或接受过特别培训的专职水手左袖上缝着一根布条表明他们的技能。专职水手包括助理水手长、舵手、助理炮手和火力控制人员，他们被分配到第一组和第二组。第三组成员包括军需官、电报员、信号员和雷达专家，都被分配到舰桥值班。另外一个特殊的组被称为建造和维修组（C&R帮），由舰队维修人员、电子专家、金属技工和木工组成。第四组成员不仅包括专职人员，也包括非专业人员，所谓非专业工程水手就是消防员，专业人员是供水员和机械师。第五组成员包括文书、厨师、售货员和药剂师。

一轮值班持续四个小时，然后水手休息八个小时；工程师和其他大多数水手一样，不值班的时候也执行其他任务；每天十二小时工作是很正常的，在海上加油的时候，这个时间会更长。所以睡眠成了奢侈的事情。

无论何时，只要有敌人攻击，高音汽笛报警，所有成员立即冲向自己的指定战斗部署位置。工程水手的战斗部署位置通常就是他值班时被指定的位置，但很多水手的战斗部署与通常的值班位置不同：供水员雷·福乐曼会转换到锅炉房去监控阀门，而约翰·梅尔会离开繁忙的厨房，成为消防员，或者在20mm口径炮台上作为炮耳操作员。

黑帮的水手们会根据从舰桥下达的命令，加足马力，使舰艇达到最大的速度。在避开别人攻击的时候，速度的突然变化或者船舵方向的控制可能是生死之别的关键所在。

在战斗部署中，由甲板水手操控"密西号"的火炮。没有战斗部署时，他们通常占据一个正常炮位；有战斗部署的时候，他们会换到另外一个不同的指定炮台。

在海上航行四天后，6月23日，郁郁葱葱、闷热难当的南美海岸线映入眼帘。海滨生长着茂密的椰子树，天空中海鸟成群。少数船员获得上岸活动许可，"袭击"海滩，意思是他们可以到酒吧去喝朗姆酒和啤酒，或者去商店购买纪念品。第二天，宿醉的水手醒来时发现，在公用码头加油一夜后，"密西号"只剩下五英尺的出水高度。装载数千磅的燃油后，舰艇吃水很深，现在的"密西号"被称为"胖女人"。

黄昏，舰长贝克设置好航海参数，军舰离开公用码头，以黑暗的掩护，将被

第六章 海王星的"深海兄弟会"

U型潜艇探测到的可能性降到最低。"斯特劳斯号"就位,两艘舰艇以17节的速度离开圣尼古拉斯湾(San Nicholas Bay),一起开往水沟(Ditch)。这是老水手们对巴拿马运河的戏称。

那天晚上很安宁,直到"斯特劳斯号"上的雷达声刺破宁静的暗夜,使护卫舰驱逐舰舰桥上的人员忙碌起来。"报告舰长,潜艇攻击!"雷达手大喊道。

"通知'密西号',进行战斗部署。"舰长下令。"斯特劳斯号"船员冲向各自的战斗岗位,水手们准备好刺猬弹———一种由英国皇家海军研发的能够从舰首发射的反潜武器。刺猬弹发射架能发射大量超小口径迫击炮弹。这种炮弹通过接触引爆,而不是像深水炸弹那样使用定时器或者引信。它们对潜艇的击沉率也更高。在"斯特劳斯号"和其他驱逐舰上,深水炸弹是它们的补充物。这天,舰尾上的人员也在准备从舰尾将这些"垃圾筒"(深水炸弹)滚落下去。

在"密西号"上,雷达操作人员也在屏幕上检测到了潜艇的光点,并向舰桥上发送了信息。舰长贝克咆哮道:"战斗部署,最高速度,全速前进,开始之字航行!"铛!铛!铛!高音汽笛声回响,舰长的命令通过广播系统传递开来:"所有人员到达战斗岗位!"

海员们纷纷冲向自己的战斗位置,占据火炮发射点。舰桥上的一名炮手突然感觉有一只手放在他的肩膀上,抓着他的肩胛骨。那是舰长贝克。"你害怕吗?"舰长问道。水手点头称是。贝克说:"我们都害怕,但恐惧感很快就会过去。"

在"斯特劳斯号"和"密西号"分开之后,护卫舰的舰长命令从舰首发射刺猬弹。刺猬弹被发射出去。然后,护卫舰回到最初的护卫位置上,将深水炸弹从舰尾投下。它们在深水中爆炸,在海水中激起一道道水雾。水手注意到,潜艇下潜地方的水面上有残余的油迹,结果是不确定的,潜艇也许逃走了。贝克舰长知道,潜艇一般像狼那样成群出没,于是增加了瞭望人员密切监视潜艇动静,直到它们远远离开。

第二天,"密西号"和"斯特劳斯号"整天继续向运河区域航行,并于6月26日中午从大西洋一侧进入加通(Gatun)船闸。

回天号

约翰·梅尔在甲板上入迷地观察着。他注意到，大西洋的水面比太平洋低85英尺。巴拿马运河宽110英尺，使得轮船两侧离岸边都只有17英尺的距离。满载的油轮缓缓地被"电驴"（有时也戏称为"骡子"）牵引着通过。热带雨林就在眼前，梅尔伸手从一棵树上摘下一片叶子，心里纳闷航母或战舰能否从这运河通过。1小时20分钟后，"密西号"已经通过船闸的低、中、高水位，驶出运河。

到达加利福尼亚近海的巴尔博亚岛（Balboa Island）之后，水手们获得上岸活动自由。对于在阿鲁巴岛时留在船上的年轻船员来说，这是最受欢迎的事。水手们跳下跳板，去看巴尔博亚岛上有些什么。海岸巡逻队监控着当地人经常光顾的各酒吧出入口，水手们被告知这种场所是严格控制的禁地。喝醉的水手们有些步履蹒跚地自己走回来，有些是被海岸巡逻队扶回来的，就连军官们有时也不得不承受东倒西歪的年轻船员们的冲击。船员们都知道自己正在奔赴战场，这次上岸活动也许是最后一次享受。舰长贝克和执行官刘易斯这次都很宽容，他们也知道这是未来一段时间内的最后一次上岸放松活动。

第二天启锚后，油轮驶向北方，紧靠着加利福尼亚海岸航行。然后，油轮向西转向珍珠港方向。船上的日常活动按部就班，油轮乘风破浪，驶向夏威夷群岛，那里的黑色熔岩直插海里，威基基海滩（Waikiki）用白色海滩和草裙舞欢迎来客。

现在，"密西号"单独航行，没有护航舰，因为"斯特劳斯号"已经离开，驶向未知的目的地。贝克舰长命令双螺旋桨以每分钟90转的转速增加速度，油轮以18节的速度在汹涌的太平洋上破浪前进。他们知道日本潜艇在加利福尼亚海岸附近潜行，但以这个速度，日本潜艇永远追不上他们。

7月10日，星期一，夏威夷。当钻石山（Diamond Head）从右舷映入眼帘时，约翰·梅尔、比尔·布里奇和其他一些船员正伏在船舷栏杆上。舰长贝克命令所有不值班的水手在甲板最上层集合，穿白色制服进入珍珠港。穿着制服是对驻锚地军舰和军官的尊重。

第六章 海王星的"深海兄弟会"

水手乔·肯特多低头看着自己的白色制服，惊愕地看到一条大大的油脂印迹污染了他的两条裤腿，那是拖船牵引"密西号"进入珍珠港的时候，他抓着的钢缆留下的印迹。来不及换衣服了。于是，他专注地看着前方。当他们进入珍珠港航道的时候，太平洋海水从蓝色变成绿色、浅绿色。"密西号"以7节的速度前进，差不多是从海港的水中轻轻滑过。基地拖船把"密西号"带到战列舰队列的南端，距离沉没的战列舰"亚利桑那号"北面几百码的地方。战列舰沉没的残骸严峻地向"密西号"上的年轻船员们提醒着战争的危险性。

舰长贝克让船员们轮流值班，这样经过长途旅行后的水手们便可以"袭击"海滩。将近一个月前，他们离开汉普敦锚地。从那以后，他们曾在阿鲁巴停泊，然后穿越太平洋。身处战列舰、航母和驱逐舰的包围之中后，他们开始感觉成了太平洋舰队的一部分。甚至年轻海员现在也认为这艘军舰就是他们漂浮的家了。

25岁的纽约人，海员乔·德桑蒂斯（Joe DeSantis）决定给军舰一个吉祥物。一天，去檀香山自由活动后，他带着一位特殊的朋友登上"密西号"。他刚把他的帆布包提到船上，一只小猎犬就便从里面窜了出来，吠叫着准备向海里冲。"我要叫它'萨尔沃'。"德桑蒂斯对羡慕地看着他的同伴们说。那条小狗从一个碟子里喝了些啤酒后，叫得更厉害了。

"这条狗已经是标准的海军军犬了。"一名海员给妻子写信介绍萨尔沃，"它很在意它吃的东西。它消耗的饼干和根汁汽水比三个水手消耗的还多。每个人都和它玩、喂养它。它现在已经长大了，能够在整艘船上转。现在还有些舱口的围板它爬不过，它就在那儿狂吠，直到有人抱它过去。"萨尔沃享受着养尊处优的海上生活，是每个人的朋友，但德桑蒂斯明确告诉每个人萨尔沃是他的狗。

到达珍珠港不久，贝克舰长让船员穿上白色制服在甲板上集合照相。十六名军官坐在第一排的椅子上，六名士官站在他们后面。士官们穿着深色制服，与周围大片白色制服形成鲜明对比。军官右手边站着七名黑人餐厅服务员。后面十排全是"密西号"的水手，其中许多都是十几岁的孩子。在海军摄影师的指挥下，他们冲着照相机绽放出笑容。

回天号

　　五个月以后，这张照片将是一些军人家庭唯一的安慰，证明他们的孩子从平民成为军人，在太平洋的军舰上度过每一天，军舰的行踪他们有时知道，有时不知道，但总在远离家乡的地方；对于那些永远不能再回来的人来说，这是证明他们存在过的最后一张正式照片。

　　6月15日到来，这是"密西号"出海的日子。在拖船的牵引下，"密西号"沿着航道离开珍珠港。到达公海后，舰长贝克从海港导引员手中接过船舵。和平常一样，日落时分，贝克下令进入战斗部署状态，于是"密西号"开始"之"字形前进，以避免遭遇日本潜艇的攻击。黑暗降临后，护卫舰靠近油轮前进。

　　"密西号"再次成为"胖女人"，从舰首到舰尾的巨大油箱中装满着百万加仑的海军特种机油（NSFO）、柴油和航空汽油。这艘军舰上还满布武器，随时准备防卫对自己的任何攻击。油轮将把燃油、补给和货物带给成千上万名在甲板上翘首企盼的水手。"密西号"宛若一名重任在身的女子，其工作是给太平洋舰队加油，让在太平洋深处巡航的饥渴军舰吃饱喝足。

　　油轮和护航舰PD-21-T一起驶向菲律宾。在珍珠港最后上岸活动的记忆很快淡去。由于是向西南赤道方向行驶，每一个白天都更加漫长。护卫舰的下一个目的地是埃尼威托克（Eniwetok）。那是马绍尔群岛的一个小环礁，舰队作战的临时区域。

　　"密西号"晚上是在黑暗的情形下前进的。船员舱舱口用黑色帆布遮盖着，所有灯光都熄灭，只有甲板下小隔间里的红灯亮着；夜里，这些红光能让水手登上甲板时可以立即看见黑夜中的东西，因为他们的眼睛能够迅速调节，适应这黑墨般的暗夜。

　　日本潜艇通常在日出和黄昏时发起攻击，美国海军于是规定在那些时间加强作战部署。因此，舰上一天的生活从早上5：30日出以前的战斗部署开始，在18：30左右的战斗部署中结束。"密西号"以平均14节的速度前进，速度够快，使日

第六章 海王星的"深海兄弟会"

本潜艇难以跟上护卫舰，或者将自己的位置调整到攻击位置。快速舰队油轮的好处显而易见，因为它们能够跟上战舰的速度，远离攻击。

油轮准备进入战争区域的时候，舰长贝克加紧了演习：落水、射击练习、消防和救援以及弃船。

每位水手的值班程序因其军衔和职务不同而不同。供水员雷·福乐曼站立在他的值班位置上，靠近锅炉房狭窄通道的地方，通过观察一根标记着水位的竖直玻璃管调节水的流量。在数以百计的杂事中，烧火帮的工作是用柴油擦拭地板和锅炉表面，保持它们干净整洁。

约翰·梅尔还得到机房从事电话通讯工作。他在老海员、机械军士亚历山大·德（Alexander Day）的指导下工作。当德把胶木耳机套在他的头和耳朵上，用手按着他的圆形水手帽时，开始上课的时间就到了。

梅尔作为舰桥电话员的工作职责是传递来自操舵指挥的指令，给出左舷和右舷转轴所需要的转数的数值。他站在操控左舷和右舷油门的两名机械军士之间。每个油门操作手都紧紧地抓住身前的一个巨大蒸汽轮，每个蒸汽轮控制一个传动轴，同时观察着油门板上的蒸汽压力表。"密西号"前进时，梅尔重复着来自舰桥的指令——"增加一转，降低一转"。如果需要急转弯，就得将25英尺长的船舵向新方向转动，同时在相反的螺杆上增加转速。也就是说，向左舷急转弯需要舵手将船舵转向左舷，同时增加右舷螺杆的转速、降低左舷螺杆的转速。

甲板下没有风，在发动机房、锅炉房和水泵房，温度会很快升高到让人感觉不舒服。"黑帮"水手有时要经受超过一百度的热量。值班的人会待在使风力从顶端吹向下部的鼓风机下面，但酷热只能得到些许缓解。

一天下午，机械军士弗雷德·斯卡弗斯（Fred Schaufus）一个人躲在船尾泵房内他的战斗部署岗位上，在闷热中打瞌睡。这时，一名军官从舷梯上走下来，皮带上别着他的点四五口径柯尔特式自动手枪。斯卡弗斯感觉到了点四五枪管在他胸膛上的压力，于是这名27岁的水手醒来，发现军官正冲着他咆哮："你知道我可以毙了你。"斯卡弗斯被惹恼了，虚张声势地喊道："来啊，开枪啊！"军官跺脚走开了。

军官经常和士兵发生冲突，并且以微妙的方式被嘲弄。少尉布朗（Brown）是一名90天奇迹培训者。他已经习惯了老水手的戏耍和嘲弄，因为他的名字适合被用来恶作剧。当少尉的鞋子出现在发动机舷舱梯口的时候，有人会大喊："屎是什么颜色？"帮凶立即回答："布朗！"这时布朗也正好从甲板舷梯最后一级跳下。有一次，有人扔出一个扳手，扳手与布朗擦身而过。扳手上有一张手写的便条："下次扳手可能不会放过你。"因为无法找出犯规者，布朗只好从发动机房退出。

消防员比尔·布里奇的岗位在船尾泵房里，工作是负责观察着水泵和压力表，确保传动轴上的大轴承得到充分的润滑，以保持它们的冷却度。当"密西号"全速前进的时候，传动轴轴承需要大量的润滑油，所以水泵房观察员的警惕性很重要；油轮极速航行时，水泵房的噪音震耳欲聋，水手需要传话的时候，需要把双手拢在嘴边，对着下一名水手的耳朵大声喊叫。

一天，海上风平浪静，布里奇一个人在发动机房里。突然，他的目光落到舱底板的边缘上。不知出于什么原因，他决定卸掉舱板。光照下，他发现有玻璃在闪着微光。他跪在舱板边，伸出脖子向下方凝望，看到舱底排列着一排排一加仑容量的玻璃瓶，总共大约30个，里面显然装满果汁。他马上意识到，他偶然发现了某人的自制酒酒窖。他急忙将舱底板放回原处。他没向任何人提起他的发现，也不知道这是谁的战利品。

水手们私自酿制的酒并不总是不被发现。在这次向南的航行中，两名机械水手将果汁、葡萄干和其他美味水果混合物装入可口可乐桶中，让它们在炎热的锅炉房内发酵。为了隐藏这些自制酒，他们用绳索将小桶悬挂在锅炉烟囱的顶部，让那里的热量使这些酿造品发酵。这个计划在一个晚上宣告破产，因为绳子松开了，小桶落到下面的管道、阀门和仪表中间。倾斜而下的液体让曾经一尘不染的锅炉盖上一层厚厚的紫色黏性物。总供水员史密斯愤怒地看着锅炉变成紫色，大半夜里把烧火帮全体成员从铺位上叫起来。接下来的几个小时内，他们在军官们

第六章 海王星的"深海兄弟会"

的监督下将污物清理干净。没有人对这次事件负责，但发酵后的葡萄干和李子的刺鼻气味持续了好几天。

贝克舰长经常向前来加油的航母协商索要一些物资，其中之一是烈酒，冰激凌更是难得的享受，因为"密西号"没有办法自制凉点。贝克还经常和其他军舰讨价还价，以得到其他物资。在美国军舰上，禁止饮用烈酒，只在医务室里存放小瓶威士忌作为药用。有时，贝克用淡水向其他商用油罐轮交换烈酒，但在海上的长期旅途中，的确更需要独创性。航行刚开始时，看到贝克用"密西号"上的蒸馏纯净水换取民用商船油罐轮上的艾克韦尔瓦（Aqua Velva）须后水，船员们都感到惊讶。交换结束后不久，舰长便会让服务员拿一条新鲜的面包到舰桥上去。后来，大家都明白了，舰长用面包过滤须后水，得到酒精。经过第一次艾克韦尔瓦事件后，每当淋浴水由淡水换成海水时，船员就知道舰长又和商船进行了一次烈酒交易。

7月19日，星期三，"密西号"穿过国际日期变更线。突然之间，这一天成了星期四。这个新时区的正式名称是负11.5时区（意思是以格林威治时间为标准的小时数）。因此，进入这个时区后，要求把军舰上的时钟拨后半个小时。于是，时钟转换人员从甲板上跑到甲板下，调整了船上将近二十四台时钟的时间。当天晚些时候，船员们看见了马绍尔群岛最东段的岛屿。他们的下一个港口，埃尼威托克，就在西面几英里外。

"密西号"上的雷达观察员们在领航员的严密监督下工作，都在为雷达操作考评努力。他们的值班地点在雷达室。那是舰桥甲板上的一个小房间，两名观察员在里面不断地操作雷达进行水面搜索。同时进行空中搜索和水面搜索时，四名水手挤在那个小房间里。

在漫长枯燥的观察雷达期间里，信号室提供的花生酱吐司和热咖啡是唯一的安慰。中尉罗维经常去雷达室，对那里的年轻人很友好。他总是这样对新兵们说："就算你们在海军服役五十年，你们也永远不会知道我所知道的东西。"六个雷达操作员都喜欢他，竭尽全力提高工作效率。他把年轻人庇护在自己的羽翼下，关心他们，新兵们用极大的忠诚回报他。

贝克舰长也经常拜访雷达室，但舰桥上的一些年轻人很怕他。雷达观察员们能够感觉到，50岁的贝克和其他年轻军官的关系有点紧张，包括执行官罗伯特·刘易斯，他经常在这件事或者另一件事上与贝克的意见相左。但是，这种紧张在太平洋上的移动城市里并不少见，因为数百名男人共用相同空间，共享日常生活。

电报室一天二十四小时抄写摩尔斯代码信息，并把编码信息传达到代码室内，以便威尔逊中尉（Wilson）和斯科特（Scott）进行解码。虽然两名通讯军官都操作电子数码机（ECM）进行解码，但威尔逊做得更多，因为每二十四小时中，斯科特都有六小时在舰桥甲板上担任执勤军官。不间断审查船员书写的家信的主要任务也落到通讯军官身上。威尔逊和斯科特申请让其他有时间的军官帮助完成审核任务。因此，军官室的长桌上经常散落着剪刀剪成的碎片，许多家书都被深色记号笔画上了大叉。任何提及军事行动或地点，被截获后可能向敌人透露消息的书信都被销毁了。信封都被盖上一个橡皮图章，并由审核军官签字。

通讯专员们——雷达员、电报员、信号员和文员——负责接收、翻译和传递外界给"密西号"或者加油小组的信息。电报员们不是一般地喜欢恶作剧。鲍勃·布劳提根（Bob Brautigam）发现了一个途径，可以在贝克舰长离开舰桥后进入舰长室搞恶作剧。贝克喜欢甜食，经常让服务员烤馅饼，然后直接将余温尚存的美食送到他的小屋。新鲜馅饼的香味会在舰桥区域飘散，进入电报员的鼻孔。布劳提根酝酿了一个计划。于是，电报员们经常偷偷溜进舰长室，迅速吞下贝克的美味馅饼，并把馅饼盘扔到海里。馅饼失窃案一直持续着，直到有一天布劳提根听到服务员向贝克抱怨馅饼盘快用完的时候才结束。

49岁的海军老兵，餐厅首席总管弗兰克·卢茨深受他的厨房工作人员的敬佩，他的烹饪技术也鼓舞了船上的士气。他提供的一日三餐可口丰盛，令水手们惊叹，因为很多水手都经历过食不果腹的大萧条时代，都还清晰地记得只有汤喝

第六章 海王星的"深海兄弟会"

的厨房和饥肠辘辘的夜晚。

一名舰桥通讯员每天早上3:00叫醒厨师们起来准备早餐。总有三名厨师负责制作每餐的餐食。另外四名厨师负责用传送带将餐食传递到很大的保温餐桌上。八个应征入伍的勤杂水手负责清洗餐桌、帮着传送食物、洗涤碗碟、削土豆皮和处理垃圾。

有时可以在港口买到新鲜鸡蛋。海上的标准早餐是鸡蛋粉、奶粉、培根、吐司和煎饼,饮品是浓咖啡。天气寒冷、气候恶劣时,厚厚的无柄白色陶瓷海军咖啡杯是很好的暖手器具。作为早点配菜的菜豆蘸上足够的番茄酱也很好吃。

午餐经常是像皮鞋一样硬的灰色澳大利亚牛肉,带有软骨和脂肪,不受水手欢迎。热带黄油和平常餐桌上的黄油的颜色和浓度相同,但水手抱怨说,即使喷灯也融化不了这种蜡状的物质。船上的供给品似乎从未减少过。

"马鞭和乔"是对三明治和热咖啡的叫法。冻结成长香肠形状的三明治被切成厚片,端上来的咖啡非常烫,水手们经常把香肠环绕在咖啡杯周围来给冻肉解冻。卢茨总管的特色辣根芥末为餐食增色不少。每当水手们醒来时发现厨师们正在准备数百个马鞭三明治的时候,就知道军舰将要驶向气候恶劣的海域。

来自纽约市布朗克斯(Bronx)和皇后(Queens)区的美籍意大利裔水手喜欢厨房准备的意大利面条和肉酱。他们给其他军舰加油一天后,贝克舰长会不顾海军条令,允许他们喝一两听啤酒,吃意大利面条,以此作为对他们出色完成任务的奖励。蔬菜罐头、土豆泥和源源不断的面包、咖啡是船员们的普通膳食。

费尔南多·"曲奇"·奎瓦斯(Fernando "Cookie" Cuevas)和约翰·迪安(John D'Anna)很喜欢为船员们烹饪,也得到了他们的好评。奎瓦斯33岁,曾在纽约一家快餐店打短工,很高兴能运用自己的烹饪技术而无须履行水手职责。18岁的底特律小伙迪安发现在大半夜起床做饭很难。有一天,贝克舰长参观厨房时发现战斗部署警报也没能把这个家伙吵醒。"约翰,如果我们遭受攻击,你会死的。"舰长逗他说。迪安轻松地回答说:"长官,不用担心,我会第一个跳海。"

船上的面包师马塞尔·"法兰奇"·莱默克(Marcel "Frenchy" Lamock)是主

动要求加入美军的法国公民志愿者，舰上最受欢迎的水手。当问及他为什么加入美军的时候，莱默克回答说："博克斯（纳粹）侵占了我的祖国，我要还击他们。"这位天才面包师用桃子和梨子罐头做的馅饼让船员们百吃不厌。在每个准备加油的早上，如果醒来能吃到新鲜的肉桂卷，水手们会感到惊喜。每天早上，从法兰奇烤箱里面包上升起的香气都会从船尾水手的宿舍内飘过，他每天都能提供新鲜面包。

"密西号"上服务员的工作之一是给军官室的军官准备餐食和提供用餐服务。詹姆斯·里德（James Reeder）是军官室的厨师，给军官准备餐食的工作由他领导。里德的辣椒是一道家常菜，用香草精和大量甜椒烹制，是贝克舰长最喜欢的菜，所以经常出现在军官室的菜单上。

里德不做饭的时候，经常会和伙伴参与餐厅赌博。赌博的方法就是掷骰子。罗利·波波斯经常前来观看。一次，纳撒尼尔·沃伦（Nathaniel Warren）乞求波波斯借给他25美元。波波斯很不情愿地答应了，因为他每个月都要把16美元工资的大部分寄回家里。结果，沃伦越输越多，让波波斯很是紧张。几个星期后，沃伦通过缆绳被转移到另一艘船上，当他在两艘船之间晃荡的时候，波波斯挥手和他告别，当他意识到一直没收回他的25美元时，已经为时太晚。

7月23日的清晨，埃尼威托克的姊妹岛夸贾林环礁（Kwajalein Atoll）出现在薄雾中。埃尼威托克位于它的西北方，距离326英里，一整天的航程。埃尼威托克五个月前被占领，使美国得到了马绍尔群岛的控制权，环礁自然就成了海军陆战队航空兵基地以及舰队的锚地。

埃尼威托克环礁包括三十个沙岛和珊瑚岛，周长64英里，海拔15英尺。可以从三个入口进入的环礁湖，到达一个也叫埃尼威托克的岛屿，两英里长、四分之一英里宽。经过夸贾林环礁后的第二天，"密西号"进入埃尼威托克海港，水兵们在甲板上列队，港口已经挤满了第五舰队的军舰，岛上似乎电线杆林立，有数百根。"密西号"靠近的时候，船员们才明白是怎么回事，原来那是数百棵棕

第六章 海王星的"深海兄弟会"

桐树，经历炮火的洗礼，它们的顶端已经被打掉，光秃秃的树桩直刺天空，没有一片树叶。

"密西号"停泊了好几天，水手们也没料到油轮会很快在港口内移动。海员尤金·库利（Eugene Cooley）和乔·肯特多（Joe Contendo）决定与几名不值班的水手一起打排球，前面的航空汽油油罐权当球网。水手们没有意识到，船锚已经升起，油轮正准备前进。激烈的排球比赛开始了。库利在左舷栏杆附近高高跃起，伸手去够肯特多打过来的高速飞行的排球。可惜球没接到，他却已经跳出甲板，落到船外。当船体从库利身旁慢慢滑过的时候，有人大喊道："有人落水了。"贝克舰长下令停船去救他。贝克把浑身被海水浸透的水手叫到舰桥上，严厉地说："如果下次你再做出这样莽撞的惊险事情，我不会下令停船救你。"

在锚地停留两周之后，一天早上，"密西号"收到信号员的一个视觉信息，通常被叫作"内衣摆动"。因为从远处看，信号员挥动的白色旗帜很像内衣。信息是由第十服务中队传递过来的，意思是给飞机提供航空汽油。因此，油轮上的水手们去给那些军舰补充航空油。

八月底，海军上将威廉·"公牛"·哈尔西（William "Bull" Halsey）命令"密西号"离开埃尼威托克，和特混舰队一起开往阿德默勒尔蒂（金钟）群岛（Admiralty Islands）。船上的消磁系统开始通电，以避免在军舰以10节的速度驶出航道开向公海时，触发埃尼威托克入口处敌方的水雷。按照计划，一架飞机拖引一个筒形拖靶出现了，贝克舰长命令右舷上所有的火炮向目标开火。炮手们发射了1 300多发炮弹。

"密西号"占据着舰队的首发位置。军舰以标准的之字形航线航行，每天日出前和日落后都会拉响战斗警报。随着油轮驶向西南方的阿德默勒尔蒂（金钟）群岛的白尾海雕港口（Seeadler Harbor），白天的温度升高。快要到达白尾海雕前，军舰会穿越赤道，这是航海世界上的一个重大事件。军舰上的"庆典"会给人们一个喘息的机会，让他们的意识脱离战争，资深水手（老水手）会趁机启蒙"蝌蚪"，这是对首次越过赤道的海员的称呼。

回天号

穿越赤道的庆祝活动是有着百年历史的海军传统，即使在战争中，这个活动也会继续。在古老的仪式中，海神和他的皇家法庭赐予允许菜鸟水手加入"深海兄弟会"的特权。菜鸟水手一旦经历这个启蒙，就成了老水手。启蒙活动的部分内容是娱乐，部分内容是模拟折磨，还有部分是蒙羞。对所有参加过庆典的水手来说，这都是一段难忘的经历。

随着八月的三伏天变得越来越热，军舰离赤道越来越近，"密西号"上的"蝌蚪"已经变得有些焦虑起来。几天来，老水手频繁嘲弄"蝌蚪"："你的发型肯定好看，但不要习以为常。"为了增加紧张气氛，老水手们还切断他们用盐水浸泡了好几天的旧消防水带，然后放到太阳下曝晒，直到它们变得像硬邦邦的船桨，被称为"橡木棍"，用于管教"蝌蚪"。

8月23日早上，由餐厅首席总管弗兰克·卢茨扮演的海神命令助手戴维·琼斯（Davy Jones）到舰桥去，向贝克舰长呈递即将通过高音喇叭宣读的皇家法庭传票。

自：海神陛下，公海暴力统治者
致：美国海军军舰"密西西尼瓦号"指挥官

此时此刻，1944年8月23日12:00，我的皇家书记员戴维·琼斯一行将造访你的船只，要求你在13:00以前集合所有旱鸭子式的卑微"蝌蚪"们。13:00，所有收到传票的惹人讨厌的"蝌蚪"们必须出现在皇家法庭，违令将惹怒皇室，让你的"蝌蚪"和你的拉货破船遭受灾难。

签名：

海神陛下

公海暴力统治者

第六章 海王星的"深海兄弟会"

庆祝活动在中午开始。皇家书记员戴维·琼斯率领老兵水手们来到舰桥上，通过军舰喇叭和贝克对话。戴维·琼斯的代表问："你是这艘装满'蝌蚪'的卑微平底大驳船的指挥官吗？"贝克舰长谦和地回答："是的，阁下。"

仪式开始。水手们依次上前，忍受老水手的滑稽动作，但比尔·贾纳斯（Bill Janas）和比尔·布里奇决定逃离海神法庭，躲进餐厅下面的食品储藏室。一个小时后，一名老水手打开储藏室，发现了两只躲藏在土豆堆里的"蝌蚪"。几名水手把这两个倒霉蛋拖到甲板上。

雷·福乐曼挥舞着一条消防带，站在通往货舱甲板的梯子顶端，海神的法官们则在一个木质平台上观看。福乐曼曾经穿过赤道，是老水手。他将喷射的水流对准正从梯子上往上爬的两只"蝌蚪"，将他们浇得透湿。他听到贝克舰长在他后面说："把他们冲下梯子。"说罢，贝克抓住消防带，用更大的海水浇着两只"蝌蚪"。

海神向贾纳斯和布里奇这两个冥顽不灵的土豆水手咆哮道："跪下！这两只'蝌蚪'的罪名是什么？"皇家律师回答道："未经土豆允许躲藏到土豆储藏室里，陛下！"

海神厌恶地怒视着两名跪着的消防员："你们想怎样申辩，'蝌蚪'？"两名水手知道只有一个回答能够被接受："我们有罪，陛下！"一名皇家代表走向两个家伙面前，将一把油漆刷放进一大桶黑色机油里蘸了一下，将黏稠的液体涂抹到他们头上。然后，布里奇被放在理发椅上，一名皇家理发师用尖嘴钳给他理了个发。接着，皇家医生走到椅子面前，让他张开嘴。"这能治好你的病。"他笑着说，然后把热的辣椒酱灌进布里奇嘴里。这火辣的混合物在这位来自爱荷华州的消防员下巴左侧留下了一个红疤，两天后才消失。一名老水手踢了一下理发椅的下端，布里奇一个后仰，掉进一条帆布通道，被甩入一个散发着臭味的水池中，水池四周堆着三天来的垃圾。老水手们反复将"蝌蚪"们浸泡在污水中。

两只被淹得半死的"蝌蚪"被迫在恶臭的垃圾堆中爬行，一直爬到臭水池的另一端，酷刑才结束。啪！啪！他们手脚并用，吃力地从帆布通道爬过。站在两边的老水手们挥舞着令人恐怖的"橡木棍"在他们背上击打。有些老水手无意中让他们的头撞到了旁边的管道上，使得两只"蝌蚪"的头皮上都裂了口子，两只可怜虫这才得到老水手的许可去医务室。其他"蝌蚪"在强大的海水冲击下挣扎着爬到另一端。机械军士格斯·李维克斯扮演皇家魔鬼，身着食用色素染成的红色制服，头戴有两只角的魔鬼帽。他把一个360伏的电池连接到他的鱼叉上。每个跪在海神前面的"蝌蚪"都要哆嗦着对皇家法庭的问题回答"是"或"不是"。

少尉布朗蒙受了极端的羞辱。他跪在海神面前，被勒令亲吻皇家宝贝凸起的肚子。所谓的"皇家宝贝"其实就是一名服务员，身上只裹着一片尿布，手上戴着拳击手套。布朗坚决拒绝，李维克斯便用360伏的鱼叉叉他，但少尉一再拒绝执行亲吻仪式。当皇家魔鬼最后一次叉他的时候，布朗尖叫着屈服了，亲吻了"皇家宝贝"庞大的肚子。后来，李维克斯开玩笑说，布朗被鱼叉叉后"准备亲吻任何东西"。

贝克舰长穿着短裤和T恤站在投篮水箱里，浇着每一只从货舱甲板滑道上经过的"蝌蚪"。执行官刘易斯也反复被他用臭水冲刷。一些老水手和"蝌蚪"认为贝克舰长喝醉了。至少，在庆祝活动的某个时候，他制服上的肩章不见了。当他离开投篮水箱的时候，他已经一丝不挂，在"蝌蚪"的磨难中，他的衣服不翼而飞。

仪式结束的时候，寒冷、湿透、油腻的"蝌蚪"们在货舱甲板上得到老水手证书：一张漂亮的纸上绘着海神的生动画像和几个身材匀称、赤裸上身、披着金色长发的美人鱼。古老的仪式再次被刷新。到1944年8月23日18:00，"密西号"已经穿越赤道，进入负10时区，驶向位于巴布亚新几内亚附近的阿德默勒尔蒂（金钟）群岛。现在船上的所有水兵都是老水手，"海神兄弟会"的一员。

这是战争正式开始前"密西号"的水手最后一次狂欢。几周之后，他们将看到屠杀和死亡、神风队和烈火。战争一触即发，越来越近。

第七章
自杀潜艇

这个勇敢的人即将死去,他正在向朋友们呐喊,因为对祖国充满爱,他发现赴死很难。

——黑木博司,写于他在"回天"事故中等待死亡的时候

第七章 自杀潜艇

1944年9月1日，第一批"回天号"乘员从大浦崎基地转移到大津岛的顶级机密基地，开始在自杀潜艇里进行训练。这是他们被正式称为"回天特攻队"的第一天。

仁科关夫和黑木博司被任命为即将到来的受训乘员的总教导师。当时，他们是仅有的培训乘员中的微型潜艇老兵。直到第二年三月份，也就是这两位"回天"发起者去世几个月后，另外一名微型潜艇训练员才到来。

第一期的30位受训人员在完成自己的培训课程的同时，还肩负着教导新来乘员的任务。成员的数量在不断增加。到9月8日，已经有32个军官乘员在接受培训，其中13名毕业于海军学院，14名是后备役军官和前鱼雷艇学员，5名来自海军工程学校。当然，他们都是主动请缨执行这项危险任务的。

一些熟悉鱼雷的下级军官负责协助这批早期"回天号"乘员的工作。几周之后，他们中有10人自愿加入乘员行列，另外9名有鱼雷装配经验的非军事级别的也加入到第一期的60名乘员之中。操作训练在大津岛开始。

"回天号"在能够俯瞰大津岛水域的山顶上组装好后，地下铁路系统开始把潜艇运输到德山湾。

掌控"回天"潜艇和驾驶战斗机一样，都需要娴熟的技能，但其他原因也延长了训练周期。这个高度专业化的技术产品不仅操作难度大，操作它还确实令人很不舒服，甚至进入到它里面都很难。它的直径仅有1米，因此就算个子矮小的人动作也很受约束。不幸的是，为了缩短培训时间，由于燃料的短缺，有时需要两名乘员同时训练，让训练时间最大化。也就是说，两个人不得不共享原本只能容纳一个人的空间。每天乘员们都被告知，燃油"和鲜血一样珍贵"。

对快速熟练的要求，意味着在德山湾的训练周期十分重要。乘员们不仅白天要进行海上训练，晚上也要学习，复习操作手册和船上训练报告。

控制"回天号"很简单，但是要高效操作就需要相当的技巧。很短的潜望镜的观察口就在乘员正前方，可以通过乘员左边的一个简单手曲柄上升或者下降。乘员头部正上方是一个阀门，能够迅速调节他身后的发动机的氧气流量。

浮力也是一种挑战。乘员头顶左边有一根杠杆，连接着"回天号"的潜水平台，可以控制"回天号"在水下的下潜或者爬升的距离。但是，控制深度是非常棘手的事，潜艇经常会出人意料地钻出水面，让乘员处于被探测到的危险境地，因此必须加强浮力控制训练。

深度控制杠杆下面是一个阀门，能够在氧气用完的时候让海水进来取代氧气作为压舱物，这是保持稳定性的关键因素。乘员踏上攻击敌舰的死亡之旅后接触到的最后一个控制物是船舵控制杠杆，可以让潜艇向左或者向右。

"回天号"乘员感觉他们不仅需要六只手，还需要六只眼睛来观察控制面板。没有仪表面板，只有一个罗盘、一部时钟，以及深度计和油量计。空间如此局促，以至于控制上的任何变化，或者接触到水下的任何障碍物，都会让乘员的头重重撞击到设备上。所以，大津岛基地上经常看到头上缠着绷带的士兵。

将目标保持在视野中是成功完成自杀任务的最大挑战之一。找到目标是一件事，让它保持在视野中更加艰难。最初，母潜艇上的乘员会向"回天号"乘员提供准备发出并向预定方向前进的预期目标的坐标。在最佳时刻，"回天号"的发动机被启动，以五秒的间隔被从母潜艇上发射出去。

一旦处于运动中，乘员只能通过自己的手柄潜望镜观察目标，校正航向。当潜艇靠近目标的时候，潜艇指挥塔和"回天号"之间相连的电话可以使舰长保持通话，告知乘员其目标的相对位置。在距离目标大约500码的时候，乘员将进行最后一次定位，然后开始高速攻击，并一直保持在水面下15英尺的深度。

每次的任务中，母潜艇都会和目标保持一线，然后每个"回天号"乘员检查

第七章 自杀潜艇

自己的罗盘方位。母潜艇上的领航员负责引导每艘"回天号"到达目标范围内的进攻路线上，通过电话传达具体的命令，如"向右30度离开，以25节速度前进12分30秒"。他们期望乘员升起潜望镜，设置好最后攻击的控制器，然后以30节的高速冲向敌舰。

这项任务非常困难。这种"残忍武器"以各种方式考验着乘员，吞噬着他们的心理和情感资源，如果成功，他们注定会死，如果失败，他们必将羞愧耻辱。甚至在训练中，如果一位乘员不能很好地控制潜艇到达目的地，也是极其尴尬的事情，所以每节水下训练课都是在高度紧张中度过的。

乘员刻苦训练，志在必得。每天都是新考验，每天晚上的睡眠时间都太短，不能让他们疲惫的身体得到恢复。他们不断磨砺自己，在海湾中模拟演习、进攻、返回，找到一个目标，失去目标，重新找回目标。

1944年12月到1945年8月，共有15名乘员在训练中丧生。

最早的两位于9月6日殉职，死在同一艘"回天号"里，其中一位遇难者不是别人，就是黑木博司，"撼天者"的引航灯。当时，黑木和受训学员、海军上尉樋口孝（Takashi Higuchi）正驾驶着三个"回天"模型中的一个。他们的潜艇突然下潜，撞到德山湾的海底。他们没有办法让潜艇动起来，没法返回水面，只好坐在黑暗中等待。潜艇里密不透风，越来越热。他们等了好几个小时，希望有人能够及时发现他们不见了。

他们失踪的消息很快在大津岛基地传开。基地司令板仓发出紧急通知，要求所有乘员只能驾驶适用的船只和潜艇。由于失踪"回天号"的位置不可知，板仓命令将一条长钢绳固定在两艘船之间，去清扫德山湾的海底。少尉小滩利春是从海军潜艇学校优选出来的志愿者。得知"回天号"失踪的消息几个小时后，他就赶到现场，加入到搜寻两名失踪人员的行动中。但他开始时根本没有意识到，新招募的志愿者中，几乎没有人知道失踪人员的姓名。

搜救整晚都在进行，救援人员期待空气能维持到他们被找到的时候。

回天号

天亮时，一艘搜救船发现有气泡正从海底某处往上冒。一名潜水员发现黑木的"回天号"深深陷进了海底的淤泥中，就在护卫艇最后看见它下潜的地方。深陷海底后，黑木已经聪明地关闭了发动机，还释放出压缩空气，希望气泡能引起救援船的注意。但他这"聪明"的做法也无济于事。气泡倒是冒出来了，但为时已晚，黑木和樋口已经因为缺氧而慢慢窒息。沉没的鱼雷被一艘装有起重机的船拉升到海面。

船坞边，小滩少尉和其他人面色沉重地站在一旁，看着黑木的尸体从"回天号"中被取出，然后用白色毯子包裹起来，放置在浮动码头上。越来越多的乘员知道"回天"倡议者死亡的震惊消息。与此同时，黑木的遗体被放在担架上，从陡峭的石阶上运送到总部办公室。黑木虽然比大多数学员年长，仍然是个年轻人。五天后，才是他的23岁生日。

黑木的同伴，海军上尉樋口也被包裹起来，运送到办公室。年轻新兵和中级军官们都竭力控制着震惊感和失落感。黑木的死亡尤其对海军上尉上别府宣纪（Yoshinori Kamibeppu）和海军中尉仁科的触动最大。他们三个在海军学院是同学，都驾驶过微型潜艇。

搜索者发现，在生命的最后几个小时中，即使被困在"回天号"中等待死亡，黑木依然写了一份沉没报告。在2 000个优美的文字中，他写出了对训练成功的渴望。这临终前的战斗口号极大地鼓舞着新来的学员。小滩少尉和其他人员都发誓，他们将以黑木的死为荣，最大限度地利用这新式武器。

在最悲伤的时候，黑木写了一首短诗。他有几个小时考虑获救的机会，但随着时间的流逝，机会越来越渺茫。随着空气逐渐浑浊，呼吸愈发困难，他被迫面对必死的结果，用优美的书法写下了自己的墓志铭：

这个勇敢的人即将死去，他正在向朋友们呐喊，因为对祖国充满爱，他发现赴死很难。

第七章 自杀潜艇

悲剧发生后,两位"回天号"乘员都被火化了。仁科关夫拿走了黑木的骨灰,并放在一个白色小盒子里。他发誓要带着朋友的遗骨参加"回天"对乌利西的第一次突袭,这样他们两个就依然"在一起"攻击美国人,确保他们都能在靖国神社被奉为神明。两个月后,当"撼天者"在乌利西解体时,仁科实现了他的誓言。

日本海军从事故中吸取教训。黑木死后,他们对"回天号"进行改造,增加了一个极其重要的阀门。如果乘员的武器潜入太深,陷入德山湾深处,他可以使用迫使排放阀,也就是迫使压缩空气从转向装置充入装满水的试验弹头中的阀门,将"回天号"解救出来。由此产生的浮力能够使"回天号"上升。然而,排气阀被设置在燃油阀门旁边,会生产潜在的危险,乘员容易打开错误的阀门,太多的燃油会使"回天"在淤泥中陷得更深。

设计团队仔细分析了黑木最后的报告,他在坟墓中推荐的修改方案被纳入到"回天号"的后期设计中。一个重要的考虑是缩短潜艇的回升时间,或者说增加获救的希望,迅速找到和升起"回天号"。回升潜艇需要派遣一名潜水员沿着连接缆绳下到海底,但这往往为时已晚,不能挽救乘员。经过多次试验后,工程师设计了一个空气净化器,可以使完好的回天潜艇沉没长达二十小时,里面一直有可呼吸的空气。

其他变更设想也被激发出来。训练中的"回天"潜艇顶部被漆成白色,如果发生意外,能够被更好地探测到。白色顶部也能使训练船在训练演习中更好地跟踪潜艇。撞击水下物体是"回天"潜艇损失和故障的主要原因,现在,训练船可以向水中投放信号电荷,提醒乘员他的潜艇正在靠近危险物体。

黑木死后,仁科接过"回天"项目的领导位置。悲剧发生后一周,以仁科为首的团队对新来的学员做了一次重要的战况说明。首先由教官阐述近期太平洋战争的可怕前景,仁科致闭幕词。

这次战况说明透露的信息与向公众发布的肯定会胜利的消息完全不同。教官们对战争局势进行了不同寻常的分析:日本即将战败。这个悲观的消息对新的志愿者们是一个沉重的打击。黑木死后几天刚到基地参加训练的乘员横田宽说："一次又一次，他们告诉我们，敌人的军舰和飞机一直在以压倒一切的力量打击我们。由于他们有先进的雷达，他们的军舰能够在更远的地方和更早的时刻向我们开火，能够在我们的军舰和飞机发现他们之前找到我们。我们的自信几乎已被耗尽。"

不过，对胜利的期望依然持续着，"回天"是恢复士气的动力源。教官不断给志愿者打气。

"美国舰队靠近日本时，我们会用'有眼睛'的鱼雷攻击他们。"教官说，"你们以及像你们这样的人，就是这有史以来最强大的海战武器的眼睛。如果你们每个人都能成功一击，你们能想到结果会怎样吗？尽管美国工业发达，资源丰富，也经受不起上百艘战舰的损失。"

这虚张声势的话语激励着横田和他的战友们。然后，最后一位向学员致辞的军官仁科站起来。这是横田第一次看见仁科，还不知道他的名字。他纳闷这个人会是谁，为什么那样不修边幅，怎么会在这里，与这些杰出的海军军官在一起。

"我震惊地看着他。"他说，"他留着很长的头发，穿着满是油污的制服，脸很脏，看上去憔悴疲惫。他肯定不是海军军官，因为他看起来像个粗俗的人，仪容和整洁都不符合标准。"

然而，横田发现，在这个人狂热明亮的眼睛里，有着令人不可抗拒的东西："当他注视着我们的时候，我告诉自己，无论这个人是谁，他都会全身心投入到自己从事的任何事情之中。"

然后，仁科开口说话了。"我是仁科关夫。"他用轻柔的声音说。房间里安静下来。横田很难将这个人和他的传奇故事结合起来，仁科不修边幅的外表和他的设计能力以及聪明才智形成了鲜明的对比。"继续发言前，他犹豫了一下。"横田说，他几乎不敢相信这个人就是"回天"的创造者之一，"无论从哪方面看，他都更像一个梦幻般的诗人。"

仁科的话感动和振奋着所有听众。"我很高兴见到你们。"他说，"也希望你

第七章 自杀潜艇

们像我亲爱的战友和朋友黑木那样拥有伟大的精神。虽然我不会和大家一起生活太长的时间，因为我希望得到驾驶第一艘'回天号'完成任务的荣誉，我会在有生之日尽我所能教导你们。"

黑木死后，大津岛的训练重新开始，并且得到加强。训练现在主要在仁科的领导下进行，新学员都知道有许多东西要学，而且要在很短的时间完成。他们每天练习很多个小时，从发射场开始。

学员进入码头上自己的"回天号"内，关紧舱门，检查仪器和控制器，等待发射。一架起重机把"回天号"放入水中。在那里，它被捆扎在一艘汽艇上，运输到训练场。虽然已经命令在"回天号"的训练中使用特殊船舶，但没有建成几艘。相反，陈旧的鱼雷舰和轻型护卫舰被拉来用于训练；这些训练舰消耗的燃油更多，而且每个回天学员随时被警醒燃油短缺，结果让海湾的训练成了颇有压力的事情。除铜制连接件外，"回天"的船体很快被海水锈蚀了，呈现出锈迹斑斑的褐色。（"回天""不同寻常的锈迹褐色"还被记录在随后美国海军对乌利西的攻击报告中。）

在船体上敲击出一个简单的信号，能够使"回天"的教官们检查学员是否已做好出发的准备。乘员向上向后伸手，拉动启动杆，驾驶"回天"离开训练艇。接着，乘员检测下潜控制器，有时会下潜到75英尺的深度。潜艇中只配备了非常简单的导航工具，一名乘员只有一个秒表、一个回转罗盘和一个短的手柄潜望镜。

学员要花费很多时间来学习掌握技能，才能使这艘笨重的潜艇在水下15英尺保持稳定。这是攻击敌舰的最佳深度。如果冲出水面，就意味着测试失败。尽管如此，在德山湾仍然能经常看见"回天号"冲出水面。发生这样的事件，是乘员极大的羞耻。

黑木事故后的几个星期内，学员们检查了鱼雷，知道了它是如何建造和保养的。他们在模拟"回天号"里熟悉里面的仪表和控制器。新学员每天下午也要进行训练，有时作为把潜艇拖引到海湾的鱼雷艇上的船员和助理，有时作为第一批学员的"攻击"目标。横田称这为艰苦工作，但说他们喜欢这样的训练。"因为我们可以在等待自己的'回天号'的同时，学到更多关于'回天号'的知识。"

甚至当"回天号"还在建造的时候，新学员就在里面进行训练。随着更多的"回天号"建造完成，更多的人得到自己的潜艇。神津直次对他第一次看见自己的"回天号"时记忆犹新，令人震惊和恐惧。

"我们终于看见了将搭载我们自己的武器。"他写道，"我感觉到有超越人类能力的东西正在俯瞰着我。我失去了理智和情感。我傻眼了。我感觉自己变得不是人类了。"进入潜艇，开始在水中运动后，他的感觉是这样的："被放入一个油桶内，然后一圈一圈地旋转，直到被转晕为止，然后继续按照命令向前冲！"

驾控"回天号"发起攻击是一项非常艰巨的任务。相对来说，在风平浪静的海湾训练要简单些，大洋中的环境会改变这种平衡。在公海上通过潜望镜探测更是完全不同的事情，那里海浪可能会遮挡视线，水下暗流会严重影响浮力。

乘员要完成一次攻击，有三个标准必须考虑：敌舰的路线、速度以及与"回天号"之间的舰首角度。甚至轻微的判断和计算错误，都会迫使乘员使用潜望镜，把自己暴露给敌人。

敌舰的位置首先由母潜艇上的操作人员确定。在"回天号"的乘员从母潜艇上出发之前，他会电话通知敌方的路线、速度和舰首角度。"回天号"离开甲板的发射架后，乘员会得到需要航行的特殊路线和时间。在规定的航行时间结束时，乘员会升起潜望镜，最后确认目标，然后潜入15英尺下，全速冲向目标。在训练中，七秒钟是允许乘员使用潜望镜最后确定目标的极限时间，短短几秒的延长，都会使敌方看见潜望镜。

最初的发射是成功的关键因素。天气允许的情况下，母潜艇的理想深度是55英尺，这样绑在母潜艇甲板上的"回天号"就位于35英尺的深度。发射之时，

第七章 自杀潜艇

"回天号"乘员面临的第一挑战,是在离开母潜艇的那一刻保持相同的深度。要做到这一点,他必须进行一次向下的微潜,使"回天号"离开甲板后有微微向下的冲力,以弥补任何向上的推力。但这很危险,如果下潜太多,会使"回天号"扎向海底。陷入敌方锚地淤泥中将是一场灾难。

在发射后和搜寻目标的过程中,保持正确的浮力也是危险的,压舱物替换系统——燃油损失后海水填充进来——是重要问题。任何对所需数量的计算错误都会很快改变浮力,让"回天号"冲向水面,被敌人发现。

由于知道首次尝试可能会错过敌方目标,参加训练的乘员会练习第二次向目标冲击。他们在教官的监督下进行训练,教官会对他们使用的战术进行研究和评判。他们的战术奏效了吗?敌方探测到他们了吗?如果他们的尾流太多或者潜望镜显露太多,他们便会遭到敌方的水面炮击或者深水炸弹的攻击。简单地说,他们就会死亡,完不成任务。

在海上耗尽燃油也是可能发生的事情,是必须面对的困难。长时间被驱逐舰追赶,也会让"回天号"脱离自己的路线,耗尽燃油。然后会怎样?学员们讨论在这种情况下他们应该怎么办。横田宽说出了自己的意见,是对自杀使命的不同诠释。

"如果我耗尽了燃油,我会上浮到水面上,然后待在那里。"他说,"我们知道美国人最喜欢收集纪念品,他们很可能会尝试把我的'回天号'拖回去,让他们的军械专家研究它。如果他们要尝试,我就保持一动不动,让他们把我拉出水面。然后,当我感觉我的武器触碰到甲板的时候,我会按下每个'回天号'上都有的那种船头雷管失效时的特殊开关,带着军舰上所有的美国人和我一起赴死。"

压力越来越大,受训乘员竭力克服恐惧和疲惫。

"我们拼命地训练。"横田说,"你不能抱怨疼痛或者什么,你不得不努力:如果我没能撞击到目标,如果要我自行引爆,我将在没有完成我必须完成的任务的情况下死去。这对每个人都是极其痛苦的事情。"

"一旦你成为攻击部队的成员,"他解释说,"一切就变得极其严肃起来。训练'回天号'乘员执行任务耗费了极大的资源,一想到将失去这些宝贵产品,就令人毛骨悚然。"

"如果你有两条生命,那没有什么问题。"他说,"但你要献出的是你唯一的生命,如此珍贵的生命。你注定将猛烈撞向敌人,自我牺牲,正因为如此,我们才会那样刻苦地训练,因为我们无比珍视我们的生命。"

神津直次也认为培训令人痛苦,尤其因为这种武器与其他自杀武器的主要区别。在"回天号"里,死亡的那一刻是未知的。在其他自杀武器里——比如神风战机——年轻人冲向敌人,然后死亡,但他们可以睁大眼睛,可以选择死亡时间。在神风战机、巴嘎人弹(樱花战机)或者神鹰号(Shinyo)自杀军舰执行的自杀攻击中,允许操作人员决定撞击和死亡的时刻。但在"回天号"里却不能。

神津还谈到了最大的压力,他说那就是乘员搜寻目标时的不确定性。乘员不能确切地知道会在何时何处击中目标,他的身体和那些很难操纵的控制器搏斗着,他的头脑也被折磨着,因为他不知道撞击什么时候会发生。

他说:"你在水下,你不能往外看。你已经确定自己的路线,只能透过潜望镜看出去。一分三十秒后就到敌人所在位置。你设置好攻击角度,下潜,全速冲向设想中的攻击位置。从你开始攻击的那一刻起,你看不到任何东西,但你有一只秒表,知道一分三十秒已经过了多少。但是,你可能计算错误。你一直在想着:到了!到了!到了!但你永远不知道那一刻什么时候到来,你只意识到:时间在流逝,我已经错过目标。你上升到水面上,再次寻找敌舰。你意识到你已经过了船尾。你再次设置路线,但你仍旧不知道自己死亡的那一刻何时到来。你可能提前死亡,但你甚至不会知道这个。我不能想象出还有比这更残酷的武器。"

他不知道随后几个月里其他人在攻击的那一刻有何感受。他们遭受过同样的担忧、同样的惊骇、同样的恐惧吗?"我无法询问任何人在那一刻的感受,"他说,"因为没有一个经历过那一刻的人活着回来。"

第八章
战地之星

当然，我们想回家。我们期待这场战争早日结束。结束战争最快的办法就是干掉发起战争的浑蛋。早一日把他们消灭干净，我们就可以早一日凯旋。回家的捷径要通过柏林和东京。

——小乔治·史密斯·巴顿将军1944年6月5日
"霸王计划"的战前讲话

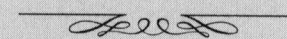

第八章 战地之星

"密西号"穿越赤道两天后,抵达巴布亚新几内亚附近,金钟群岛的热带森林和山脉映入眼帘。金钟群岛的马努斯岛(Manus Island)现在已成为第三舰队的前沿战略基地。岛上的大港口叫"白尾海雕",是德国人取的,来源于在岛上裸露的岩石中间筑巢的大量白尾海雕。这个大港口将成为舰队的新锚地,纵深二十英里,有马蹄形的天然防波堤保护,易守难攻。菲律宾就在它的西北方。

8月26日早上8:00,船员们集合后不久,"密西号"驶进港口。在港口引导员的指挥下,油轮停泊在374泊位,下锚20英寻深。贝克舰长命令将左舷和右舷第一组油箱的海军特种燃油转移到那艘军舰的油箱中。那一周,海员们按部就班地工作,舱面水手则为第三舰队的第一次作战行动做准备。

他们到达不久后的一天,贝克的饮酒习惯再次受到质疑。在海岸上度过几个小时后,他以极其不寻常的方式登舰:通过一个从舰长室吊下的货网。一阵骚动后,水手们亲眼目睹吊钩上的货网移动起来,贝克舰长在货网里,手脚动作笨拙,像虫子似的。他们猜测舰长已经喝醉,因为他经常那样,喝得太多,不能登上右舷上的侧梯。几分钟后,他笨拙地爬出货网,登上货物甲板。流言蜚语不胫而走。不出几分钟,这个故事便一个接一个地传开了,每个传言都比上一个更具戏剧性。在海军军舰上,流言(scuttlebutt,原意为"沙桶里的烟头")总是传播得很快很激烈,这个词来源于木制航船的时代,那时每个水手都害怕着火,所以指定了一个吸烟点,烟头被按在一个沙桶内;水手们吸烟的时候自然会交谈,于是谣言、传闻和猜测统统被称为"流言"。

今天的流言传得很密集很快。水手长的助手小哈斯金斯(Junior Haskins)确信舰长喝醉的传言没有被夸大,因为有几次是他亲自把喝得醉醺醺已成斗鸡眼的舰长带回来的。"密西号"停泊在港口的时候,贝克经常到岸上或者其他船上处理事务,许多水手都看到过他"酩酊大醉"地归来。哈斯金斯和船员们猜想,烈酒肯定是美国海军军官的福利之一。

但这次有所不同。医生约翰·贝尔利(John Bierly)确切地知道舰长为什么这样登舰,因为这是贝尔利自己提出的建议。贝克用一个很重的金属盒子随身带着全舰的工资表,他担心这珍贵的工资表会在他爬上船梯的时候掉到海里去,因为之前曾有类似事件发生过。解决办法就是用货网把贝克和工资表安全地带上船。看来这次上岸并不是一次愉快的旅行。

无论如何,一般水手都没有军官的乐趣多。无休止的演练之余,唯一的消遣就是在船上赌博,或偶尔到海滩上自由活动,可惜马努斯的海滩上没有宾馆和舞厅,只有一般的商店。有时,水手们还有比无聊更大的抱怨:他们军舰的任务。虽然担当油轮通常被认为是好的任务,仍有一些水手不开心。有一位锅炉工想调离"密西号",一天下午,他创造了一个不同寻常的方法离开军舰。当水手们把商品带回船上的时候,他发现了一整箱要送往军官室的水果汁。在贝克舰长和其他军官的注视之下,这个无赖锅炉修理工打开箱子,抽出刀子,在一听果汁上开了一个孔,出声地喝起来。果汁顺着他的胡子往下滴。他很快就被调离了,让其他锅炉工又嫉妒又气愤。

无聊可以使水手马虎。有一天傍晚,雷·福乐曼在燃烧室值班的时候太累了,当船员们都聚集在甲板上看电影的时候,福乐曼大意起来。转换锅炉的时候,他打开了一个用钩子钩住的燃烧器,在200磅的压力下,燃油在燃烧室里喷射开来。他急忙关上漏油的燃烧器,打开另一个锅炉。但是,他打开的速度太快,压力过低,浓浓的黑烟冲出烟囱,笼罩在坐着数十名电影观众的货物甲板上,电影屏幕被完全染黑,空气中发出阵阵恶臭。船员们疯狂地跳起来,冲着燃烧室的舱口向福乐曼怒吼道:"下面到底怎么回事呀?"

在马努斯岛,看电影不是唯一的娱乐,偶尔会有大牌明星访问部队。就在"密西号"到达后不久,喜剧演员鲍勃·霍普(Bob Hope)和杰瑞·科隆纳(Jerry Colonna)以及漂亮的好莱坞女星弗朗西丝·兰福德(Frances Langford)参加了

第八章 战地之星

美国劳军联合组织在白尾海雕港口举行的一场巡演。身穿制服的男人们翘首企盼，渴望见到靓丽女星们，这可是他们几个月以来第一次看到女人。歌曲、舞蹈和热闹的剧场，给太平洋战争中期的战士们带来了一点点安慰，尽管表演中下了一场热带雨，但也没浇灭欢呼雀跃的军人们的激情。

到8月底，争夺西太平洋控制权的战斗在逐步升级。电影没有了，巡演没有了。台湾在呼唤！雅浦岛（Yap）和火山列岛（Volcano）在呼唤！

还没进行过着火测试的"密西号"的船员们即将赢得第一枚战地之星。他们给准备攻击小笠原群岛（Bonin）、雅浦岛和火山列岛的舰队加油。9月1日，星期五，贝克行使"密西号"作为油轮领队的指挥权，宣读作战命令：给编号为30.8.1的特遣舰队加油。紧接着，它和其他十几艘军舰一起，驶出港口，开往公海。

在水手们的注视下，金钟群岛渐渐远离，消失在太平洋蓝色的烟雾中。军舰以14节的航速向东北方向驶去，所有油轮都按照6号计划排成环形，以之字形航线前进。为了进一步避免潜艇和飞机的攻击，一艘护航航母和几艘驱逐舰为他们护航。

特遣舰队位于距离马努斯300海里东北方向的一个地点。"密西号"的年轻水手们第一次将训练成果用于实战的时候到了：他们将第一次给不在港口而在公海上的美国海军军舰进行加油。

第一艘由"密西号"加油的将会是"大黄蜂号（Hornet）"航母，海军中将约翰·麦凯恩（John McCain）的旗舰。作为第一战斗集团的司令官，麦凯恩是四个执行"二号死棋行动"的快速航母集团的一部分。他的军舰和驱逐舰、护航舰将在9月2日加油。四天后，他们将空袭帕劳岛（Palau）。

在海上给军舰加油是一种挑战，但也是赢得太平洋战争必须的，因为这能让舰队在远离西海岸，甚至远离夏威夷几千海里外的地方逗留足够长的时间。高速加油增加了事故风险性，但优势明显：快节奏意味着更少的时间，因而减少暴露给敌方潜艇而遭遇攻击的几率。

30万吨级的航母和24万吨级的油轮安全地并行加油,以10节航速前进,间隔只有50英尺,这是非常令人惊异的事情。燃油通过橡皮软管喷涌到航母上,橡皮软管悬挂在油轮两侧帆桁上装配的鞍桥下面。海水在两艘船之间翻起白浪,如瀑布般倾泻着。巨浪可能导致两艘军舰的舰首上下起伏,数百万加仑的海水从油轮的主甲板上冲刷而过,横扫一切。

9月2日是这段紧张时期的一个特殊日子。这天早晨,贝克舰长下令水手们05:12准时到达各自的海上加油位置。当太阳在05:56升起的时候,舰桥上的电话传令兵向发动机房传达命令:将两边主轴都减速至50rpm。水手们站在甲板上等待准备加油的军舰过来,航速降低到10节。07:10,一根粗大的油管从空中穿过,落在美国海军驱逐舰"贝尔号"的右舷甲板上,燃油从4英寸的软管中流过。不出一小时,"贝尔号"就加满了油,正好可以让"密西号"上的船员在8:00准时集合。

与此同时,在"密西号"的左舷,航母"大黄蜂号"在07:33抵达,接到第一根连接管。"密西号"上的水手们从鞍桥下面将6英寸的软管架到航母上,"大黄蜂号"上船员用了不到30分钟就把所有软管连接到转换接头上。早上集合后不久,加油开始了。

在"大黄蜂号"吞食机油和汽油的时候,其他军舰在右舷加油,每一艘的平均加油时间为30分钟。也就是说,在不到三小时的时间内,"密西号"在给航母加满油的同时,也给三艘驱逐舰加了油,还给两艘其他军舰的油罐加满了油。13:45,加油的所有细节都已整理完毕。帆桁、软管和索具都已存放好,为第二天的加油做好了准备。

国会花在快速油轮上的钱没有白花。从9月2日的帕劳岛行动到1945年1月6日菲律宾战役第一阶段结束,油轮舰队给第三舰队提供了前所未有的加油量——825万桶燃油和1 450万加仑的航空汽油,其中一半多都是在10月底加的。

那天加油完成后,"密西号"恢复了夜间的之字形前进。第二天是星期天,

第八章　战地之星

海上加油重新开始，这次是给两艘军舰加油。加油结束后，"密西号"圆满完成给38特遣舰队加油的任务，结束了他们从5月份就开始训练的工作。

在整个西太平洋，和敌人的遭遇战不断升级。遇上敌人的飞机和潜艇也成了司空见惯的事情。9月4日，一架不明身份的飞机靠近"密西号"，迫使军舰一个急转弯，改变了航向。没有任何无线电联系信息。飞机飞走了。"密西号"和其他油轮恢复环形队形，继续以之字形行进。这次遭遇没造成任何损失。

9月5日凌晨，军舰依旧以之字形前进，分成三个纵列，以避免潜艇的攻击。当他们看见在风中摇摆的椰子树时，就知道到金钟岛了。他们靠近白尾海雕港口的时候，贝克舰长下令给军舰消磁。这是防止潜艇攻击的措施。

由于自身也需要燃油供给，"密西号"和商用油罐轮"波尔布拉夫号（Ball's Bluff）"并行，并于09：09连接起第一根输油管。两分钟后，随着一阵震动，"密西号"的左舷舰桥与油罐轮的艉楼相碰，两艘军舰都摇晃起来。两艘军舰在379号泊位相擦而过，发出刺耳的金属摩擦声。两名气极败坏的船长都下令调查故事发生的原因。"密西号"的三名军官和油罐轮的军官碰面，确定损伤程度。这次轻微碰撞的唯一后果是支柱、管道和甲板肋骨上留下了一些凹痕，有的地方弯曲了。

从商用油轮加油后，"密西号"满载而归返回泊位，为下一次任务做好了准备。更大的军事行动即将开始。

他们现在的停泊地金钟岛已在8月份被固定下来。但在金钟岛以北有一个大得多的锚地，叫乌利西，是西加罗林群岛环礁中的一个。占领并控制那个巨大的环礁湖，现在成了太平洋舰队的中心目标。加罗林群岛将会是海军上将、舰队总司令切斯特·尼米兹（Chester Nimitz）命名的"死棋行动"——帕劳岛战争——获胜的必要条件。

D日行动定在1944年9月5日，届时道格拉斯·麦克阿瑟将军的西南太平洋部队将横跨新几内亚西部，进攻靠近菲律宾的莫罗泰岛（Morotai Island），尼米兹将确保西加罗林群岛的安全。

帕劳岛已经成为日本人的第二重要防线。只要美国海军不控制这个岛群，日本人就可能挑战美国进入菲律宾的既定方案。通过占领帕劳，美国部队将赢得自己的优势：一个牢固的空军基地、轰炸机基地和物资供应船和货船的巨大锚地。

返回白尾海雕港口后，尽管"密西号"的水手们在为一次海上出击做准备，也放了一天假。9月6日，"密西号"上大多数不值班的水手都登上汽艇和救生艇，冲去参加一次即将成为闹剧的海滩派对。

药剂师助手约翰·巴雅克（John Bayak）提着一个水手袋上岸了，袋子里装着球棒、手套、棒球。年轻人开始棒球比赛，老水手们冲向酒吧，里面挤满了各艘军舰的水手们。来自第一线作战军舰的水手们每人只能喝两杯啤酒，但滴酒不沾的水手们获准将他们的份额出售给其他人。经历几个月的海上生活后，饥渴的水手们酒瘾大发，为了得到份额以外的啤酒，他们可以做出任何事情。

由于天气炎热，加之啤酒消费量不断上升，酒吧里的气氛变得越来越糟。"普林斯顿号（Princeton）"航母上的水手嘲弄"密西号"的孩子们说："嗨，油轮上的家伙，为什么不加入实弹战争？"言语冲突不断升级，有人打了一拳。

斗殴随即在水手们之间开始，酒吧里乱成一团。混乱中，"密西号"水手的很多啤酒被"普林斯顿号"的士兵顺手牵羊拿走。但"密西号"的水手们不仅将啤酒夺了回来，而且将"普林斯顿号"的士兵们驳得哑口无言，有几位水手还得到了很多啤酒，用雨衣盖住拿回军舰上。回到油轮上后，身上青一块紫一块的水手们在货物甲板上排成一行，贝克舰长依次检查他的船员们，边走边咆哮："有些船员在医务室排队……你们这些家伙就不能打出个更好的样子来吗？下次你们必须对得起这艘军舰的名字！解散。"

他回到了舰桥。"密西号"被勒令返回海上，继续为舰队服务，再不允许参加海滩派对。随后的几天里，很多水手都是黑眼圈和破嘴唇。

9月10日举行了最后一次弥撒。三天后，油轮将重新起航，去完成加油使

第八章 战地之星

命。弥撒场设在"大黄蜂号"航母上。与每个星期日比尔利医生主持的毫无宗教色彩的仪式相比,这次弥撒是一次很受欢迎的改进,至少对天主教徒来说是如此。

多年后,"密西号"的一些水手仍然记得,那个星期日一早,军舰上的广播就响了起来。"所有人注意。愿意参加弥撒的天主教徒们,三十分钟后在后甲板集合,登上救生艇。"大多数船员都是天主教徒,这些热情的人等待这个特权已经很久。

在九月的这天,比尔·布里奇跑去找舰桥下船员宿舍内的好朋友巴迪·阿克曼(Buddy Akerman),拉着阿克曼跑向救生艇。布里奇离家的时候,妈妈的嘱咐很简单:"每个星期日都去做弥撒,上帝就会保佑你。"他也希望如此。

他见过阿克曼的母亲,记得自己承诺过要照顾这个孩子。阿克曼曾几次带布里奇去他在斯克兰顿(Scranton)的家,品尝他妈妈的家常菜。最后一次去拜访的时候,当年轻水手们告别时,阿克曼太太出乎意料地紧紧抱着自己的孩子,求他不要离开。巴迪安慰她说他"下个周末"就会回去。但没等这两位水手再回去度一个周末,"密西号"就向太平洋开拔了。阿克曼将永远不再回来。

布里奇和阿克曼爬上小船。救生艇满载着忏悔的水手靠近"大黄蜂号"。油轮上的水手们爬上航母巨大的飞行甲板,心怀敬畏地向四周张望。很多人从来没有登上过航母。

做完弥撒后,"大黄蜂号"的水手邀请"密西号"的水手参观航母。他们欣然接受邀请,都渴望近距离观察航母。看到航母飞行甲板上的舰岛一侧画着数十面日本国旗,消防员约翰·梅尔难以置信,拉着一名"大黄蜂号"的水手问:"你们真的击落了这么多日本飞机吗?"那人咧嘴一笑。

战争似乎仍然离"密西号"的水手们还很远。但军官们严肃的表情告诉他们,战争就要来临。9月12日,水手们注意到,51驱逐舰中队的司令官登上油轮,在军官室与"密西号"的军官们碰面。船员们很快得知,军官们正在商议,在加油的时候,会用驱逐舰在容易受到攻击的油轮周围组成一个保护屏障。各种推测纷起,但有一点很明确:"密西号"很快又要回到海上。

回天号

作为帕劳岛和菲律宾战役的参与者,"巨轮密西"将为1944年9月到10月对台湾岛发动突然袭击的舰队加油,这将有力地支持他们获得两枚战地之星:

第二枚战地之星:1944年9月6日—10月4日,攻占帕劳群岛南部
1944年9月12日,D日(贝里琉战役)前三天
第三枚战地之星:1944年9月9日—24日,空袭菲律宾群岛

9月13日,星期三,凌晨04:06,燃料室的水手点燃2、3、4号锅炉,告别白尾海雕港口。军舰在06:46起锚离开。

贝克舰长站在舰桥的指挥台上,由执行官刘易斯和引航员罗维陪同着。油轮由航道向公海前进的时候,消磁系统也在工作。在"密西号"的率领下,两个油轮纵队驶出白尾海雕,舰队以15节的速度以之字形前进,以防止敌方潜艇的攻击。

"密西号"所属的海上后勤服务团队隶属于第三舰队,但它自己基本上也是一个舰队,拥有34艘油轮、11艘护航航母、19艘驱逐舰、26艘驱逐护卫舰、10艘拖船和12艘弹药船。它的配置很高。事实上,配置高到让特遣舰队的负责人、争强好胜的海军上将"公牛"哈尔西也说:"我们确实很幸运,我们的'死棋行动'油轮舰队就是潜艇的诱饵。"

短短几周之后,他们就没有这样的运气了。

9月14日,"密西号"从马努斯岛出发,向东北方向航行。"死棋行动"——攻占贝里琉——将按计划在9月15日实施。1944年这漫长的一年继续在咆哮中延续。

日本人充分预料到了美军对菲律宾的攻击。日本海军司令部正确预估到,到1944年3月底,美国的西南方面军和中央方面军将双管齐下,在菲律宾聚合,通过琉球群岛(Ryukyu Islands)向北推进。日本人做出决定,等到美军大规模攻击时,他们才会发动他们的海军和空军力量,全力抵抗美军的进攻。

第八章　战地之星

9月13日，当"密西号"在护卫舰的保护下向帕劳岛进发的时候，海军少将杰西·奥尔登多夫（Jesse Oldendorf）正站在战列舰"宾夕法尼亚号（Pennsylvania）"的舰桥上，距离贝里琉西海岸7 500码远的地方。05:30，命令准时下达："开火！"接下来的30分钟里，贝里琉的海岸和高地遭到战列舰上远程火炮的狂轰滥炸。炮弹的弧线清晰可见，落地的时候闪出巨大的橙色亮光，成吨的泥土和杂物被抛向天空，又落回巨大的弹坑里。24架野猫战斗机和32架无畏俯冲轰炸机开始扫射和投弹。

在正式攻击贝里琉群岛前为期两天的轰炸中，海军上将"公牛"哈尔西第三舰队38特遣舰队共发动了超过2 400架次的攻击，摧毁250架日本飞机，扫清日本地面设施，击沉十余艘货轮和油轮。38特遣中队损失8架飞机和5名飞行员。

9月16日，开始攻击贝里琉后的第二天，"密西号"和油轮舰队遇上从滩头返回的38特遣舰队。驱逐舰"马歇尔号（Marshall）"从"密西号"右舷取走48包邮件；接着，驱逐舰"加特林号（Gatling）"取走另外106包邮件。"密西号"接到命令去滩头阵地。在那里，"富兰克林号（Franklin）"航母和它的驱逐舰队需要在第二天进行加油。

为了确保在第一缕阳光照射的时候就能进行加油，贝克舰长下令9月17日04:30吹响集合号。在黎明前的黑暗中，绞车手放下帆桁，水手们将长长的软管拴在一起。太阳刚从海面上冒出来，加油作业就开始了。

水手们在舰首右舷各就各位，准备将拖绳拉到开过来的第一艘准备加油的驱逐舰上。舱面水手先在一根引缆绳顶端打上一个结，将一根细绳抛到军舰上。在波涛汹涌的海面或者距离较远的时候，需要用抛绳枪把绳子射到等待加油的驱逐舰上。今天海上风平浪静。

拖链能够使两艘军舰保持在40—75英尺的精确距离，同时以10节的推荐速度前进。实际上，两艘船之间没有互相牵引，这个操作程序只是为了保持两艘军舰之间的距离。在黑暗中或者攻击中，或者风高浪急的大海上进行拖链操作是很危险的任务，机械可能发生故障，软管可能分离，绞盘和缆绳可能会在瞬间绞断手指或者骨头。

一名水手从底层甲板爬到顶层甲板，看见驱逐舰上的一名水手正在炮台顶上晒太阳。当时"密西号"给驱逐舰加油的工作已基本结束。突然，一根软管从驱逐舰上的集合管上脱离开来。软管猛烈抽动着，四处乱弹，在高压下喷出海军标准燃油。数秒钟内，那位日光浴者和他周围的一切都被厚厚的黑色油污覆盖。驱逐舰上的水手想清除迅速覆盖他们甲板和舰体的黑油，但徒劳无功。"密西号"上的水手急忙关闭阀门，一分多钟后，压力才被释放掉。满身油污的驱逐舰水手愤怒地向"密西号"水手挥舞着拳头。

第二天，9月18日，"密西号"开始为巡洋舰"印第安纳波利斯号（Indianapolis）"加5 903万桶用于驱动军舰的海军标准燃油和1 500加仑用于OS2U翠鸟侦察机的航空汽油。为了补充自己的货物，"密西号"停靠在美国军舰"战斧号（Tomahawk）"旁边。"战斧号"将它部分油箱中的燃油转给"密西号"。"密西号"重新恢复真北190度航向，以10节速度航行。

9月20日
在西太平洋远离大陆的地方

轰炸帕劳岛的登陆滩涂几天后，早上07：40，"宾夕法尼亚号"停靠在"密西号"的左舷一边。拖链四分钟内就被固定好了，因为油轮上的水手们已经能够很熟练地将拖绳发送给旁边的军舰了。六个小时后，战列舰就吸空了"密西号"的左舷油库，满载而归，准备战斗。

那一天，美国军队进攻乌利西环礁，也就是一串组成西加罗林群岛的岛屿。他们扫射几轮后，没有遇到抵抗，便停火了。乌利西将会成为前沿基地，而且它的锚地在一段时间内将是世界上最大的锚地。为了防止海岛受到空中袭击，美军设立了一个探照灯、一个雷达站和一门防空火炮。

乌利西落入美军手中后的第二天，"密西号"依然在海上行驶。两个后勤服

第八章 战地之星

务团队联合起来，增强服务能力。当"密西号"停靠在油罐轮"肯尼巴戈号（Kennebago）"一边，开始抽取燃油的时候，海面很平静，那天似乎平安无事。

突然，水下传来一个声音。作为回应，"奈汉塔湾号（Nehenta Bay）"的舰长下令紧急转向六度，希望可以避开敌方潜艇的可能性攻击。"密西号"上的水手们手忙脚乱地断开输油软管。当战斗部署高音喇叭响起的时候，有些人不得不用消防斧子砍断软管。最后，只有集合管上的一根软管将"奈汉塔湾号"和"密西号"连接在一起了。"奈汉塔湾号"的水手没有发信号让"密西号"的水手切断软管压力便断开连接。在100磅的压力下，燃油喷涌而出，在"奈汉塔湾号"左舷的士官舱上喷满了厚厚的黑油。"密西号"的水手们无助地望着这一切。

然后，"奈汉塔湾号"和"密西号"以每次5度的步骤开始分离。当"密西号"的左舷和"奈汉塔湾号"的右舷相撞时，水手都摔倒在甲板上。金属和金属相摩擦，但三分钟后，两艘军舰完全分离开来。

这是三个月内第三次组成船体检查组调查损伤程度。"密西号"的三人军官组发现，右舷62.5号肋骨的一块钢板凹陷了，但它周围船体的焊缝仍旧滴水不漏。一块木板被撞碎，从船舷边飞了出去。

"密西号"和两个纵列军舰在驱逐舰组成的护卫屏障中一起前进，是右边纵列的首舰。护航航母"萨金特湾号（Sargent Bay）"紧随其后，"马里亚斯号（Marias）"和"海牛号（Manatee）"油轮和它们的姊妹舰一起在左边纵列中平行前进。

9月24日早晨，"密西号"和其他油轮组成一条输油线，在返航到马努斯前给护航航母加油。贝克舰长将船速降低至平常工作状态的10节，07：04，"加达山湾号（Kadashan Bay）"靠近"密西号"的左舷，连接起拖链。海军特种燃油开始注入到航母中，与此同时，驱逐舰"麦科德号（McCord）"在右舷开始接收海军特种燃油。

一个海军摄影师准备好相机后，站在护航航母"萨金特湾号"的机库甲板上拍摄加油的画面。船舶在平静的海面上滑行，没有留下明显的痕迹。摄影师注意到"密西号"钢板上的锈斑条纹，那是盐水和空气锈穿伪装涂层的结果。他还清楚地看到了船尾左舷的K型机枪以及船尾的深水炸弹的剪影。

"咔嗒"。相机记录下14:05拖链连接的时刻。这些"密西号"的航行照片将成为记忆中的最后一组照片。下一组照片显示的将是军舰垂死挣扎时的状态。

日本潜艇的威胁一直存在着。为了迷惑尾随油轮舰队的潜艇，"密西号"的航线转换了不下三十次，包括27日白天的三次紧急转弯。第二天，油轮舰队遭遇大暴雨，瞭望可见度有限。所以作为预防措施，"密西号"又数次改变航线。9月30日，"密西号"驶向白尾海雕港口，接受商用油罐轮"比彻姆号（Beacham）"的加油。

进攻菲律宾的预定日期是10月20日，届时海军上将"公牛"哈尔西的第三舰队航母将对台湾、冲绳岛和吕宋岛（Luzon）北部发动大规模空袭。麦克阿瑟将军已经将西太平洋的全部兵力集结在马努斯，为进攻做着准备。第七舰队，也被称为麦克阿瑟的海军，在新几内亚和马努斯之间的区域拥有七百艘军舰。哈尔西率领的第三舰队由18艘舰队航母、6艘战列舰、17艘巡洋舰和64艘驱逐舰组成；这是有史以来最强大的海军力量，甚至超过了诺曼底登陆时的力量。

日本海军调集所有资源保卫自己的岛屿。虽然由于燃油的短缺，他们不得不驻扎在本岛基地内，但他们也准备在发现美军进攻的第一迹象时立即出海迎战。由于他们兵力已经极度削弱，他们相信，现在唯一的希望是全力防守帝国内部。

但在10月初第三舰队发起的行动中，哈尔西打乱了日本人的计划。哈尔西打算在10月10日发动功能强大的舰载机部队攻击冲绳岛，然后攻击菲律宾的吕宋岛，紧接着攻击台湾岛，当时那里是日本增援部队的集结区，距离菲律宾北部只有200英里。

美国军舰"密西号"于10月2日起锚，出发去为准备攻击冲绳岛的舰队加油。在姊妹舰"马里亚斯号"和"海牛号"的陪伴下，"密西号"和它的护航编队以之字形15节的速度向西北方向前进。就在这些军舰离开乌利西的第二天，太

第八章 战地之星

平洋舰队遭遇可怕的台风。滔天的巨浪和狂风暴雨横扫太平洋,在舰队向西北方的第38特遣中队靠近的时候,天气越来越糟。"密西号"上许多以前从不晕船的水手也痛苦地趴在栏杆上呕吐。满载的油轮穿过一道道山峰一般的巨浪,跌入一条条深渊一样的波谷。

水手们被摇晃得东倒西歪,摔得鼻青脸肿,因为根本无法立足。巨浪劈头盖脸地打上主甲板,又从左右舷落回海中。约翰·梅尔顶着风暴爬到舷侧,扶着舱门,一边呕吐,一边看着军舰甲板消失到数吨海水下,数秒后又再度出现。"从甲板上流过的太平洋海水比龙骨下的还多。"他自言自语地说。

大部分船员被晕船折磨得死去活来。当军舰穿过另一道巨浪的时候,一个比其他水手感觉稍好的水手站到餐厅外边。一个摇摇晃晃的水手走到他面前,脸色苍白地问:"有什么吃的?"

"煎猪排,油多得直往下滴。"

"王八蛋。"问话的水手急忙把头伸到栏杆外。

尽管天气恶劣,"密西号"仍然在看似无迹可寻的大洋上按指定的经纬度与第38特遣中队相遇。在那里,9艘油轮开始在波涛汹涌的大海上加油。10月8日上午,驱逐舰"米勒号(Miller)"成为"密西号"加油的第一艘军舰。加油从06:42开始。07:02时,另外一条拖链被射向航母"汉考克号(Hancock)"。"密西号"的舰首在滔天大浪中上下颠簸左右晃动,左舷绞盘边的机械水手们奋力保持拖链不乱动。海水从甲板上冲刷而过,水手们不断跌倒。

在这样恶劣天气下的加油工作持续了一整天。贝克舰长在他10月8日的航海日志中记录下了这次加油活动,并注明海面极不平静,加油工作难度极大:

这是海员们第一次在如此恶劣的天气下在海上加油,每个人都表现得很出色……主甲板上,他们操控着各种被海水淹没的装置。看到他们像老海员一样坚强,我十分满意!

回天号

那天晚上，海浪依然很高，但还有一艘军舰需要加油：哈尔西上将第三舰队的旗舰"新泽西号（New Jersey）"。日落后，贝克下令灭掉灯光。哈尔西的战列舰很快停靠在右舷一边，接过一条拖链，开始接受加油。大海依旧狂野如初，海浪如瀑布般盖过甲板。"密西号"上的水手从未在日落后加过油，更何况是在这样波涛汹涌的大海上。就在那时，轻型航母"卡博特号（Cabot）"仍在左舷接受加油，这让"密西号"随时处于危险之中，可能被卡在这艘航母和哈尔西的巨型爱和华级战列舰之间。在平静的海面上加油已经很危险，在这样恶劣天气下的漆黑夜晚同时从左右舷给主力舰加油几乎等于自杀。"新泽西号"的加油开始了，但由于军舰剧烈摇摆、彼此牵引，拖链几次脱落。

突然，两艘军舰在海中倾斜，并摇晃起来，眼看就要撞在一起。贝克舰长吓坏了。当又一道巨浪打来时，他气得脸色发紫，大声咒骂哈尔西让他的油轮陷于困境。"让那个王八蛋滚开……他让我的军舰湿透了。"他愤怒地对舰桥上他身旁的少尉说道。

"新泽西号"每落下一次，海水就会浇透站在舰首绞盘边的年轻水手，拖链就是从那里被牵引到航母上的。中尉罗维向来关心年轻水手，看到了危险所在，担心有人会失去一只手或者一条胳膊。所以，他跑出去，站在瓢泼大雨中密切关注着水手们。其他军官看到他离开舰桥，和水手们一起冒险，都非常惊讶。就在那时，"新泽西号"的舰首再一次落入巨浪中，水手们再次被海水浇透，又一波海水洪流从甲板上冲刷而过。贝克气急败坏地下令停止加油，哈尔西上将通过无线电表示同意。即使海军上将也不得不在如此恶劣的气候下屈服。

对于"密西号"的水手来说，这是一次海水洗礼，也是一个月后燃油和烈火洗礼的先导。

第九章
神风特攻队

你不知道自己何时会死……我想象不出还有比这更残忍的武器。

——神津直次,"回天号"乘员

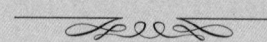

第九章 神风特攻队

7月底，第六潜艇舰队司令三轮茂义召开了一次高级军官会议。由于飞机、飞行员、航母和其他战争资源极度缺乏，日本指挥官们不得不重新评估他们的战略。三轮是新任命的海军中将，他打算评估过去12周内第六潜艇舰队的行动，当时海军总参谋部已经启动胜吾行动（Sho-go Operation）。

IJN舰队的潜艇舰长们都参加了会议。大家都很庆幸自己在最近的战争中生存下来，还能出席会议。他们已经遭到美国反潜部队的沉重打击，认为自己能够活着回来提交作战报告都是极大的幸运。

RO-115潜艇舰长中尉渡边久（Hisashi Watanabe）批评潜艇学校，说他们不能提供任何创新性的武器或者战术。小泽（Ozawa）上将的参谋长、海军少将古村启藏（Keizo Yoshimura）反对他的说法，还对这个批评意见做出嘲讽的回答："在马里亚纳群岛战役中，美国潜艇表现得非常出色。但日本潜艇在哪里呢？"他嘲弄地问，"它们在怎样帮助我们？"

渡边大怒，因为他和他的战友们都勇敢地投入了战斗。面对上级军官的嘲讽，他坚持己见，说："你很清楚，上将先生，丰田上将命令我们潜艇部队远离随时可能演变成战场的水域。因此，你应该很清楚我们为什么没能遭遇和打击敌人。"

渡边的怒火越来越大，他接下来的话令会议室里的每个人惊愕不已。"在批评我们潜艇部队令你们失望之前，"他说，"你必须先反省自己的空中和地面部队的失败，以及美军潜艇为何能如此有效地攻击你们。如果我们潜艇部队以后能分享到任何程度的成功喜悦，你就不会再低估我们攻击敌人潜艇的能力。因为我们很优秀！除了两支伟大的海上舰队之间的冲撞之外，你什么都不考虑。你完全忽视了我们和与我们战斗的敌人。"

会议室里的军官们通常都保持沉默和尊重,这下也纷纷议论起来。渡边愤怒、苦涩、无奈的话说得极有道理。

那个星期,在其他地方,其他潜艇的上司们都向下属做了措辞严厉的报告。8月25日,在东京东北部的土浦海军训练基地,基地指挥官渡边健次郎(Kenjiro Watanabe)站在集合起来的海军学员前面,谈论恶化的战争局势。他强调说,在打击敌人方面,第六潜艇舰队的地位越来越不利。

"我很伤心地告诉你们这些,"他告诉学员们,"但我们在前线的海军战友们传回的消息并不好。我们和敌人的力量相差越来越大。尽管我们的同胞勇敢作战,但塞班岛(Saipan)已经落入敌人手中,这给补给我们的部队造成了很大的麻烦。"

接着,渡边投下一枚重磅炸弹。他说,日本技术人员已经开发出具有压倒性实力的武器,正在招募志愿者去操控它们。他还事先警告学员这是一种不能返回的武器,听到他的话,各级学员都倒吸一口凉气。这是第一次对这种秘密自杀式武器或多或少的公开说明,也是首次承认这种特殊攻击性武器的确是为自杀设计的。

渡边没有向他的听众透露任何有关这种秘密武器的细节,但他们已经领会了他的寓意。很明显,日本的生存之战已经变得越来越没有希望,任何战胜敌人的机会都要求他的战斗人员做出更大的牺牲。

的确,胜利的天平在倾斜。日本在1942年的"胜利病"已经被末日来临的绝望所取代。到1944年夏末,战争的势头已经完全不利于轴心国。在欧洲,盟军已经在法国大获全胜,正在逐步向卢森堡和德国边境进发,德国人正被有条不紊地从法国北部清扫出去。八月中旬对法国南部的进攻已经成功,地中海已经逐步被盟军控制;英国舰队和美军的鱼雷快艇三中队给予德国和意大利的补给船队越来越沉重的打击。德国电台相继在巴黎停止广播,维希政府逃往德国。

在太平洋战争中,轴心国的形势更加严峻。日本占领的岛屿已经开始迅速被攻占。遭受美国飞机和军舰一个月的袭击,以及7月21日的最后进攻之后,关岛

第九章 神风特攻队

（Guam）现在已被盟军占领；就在7月21日同一天，法国第一军包围了法国的土伦（Toulon）。马里亚纳已经被盟军夺走。在东京，以东条英机为首的政府倒台了，老首相被换成了一个由帝国军支持的强硬民族主义者。

指挥官渡边健次郎激励了土浦的许多年轻新兵加入"回天号"乘员的行列。当时，他们只能暂时加入到已经在大津岛开始训练的第一批乘员之中。

大津岛对"回天号"乘员的训练是残酷的，但对潜艇舰队的乘员来说，这同样是一件非同小可的事情。他们要操控母潜艇携带"回天号"到发射地点，他们对"回天号"的成功必不可少，所冒的风险也是极高。

将在预计的回天攻击中起主要作用的是一位潜艇舰长折田善次。他驾驶一艘第六潜艇舰队的I-47母潜艇。随着计划的稳步实施，折田得知他将携带四艘"回天号"到一个尚未宣布的目的地，而且他的一名"回天号"乘员就是仁科关夫。折田是江田岛（Etajima）海军学院第59届毕业生。当仁科在"吴"军港认识他的时候，他已经拥有了很高的声誉：有丰富太平洋作战经验的老将，有先见之明令人印象深刻的男人。两年前菲律宾的战斗开始时，折田已经在濑户内海（Inland Sea）训练他的船员。

作为一名杰出的潜艇乘员，折田身边不乏优秀的伙伴。他的一位同学就是少校指挥官桥本以行（Mochitsura Hashimoto），将作为1945年击沉美国巡洋舰"印第安纳波利斯号"的潜艇舰长而闻名。折田和桥本都是隶属于第15中队的2 500吨I级潜艇的指挥官。

1943年8月30日，折田首次开始指挥舰队潜艇I-177，那次的任务是运送士兵和物资到太平洋南部区域，当时那里的战斗很密集。即使在强大的第六舰队，他也被看作是非常好斗的舰长，他强势的态度令很多年轻军官紧张不安。有些人躲着他，少数人企图斥责他，其他人却赞赏他的技能和奉献精神，没有人对他无动于衷。

他是一名严格的教练，竭力把他的手下训练得几近完美。他的水手们在舰桥上执勤时，他经常下令急速下潜，这意味着水手们必须在尽可能短的时间内离开舰桥进入潜艇。如果I级潜艇在水面上被美国巡逻机发现，宝贵的几秒钟时间可能意味着生死之别。I-47的观察水手们得到不断的磨炼，直到能把从接到"快速下潜"的命令到关闭舱门的时间缩短到短短7秒，创下潜艇服役新纪录。

其他争创纪录的船员也很好很能干，但就是无法刷新折田的纪录。I-53的引航员山田实（Minoru Yamada）承认，折田的纪录比他自己的船员所用的时间整整少了一秒，尽管他也不断训练，他的团队从未在少于8秒的时间内撤离舰桥并快速下潜。I-53上的船员得知I-47创下的7秒纪录后，加紧训练，最后终于达到7秒的成绩。没有任何其他第六舰队的潜艇实现过这一壮举。

9月的一天，当时折田仍然是I-47潜艇舰长，他正在横须贺海军基地检查他的潜艇时接到一个通知，被召集到"吴"军港海军基地参加一个在民用商船货轮"筑紫丸号（Tsukushi Maru）"上举行的会议。在那里，他见到了第15潜艇部队的指挥官扬田清绪（Kiyotake Ageta）舰长。出席会议的还有折田的同行，I-36和I-37潜艇的指挥官寺本岩（Iwao Teramoto）和神本信雄（Nobuo Kamimoto）。

三轮将军的两个参谋，指挥官井浦祥二郎（Shojiro Iura）和重要的海军战略家、少校鸟巢建之助也和军官们一起出席会议。井浦首先对正在菲律宾进行的战争做了全面介绍。战况看来不佳。三位潜艇舰长都非常同意这个观点，改变未来命运的前景不妙。

就在那时，井浦做了一个戏剧性的宣告："为了将战争态势向有利于我们的方向扭转，联合舰队和第六潜艇舰队决定加载名叫'六金丸'的特种武器。它会被加载到大型潜艇上，用于攻击锚地的敌人。"他观察着潜艇舰长们的脸色。他们看上去迷惑不解。

"这计划已经在实施中。"井浦继续说道，"第一次攻击大约将在10月中旬进行，使用I-36、I-37和I-47。你们不用等待正式命令，现在便可以开始准备了。"

六金丸。这个词语的字面意思很简单：六个金属环。但它的真正含义是什么呢？当神本和折田要求做出解释的时候，另一名参谋鸟巢告诉他们说，那只是一

第九章 神风特攻队

个用于掩盖秘密武器真相的假名称，它真正的含意是人操鱼雷。鸟巢又解释说，93型"长矛"鱼雷已经被改装成由一个人驾驶了。

"乘员将成为鱼雷的眼睛，驾驶着它直接冲向目标。"他说，同时也注意到了潜艇舰长们的不安，"鱼雷一旦从潜艇上发射出去，它和乘员都将不再回来。这是一种专为水上使用设计的特殊攻击性武器。"

神本问是否已经有操控这种武器的人存在。他被告知那些人已经在德山湾的大津岛接受训练。"已经使用I-36潜艇进行了试验性攻击。"鸟巢说，"到目前为止，结果非常成功。"

折田问这种是否已经准备好了。

"正在'吴'军港兵工厂里生产。"鸟巢说。不出一小时，他已经向折田展示了I型"回天号"。折田知道了"回天"的结构和功能，以及仁科和黑木在研发中所起的重要作用。

不久之后，折田单独走到神本身边。神本后来说，他好像很震惊。"如果我们不得不使用这种武器，那么情况一定已经非常糟糕了。"折田轻声对同行说。

神本同意他的观点，又补充说："肯定要求乘员具有特殊精神。如果我们将帮助他们完成这项使命，那我们的潜艇舰员也必须拥有这种精神。"神本非常同情他将要携带的"回天号"乘员，他们肯定不知道自己完成任务后不能活着回来。

对于折田和神本来说，尽管那天已得知这个离奇的消息，但他们别无选择，只有继续行动。六个金属环是训练基地的潜艇舰长们的热门话题，但谈论范围仅仅局限在极少数高级军官的私人谈话中，即使那些年轻学员回家探亲的时候，也不能和家人谈及此事。就算"撼天者"真的能够"扭转乾坤"挽救日本，也没人知道它的存在。

为数不多知道这种绝密武器的高级军官都有顾虑。尽管对折田和神本豪言壮语，但鸟巢指挥官也无法抑制自己对海军已经开始采取这种绝望行动的情绪。

1944年在怒吼中继续，专为携带"回天号"而设计的母潜艇的数量也在增加。尽管日本的其他战争物资损失巨大，大量的资源却被投入到制造自杀武器，以及运输和支持它们的海军舰艇中。

从1944年秋到1945年春末，15艘舰队潜艇和8艘运输潜艇被改造用于携带回天鱼雷。母潜艇上的主炮被拆掉了，有时甚至连机库和弹射器都被拆掉了，在甲板上设置了定位盘，用于携带2到6艘回天鱼雷。在这样设计的舰队潜艇中就有I-36、I-37和I-47，它们都将参加11月进行的菊水行动。有能力携带回天鱼雷的运输潜艇包括I-361、I-363、I-366、I-367、I-368和I-370。

甚至水面舰艇也被改装为可以携带和发射自杀式鱼雷，其中有两艘峰风型（Minekaze）驱逐舰，"波风号（Namikaze）"和"汐风号（Shiokaze）"；5艘松级（Matsu）驱逐舰以及轻型巡洋舰"北上号（Kitakami）"。在同一时期，21艘I型快速运输登陆舰被建造出来，舰尾都增加了发射回天鱼雷的斜坡和轨道。另外，工程师们在1945年还设想出几种金属材质和木材材质的轻型护航舰准备建造。但是直到战争结束，只建成了2艘。

说到为支持"回天"项目而进行的改造，特别值得一提的是"北上号"。从1944年8月12日开始，"北上号"就在佐世保（Sasebo）开始进行维修和改造。最终的结果是：这艘巡洋舰将具备携带8艘回天鱼雷的能力，以前用在水上飞机航母"千岁号（Chitose）"上的一台20吨起重机将被安装到上面，用于将回天鱼雷吊起并放入水中；舰尾将被改制成一个突出斜面结构，舰尾的涡轮机将被取掉，以便给备件和工具留出空间；由于涡轮机被取掉，"北上号"的最高速度将从36节降低到23节；所有的武器装备都将被高射机枪和雷达取代，甲板将被改造成能够在舰尾安装两条深水炸弹的发射轨道，还将安装两架深水炸弹投射器。改造工作将需要5个月时间来完成，也就是说，直到1945年1月，"北上号"才被分配到联合舰队。但这艘军舰并没有执行任何战争任务，便在战后被拆毁。与许多新型武器的出现和战术战略的改变一样，日本企图"撼天"的努力来得太迟。

尽管日本I型潜艇的舰长和船员们都希望能够在战争中幸存下来，但他们所

第九章 神风特攻队

冒的危险和"回天号"乘员的一样多。为了更好地部署回天鱼雷，母潜艇需要冒着被美国军队发现的风险靠近敌方的锚地。公海上的危险更大，因为必须让回天鱼雷尽可能靠近美国军舰，才能使"回天号"乘员到达目标。如果大型潜艇舰队被美军的飞机或者军舰瞭望哨发现，美军会毫不留情地用深水炸弹攻击它们。

运送别人去完成赴死使命的巨大责任让母潜艇的舰长和船员们心里沉甸甸的。他们中的许多人都说，和"回天号"乘员告别的场面令人心碎。乘员的行为，尤其是发射前那一刻的行为给母潜艇的船员们留下了难以磨灭的印象。多年以后，这种记忆还困扰着他们。

潜航乘员山田实生动地回忆了"回天号"乘员的态度，以及如何影响到他："我们（母潜艇的船员）也同样是战士，"他说，"但他们的态度——平静地度过每一天，直到他们的鱼雷被发射出去。这使我深刻地感觉到，他们的心态与那些已经超越生死界限的宗教信仰人士的一样。"他特别提到了一个人，但接着又补充说："其他'回天号'乘员也一样。"

日本帝国正处于危险境地。随着空军和海军损失的不断增大，最高指挥官们不得不相信，他们需要采取非同寻常的措施应对这惨淡的境况，也许是借助神的力量。自杀已经成为战争的现代化武器，以多种形式表现出来，其中一种就是从空中自杀。

几个世纪以前，风神挽救了日本，出现了几乎奇迹般的台风。由于多年的纷争和内战，国家极其虚弱，很容易受到敌对势力的攻击。当大蒙古皇帝忽必烈汗试图在1274年和1282年入侵日本时，大规模的台风横扫太平洋，摧毁了蒙古舰队，使日本免受了侵略之苦。那场风暴被尊称为"风神的保佑"。敌军力量的突然改变也使日本人相信他们是受到了神的保护，受到了他们所谓的"神风"的庇护。"神风"的日语就是"kamikaze"。

将近700年之后的1944年，空军指挥官认为，从空中的自杀式攻击是击退敌人的现代化途径，一种新的"神风"。10月19日，海军中将大西泷太郎（Takijiro

Onishi）被任命为第一航空舰队司令，得到了在菲律宾战役中指挥所有海军航空兵的权力。那天，他召集他的高级军官，要求他们提出一个从根本上解决问题的办法，以扭转日军面对强大敌人的困境。他对军官们说，这个办法将被称为"神风"，与当年蒙古舰队入侵时刮起的神风一样。

"我们必须组织装备了炸弹的零式战斗机作为自杀攻击部队。"他说，"每架飞机将俯冲轰炸一架敌方的航母。"

这不是空中自杀攻击第一次受到考虑。在自己的飞机受伤或者严重受损，明显无法活着完成任务的时候，双方飞行员有时都会将飞机俯冲向敌人的军舰。日本飞行员在充满爱国激情的时候，也曾心甘情愿地牺牲自己去打击敌人，但大西的建议是第一次以司令的名义公然提倡以自杀战术作为武器去打击敌人。

于是，这种特殊的攻击方式渐渐在航空舰队成为现实。他们在海军中的相对力量——日本潜艇也不甘落后，理直气壮地将回天鱼雷作为潜在的撼天者，在水下与即将开始的"神风"空中攻击遥相呼应。

第十章

轮船杀手、飞机杀手

英雄主义潜伏在每个人的灵魂中。无论多么卑微多么默默无闻,为了伟大、模糊但崇高的目标,他们(老兵们)放弃应得的快乐,愉快地去经受所有的自我牺牲——匮乏、辛劳、危险、痛苦、病痛、致残、终身伤害和损失,甚至死亡本身。

——约书亚·劳伦斯·张伯伦(1828—1914),南北战争的英雄,由于在葛底斯堡的英勇而被授予荣誉勋章

第十章 轮船杀手、飞机杀手

日本帝国海军的年轻战士甘愿用这致命武器去攻击敌人，也就是落入他们视线内的美国人。那些人正在横扫太平洋的广阔海域、占领一个又一个岛屿，以一种日益不平衡的有利盟军的态势发展着，他们还受到美国强大的工业力量的支撑。

这是标志着盟军在太平洋取得的巨大胜利的日子。一艘日本军舰悲剧性地毁灭，一个美国水手被埋葬在海底。日历显示这一天是10月10日。台湾和冲绳处于盟军的轰炸之下，但在东边几百英里外，"密西号"上的水手却亲眼目睹了他们到那天为止最悲惨的一天。

就在起床号响后，痛苦的惨叫声划破清晨的空气。惨叫声是从"巨轮密西"的锚链舱内发出来的。水手帕特里克·柯伦（Patrick Curran）和赫布·戴奇（Herb Daitch）冲进锚链舱。他们看见一幅令人毛骨悚然的景象：同船水手埃德·达西（Ed Darcy）瘫倒在甲板上，满身烫伤，皮肤正从他身上脱落下来。戴奇伸手去抓达西的手臂，但烫伤的皮肉从他手中脱落，他急忙松手。

在一艘工作中的油轮上，危险可能来自于最意想不到的船舱，每位水手都知道这一点。在这个事故中，罪魁祸首是过热的水蒸气。在超过400磅的压力下温度高达700华氏度时，水蒸气可能成为致命杀手。过热的水蒸气是肉眼看不到的，但微小的泄漏就会造成严重的伤害。这天正是这样。针孔大小的泄漏很少发出声音，甚至也不会发出能够警告可能的受害者的嘶嘶声。但事实明显表明有过热的蒸汽从管道中逃逸出来，切实地把达西煮熟了。他甚至没有看到死亡幽灵，当他意识到危险的时候，为时已晚。

几周前，从蒸汽管道弯管接头处泄漏的水蒸气灼伤了赫布·戴奇。戴奇向一名军官汇报过那次轻伤事件。很明显，那天早上过热的蒸汽以几千磅的力量冲击到管道中的冷凝水，将弯管接头直接冲掉了。

　　达西进到锚链舱，他通常的工作岗位，并随手关闭舱口。这是他五个月来每天早上都要重复的动作。然后，管道爆裂了。从他身体上无数的割伤和瘀伤看，这名遭殃的水手显然曾扑在甲板上，拼命地试图打开舱门，但他已被烫伤的双手不能抓握或者旋转舱门把手。短短几秒钟内，致命的蒸汽就把他活活煮熟了。

　　两名惊慌失措的水手召来一副担架，达西被紧急送往医务室。在那里，比尔利医生给他注射了吗啡，然后把氧气罩盖在他脸上。医生还插入一根静脉针，将药液输送给这位严重烫伤的水手，然后给他涂上烧伤膏。药剂师助手约翰·巴雅克用无菌纱布包裹住达西全身。除了腹部被皮带扣保护着的部分之外，达西全身都被烫伤了。

　　达西痛得神志不清，一遍又一遍说："看他们都对我干了什么。"贝尔利把听诊器放在他的胸膛上，听他肺部的气息。然后，他瞟了一眼贝雅克，摇摇头，什么也没说。达西的烫伤是致命的，他活不久了。虽然肉体烧焦的味道让药剂师助手感觉不适，贝雅克尽量让达西舒适些。

　　那天上午晚些时候，正进行死亡监护的贝尔利给餐厅打电话，要求吃些东西。听到这个悲剧，厨师约翰·迪安非常震惊，回忆起几个小时前，他还给达西提供早餐，一边往水手的盘子里堆鸡蛋，一边和他开善意的玩笑。难以想象这个年轻人现在却在弥留之际。

　　上午慢慢过去，生命迅速从达西烫伤的身体内消亡。在濒临死亡的达西的要求下，贝尔利要求送一面国旗到医务室给他进行洗礼。在宗教仪式中，达西用他缠满绷带的手攥着一串念珠。11：10，事故发生五个小时后，他咽下了最后一口气。贝尔利给舰桥打电话通知贝克舰长。贝克请求30.8特遣区队指挥官准许为达西进行海葬。请求被批准。

　　所有不值班的水手都接到命令参加葬礼。贝尔利要求缝制一个帆布袋子举行仪式。为了使袋子能够下沉，枪炮部门将两个5″/38炮弹壳送到医务室。两个厚重的铜弹壳被缝进袋子底部；当所有水手在甲板上集合后，"密西号"停止之字

第十章 轮船杀手、飞机杀手

形前进，自由地和其他舰艇一起在翻腾的大海上前进。

达西的尸体放在一块木板上，双脚那端放在右舷栏杆上，另一端由一名水手支撑着。另两名水手各自拿着美国国旗的一角，将国旗盖在达西身上。赫布·戴奇，仪仗队的一员，抚摸着同伴的身体，进行最后的告别。贝克舰长是按照海军条令举行葬礼的，首先进行祈祷。10分钟的仪式结束后，他向仪仗队点头示意。木板被慢慢抬起，达西的遗体从国旗下滑落，达西被托付给了大海。轻微的拍手声凄惨地从甲板上飘过。对"密西号"的水手来说，这是迄今为止最悲伤的一天。他们面色严峻地看着包裹达西遗骸的袋子滑进波涛之中。

那天下午晚些时候，"密西号"向北航行，到指定地点去和海军上将杰拉尔德·博甘（Gerald Bogan）的舰队集合。那天，上将的舰队共发动了1 396架次对琉球群岛，包括冲绳岛的轰炸。琉球群岛是强大的日本基地所在处，停泊着数百驾陆基飞机，港口充斥着大量军舰。这些都成了美军海军航母飞行员密集的靶子。在攻击中，日本损失了12艘鱼雷艇、1艘潜艇补给船、2艘小型潜艇、4艘货轮、一些辅助舢板和111架飞机，38特遣中队损失了21架飞机、5名飞行员和4名机组人员。这是自1942年杜立特（Doolittle）空袭后，美国海军力量第一次接近日本本土。

那天上午，日本联合舰队的指挥官、海军上将丰田（Toyoda）在台湾总部接收到冲绳被打击的消息。台湾的空军基地警觉起来，制定了相应的防守计划。台湾当时已经拥有230架作战飞机，做好了抵抗美国飞机的自卫准备。

第二天，包括"密西号"在内的美国油轮和博甘的舰队会合。9艘嗷嗷待哺的军舰组成了接收加油的队伍："爱荷华号（Iowa）"、"无畏号（Intrepid）"、"独立号（Independence）"、"迈阿密号（Miami）"、"圣地亚哥号（San Diego）"、"哈尔西·鲍威尔号（Halsey Powell）"、"科拉汉号（Colahan）"、"斯托克姆号（Stockham）"和"特文宁号（Twining）"。加油完成后，刚刚加满油、重新补充了飞机、飞行员和机组人员的38特遣中队以24节的速度向西北方向前进。海军

回天号

上将哈尔西和米切尔想在第二天早晨对台湾岛进行一次毁灭性的打击。"密西号"离开那个区域,去和其他5艘油轮会合。

通过对攻击战舰提供燃油,"密西号"为自己赢得了第四枚战地之星:

1944年10月10日,第三舰队支持行动,空袭冲绳岛

1944年10月11日—14日,空袭北吕宋岛/台湾

10月12日一早,38特遣中队到达距离台湾50英里的指定地点。第一波攻击持续了三天,旨在摧毁台湾岛上日本残余的空中力量,防止美军预计10月20日发动的莱特岛登陆攻击时遭到日本的还击。美军飞行员在4艘航母上发动1 378架次的攻击。

日本第六空军基地涵盖了南九州、琉球和台湾。截至10月10日,海军中将福留繁(Fukudome)指挥的基地拥有737架飞机,其中223架战斗机;为应对美国的威胁,在后来的四天内,近700架飞机运抵台湾,其中172架来自于日本海军的航母。舰长久野修三(Shuzo Kuno)指挥了T攻击部队。"T"的意思是台风。虽然这个部队被誉为精英,他们中一半的飞行员其实只接受过为期两到四个月的短期训练。尽管如此,他们也依然设法对美军造成了伤害。

海军中将福留繁从他在台湾的指挥所看着头顶进行的空战。飞机开始从空中掉落。他以为是美军,鼓掌大喊道:"干得好,大大的成功。"

但福留繁定睛一看,掉落下来的是日本防御飞机,急忙停止鼓掌。最后,美国飞机扫平了他的指挥部,对日军的地面设施造成了巨大的破坏。当最后的数据统计出来的时候,福留繁苦涩地说:"我们的战士就像许多扔向强大敌人的鸡蛋。"

在第一天的战斗中,日本损失了三分之一的空中力量,包括许多资深飞行员。第二轮抵抗结束后,只剩下60架飞机。第三轮攻击开始时,没有一架飞机升空迎接挑战。福留繁的台风精英部队又损失42架飞机和42名经验丰富的飞行员。

美国的损失也很巨大,48架飞机没能返航,但没有一艘航母受损。

第十章 轮船杀手、飞机杀手

第三舰队对台湾的空袭对本来已经萎缩的日本部队造成了更大的破坏。这样的损失是不折不扣的毁灭性打击。在10月10日、12日和14日攻击最严重的时候，日本至少损失了500架飞机，一些历史学家认为是将近600架。

日本空军部队已经元气大伤，没有能力再对美军飞行员造成一次严重的伤害，尽管美军已经开始征募只进行了三百多小时训练的菜鸟飞行员。

即使这样，空袭之后，台湾的东京电台仍然宣布他们取得了巨大的胜利，还引用了10月16日日本帝国海军的一份官方报告。该报告声称对美国海军造成了毁灭性的打击，击毁了11艘美国航母、2艘战列舰、3艘巡洋舰、1艘驱逐舰或轻型巡洋舰；报告还同时宣称了其他战果：击伤8艘航母、2艘战列舰、4艘巡洋舰、1艘驱逐舰和13艘不明身份的军舰，另有十几艘军舰被烧毁。对少数杰出飞行员信心满满的日本人沉浸在突如其来的喜悦之中，开始庆祝胜利。

日本海军采用的击沉美国第三舰队的报告，是他们的飞行员为了挽回面子而做的，但飞行员大错特错了。哈尔西上将听到东京电台的广播时，诙谐地给夏威夷的尼米兹发了一个信息：

所有被东京电台宣布击沉的第三舰队军舰已经被打捞上来，正高速冲向日本舰队。

这则信息被发到美联社后，公牛哈尔西的战争形象更加高大起来。盟军尝到了胜利的甜头，开始热衷于战争。

10月18日，"密西号"抵达北纬18°00′，东经129°00′。贝克接到消息，他的油轮舰队奉命给谢尔曼（Sherman）海军上将的快速航母舰队加油。对菲律宾的攻击两天后开始，首先是莱特岛的登陆战。12艘油轮排成一线，等待军舰靠近。07：11，加油开始。"密西号"将给"列克星敦号（Lexington）"、"道奇号（Dortch）"和"布朗森号（Bronson）"加油。

回天号

消防员比尔·布里奇用警惕的目光注视着埃塞克斯级（Essex）航母"列克星敦号"靠近"密西号"的左舷进行加油。航母如此的靠近，总是让他感到紧张。航母的飞行甲板就悬在油轮上方，距离很近，让这个来自爱荷华州的消防员感觉他伸手就能够到航母的炮管。但是，尽管航母的身躯如此庞大，距离如此近，一切都在顺利地进行着。"列克星敦号"吞下5 735桶海军特种燃油和14 000加仑航空汽油，然后驶离。

接下来，"圣达菲号（Santa Fe）"巡洋舰靠近"密西号"，开始执行艰巨的任务，将她运送的在台湾岛被鱼雷击沉的"休斯顿号（Houston）"上的幸存者转移到"密西号"上。"密西号"一共接收196名幸存者，油轮上立即显得拥挤起来。现在有450人共用餐厅、甲板空间和厕所，但即使在战时的最佳状况下，这艘553英尺长的油轮也只能容纳275人。"休斯顿号"上的水手在甲板各处等着进餐，但"密西号"上的水手必须首先进餐，才能保证他们的正常值班和油轮日常运作。

医务室里，药剂师助手凯利·麦克拉肯（Kelly McCracken）和阿特·杨（Art Young）坐在受伤的休斯顿水手罗伯特·阿博锐奇（Robert Ulbrich）身旁。他的病情正在向最坏的方向发展，但他乞求麦克拉肯不要离开他，因此他们整夜守候。早上5:30，阿博锐奇去世了。贝尔利医生通知贝克舰长和医务人员准备海葬。这个请求得到批准。

"密西号"的水手又一次在货物甲板上集合进行海葬仪式。这是九天内他们见证的第二次海葬。贝克执行这业已熟悉的海军规定的海葬仪式，电报员罗伯特·阿博锐奇被葬入深海之中。

日本政府还没有启动被称为"神风"的特攻队，但随着他们在台湾和菲律宾的损失广为人知，他们决定发起一波由飞机飞行员和潜艇乘员实施的自杀式攻击。盟军将很快经受这种新的威胁造成的可怕影响。

10月20日也就是菲律宾攻击的"D"日。莱特湾是世界上最大的战役地之

第十章 轮船杀手、飞机杀手

一,甚至天空也恐惧得要爆裂开来。最初的登陆比太平洋上大多数其他地点的两栖战都更容易:天气平静,没有海浪,没有水雷,只有少量日军抵抗。但随后10月23日到25日的全面莱特湾战役,完全是血雨腥风。

在莱特湾战役激烈进行的时候,"密西号"到达新的前沿阵地:乌利西环礁。这个环礁位于西加罗林群岛,巨大的环礁湖是攻击日本并结束战争的完美预备区域。美国海军司令官们希望在这里进行一次决定性的打击。

乌利西是理想的驻扎地,位于贝里琉西南360英里处,西北距关岛也是360英里,离金钟群岛马努斯830英里,距莱特湾900英里。以乌利西为圆心1 200英里为半径的区域穿过冲绳岛和林加延湾(Lingayen Gulf),并且靠近台湾;珍珠港坐落于东北方向3 660英里处。由于地理位置这样优越,乌利西成为当时世界上最大的港口,最多可容纳700艘军舰。这个环礁湖现在也是世界上第四大的港口,长将近20英里、宽10英里。

"密西号"上的水手们对他们10月21日到达乌利西充满期待,因为他们届时会收到自己的邮件,还可以得到下舰休息的时间,乌利西的美丽景色也可以让他们一饱眼福。这个环礁由沉入海里的古老火山所形成,边沿能够看见火山的痕迹,珍珠项链一般环绕着环礁湖。每个岛屿都由珊瑚和棕榈树组成,其中只有4个岛屿常有人居住。但战争期间,海军已经把岛民迁到较远的地方去了。

新建成的休闲娱乐区位于其中一个小岛莫古莫古(Mog Mog)上。不值班的时候,海员们可以在这里打棒球和橄榄球,在沙滩上散步。但休息是短暂的,焦虑挥之不去。他们得到消息说,盟军已经对日渐削弱的日本空军和飞行员造成了不可想象的打击,击毁了数百架日本飞机。但是为期三天的战役给他们带来了新的恐怖:神风飞机对美国军舰的攻击。

10月25日,在美国海军军舰"桑堤号(Santee)",一艘CVE或称"护航航空母舰"上,助理炮手约翰·米切尔(John Mitchell),"桑堤号"的炮长,听到一名军官在大喊示警。原来一架日本飞机正向军舰俯冲下来。米切尔指挥瞄准手用40mm的舰炮向攻击者射击。飞行员依然向他们飞来。所有的水手都难以置信

回天号

地看着袭来的飞机——不知何故，飞机一直俯冲，没有向上拉起。没有更好的理由可以解释这个现象：飞行员不可能死亡或者受伤，因为美军的防空炮还没有开火。

米切尔感觉灾难来临，尖叫道："拉起来，浑蛋，快拉起来。"但是，飞机径直飞向飞行甲板，穿透机库甲板，引爆炸弹，弹片四处飞溅。"桑堤号"遭遇了战争中第一次有预谋的神风特攻队攻击。

武士道造就了一波年轻志愿者，渴望驾驶飞机冲向自己的坟墓。莱特湾海战中，几十架自杀式日本飞机从天而降，冲向美国军舰，在甲板上爆炸。

在太平洋的另一边，美国海军司令官们注意到了这个情况，担心来自空中的飞行员杀手将改变战争局势。他们无从得知，同样的自杀方式将会来自海面下。

第十一章
水上之花

他想知道这个人名叫什么、来自哪里；他的内心是否真的充满邪恶，或者说远离家乡的长途跋涉中遭遇的谎言或者威胁是否已经让他彻底改变；他是否真的不愿意平静地在家乡生活。

——J.R.R.托尔金（Tolkien），
《双塔记》（*The Two Towers*）

第十一章　水上之花

9月份乌利西落入盟军手中的消息，触发了后来被称为"菊水任务"的自杀式潜艇攻击。由于损失了西加罗林群岛这样巨大和重要的锚地，日本海军的指挥官们决定对拥有众多攻击目标的敌方舰队发动一次袭击，当时那只舰队正停泊在乌利西的环礁湖里，准备对菲律宾和日本本土发动最后的攻击。

这将是第一次"回天"攻击。随着盟军部队连续打击日本的空中和海上力量，菊水任务的战略和规划在10月愈演愈烈。每一次战斗的伤亡人数都在增长，日本人感觉到了强烈的紧迫感。在台湾和冲绳岛的空战中，他们损失了几百架飞机。10月下旬，在菲律宾莱特湾战斗中，他们损失了超过40艘战舰。当海战结束，莱特湾的水面趋于平静的时候，日本的海军已经不再是一支有战斗力的部队；从那以后，希望都寄托在特别攻击方式——自杀性武器和战术上。

12名"回天号"乘员被挑选出来执行对乌利西的攻击，其中11名是只在这种自杀性武器上训练了两个月的新手。第12位是仁科关夫，21岁，已经献身海军5年，拥有海军中尉的军衔。作为"回天号"的发明人和项目领导人之一，他是其他"回天号"乘员的偶像，他们大多数都比他还年轻。

回天任务的第一个攻击目标就是乌利西环礁。它刚刚成为海军上将哈尔西的美国第三舰队的主要前沿锚地。日本的战前预言正在上演，但不是沿着日本规划者所设想的方向在发展。美国人正向西推进，占领一个又一个岛屿，但绕开了日本的据点，比如拉包尔岛（Rabaul）和特鲁克岛（Truk），让这些戒备森严的岛屿由于物资缺乏而自行枯萎。

在中途岛、所罗门群岛、马里亚纳和莱特湾的冲突中，日本输掉了能够阻止美国人的那场决定性战斗。但他们现在有了自杀潜艇，战争的走向可能会有变化。正如黑木和仁科最早提出"回天"设想的时候陈述的那样，日本的第六舰队

回天号

可能成功袭击美国第三舰队的锚地。前往乌利西执行的第一个任务，将是日本潜艇兵的决定性行动。

关键是攻其不备。

这个任务被命名为"菊水"，字面意思是"漂浮在水面的菊花"。这个名字是对古代一位名叫楠木正成（Kusunoki Masashige）的封建领主的尊敬。几个世纪以前，他仅率领700人抵抗35 000勇士长达7个小时的猛攻。楠木身受重伤，人们认定他死于自杀，据说他临终前的最后一句话是："我希望我能重生七次为天皇攻击他的敌人。"这些话一直是日本军人沿用的爱国宣言。

从1331年开始，楠木家族就有自己的族徽，族徽上有朵漂浮的菊花，于是这种紫苑一般刺鼻的花慢慢被用来象征面对巨大困难时的英勇。1944年，准备攻击乌利西和帕劳岛的菊水任务时，菊花的象形文字和水花被涂在三艘潜艇的指挥塔上，它们的序列号是I-47、I-36和命运多舛的I-37。有些回天鱼雷潜艇上也有这个徽标，作为护身符。

舰长折田善次是菊水团的总指挥，乘员的领导是仁科关夫。他专心致志地投入到手头的任务之中，对自己和已经死去的黑木一起设计的武器抱有极大的信心。仁科经常告诉他的乘员们，世界上没有任何战舰能够逃脱航速30节的回天鱼雷，他还想方设法激励他们勇敢战斗。

他坚信这次任务将会创造一个转折点。他说："我们将会为了日本进一步的繁荣而长眠于地下，我们不是无谓的牺牲。"

另外三名"回天号"乘员作为仁科的同伴加入I-47潜艇的队伍。海军工程学校第53届毕业生、海军中尉福田齐（Hitoshi Fukuda），九州大学法学学生、少尉佐藤章（Akira Sato），庆应义塾大学经济学学生、少尉渡边幸三（Shozo Watanabe）都将在乌利西死亡。

母潜艇I-36和折田舰长的I-47一起向乌利西进发，也搭载了四艘"回天号"。它们上面的乘员是：海军中尉吉本健太郎（Kentaro Yoshimoto），庆应义塾大学经济学学生、少尉今西太一（Taichi Imanishi），海军中尉丰住和寿（Kazuhisa Toyozum）和少尉工藤义彦（Yoshihiko Kudo）。他们中有三位活着回来了，但今西死在了环礁湖内。

菊水团的任务是双管齐下的："回天"的主要目标是乌利西环礁内的军舰，但与此同时，帕劳岛也会实施一项声东击西的策略，旨在分散敌人的注意力，不易察觉回天的真实任务。在舰长神本信雄的率领下，舰队潜艇I-37将在加罗林群岛北部与其他两艘潜艇分开，独自向帕劳岛的科索尔航道进发。帕劳岛距离乌利西390英里。

入选到I-37上袭击帕劳岛的四名"回天号"乘员都是杰出的海军勇士。上别府宣纪，海军学院第70届毕业、海军上尉，是向乌利西进发的I-47潜艇总领航员重本俊一（Shunichi Shigemoto）的密友，上别府的三个同事是海军工程学校43届毕生村上克巴（Katsutomo Murakami），放弃东京大学的法学学习参加帝国海军的少尉宇都宫秀一（Hideichi Utsunomiya）和少尉近藤和彦（Kazuhiko Kondo）。

"回天"的教官们推荐了参加菊水任务的人员，但最后结果取决于基地最高级别的军官、少校板仓光马，他有最后的决定权。"最终由我决定谁被派去执行任务谁不被派去。最后的决定由我做出。"毫无疑问，他的话就是最终决定。板仓申明，作为武士传统，他热切希望能够亲自带领他的勇士们执行第一次任务，但海军参谋部驳回他的申请，不允许他加入"回天号"乘员的行列。他觉得没有得到允许与他勇敢的下级军官们一起参加袭击是空前的羞辱。他的妻子后来回忆说他当时悲伤欲绝："第一名'回天号'乘员去执行任务时，他在地板上痛哭打滚。"

I-37上的"回天号"乘员、海军中尉村上克巴被朋友描述为意志坚强、无比诚实的人，他对其他人充满关心和善意；完成自己的"回天号"乘员培训后，村上拜访了他一位密友，同样是"回天号"乘员的佐雄峰真（Mikio Samaru）。当佐雄问及村上对即将执行的任务和即将到来的死亡有何感想时，他沉默了。"回天号"是这样的讳莫如深，即使同僚之间也不愿谈及；一旦提及，房间内会明显感觉到紧张，大家相对无语。村上洗好一副牌，然后紧握着牌，把其中的两张弄破了。佐雄觉得他明白朋友的意思了。

同一个晚上，村上将一个大的黑色行李箱送给自己的朋友。他说："这是我父亲买给我的，我经常使用它。我认为你是唯一真正懂得我内心的人，我希望你能接受这个行李箱，如果你有幸去进行一次突袭，我请求你将这个行李箱送给另外一个懂得我们内心，并且能够追随我们的人。"

村上和佐雄道别。他们两人都知道，他登陆I-37执行菊水任务的位置已经确定。

为送别即将出发执行菊水任务的"回天号"乘员，举行了一系列典礼。这些典礼成为以后送别"回天号"乘员的仪式模本。11月7日下午，也就是出发的前两天，被选入菊水任务的人穿上为他们准备的新制服参加游行，制服的左衣袖上缝着特攻部队的绿色菊花徽标。他们听取了率领第六潜艇舰队的海军中将三轮茂义的致辞。当时在场的人回忆说，在向"回天号"乘员致道别词的过程中，三轮频繁指着附近一眼就能看到的潜艇，"回天号"就被绑在甲板上的发射篮中。空气中弥漫着虚张声势的话语，人们心中充满着难以解开的复杂情绪。

三轮以向每位"回天号"乘员颁发佩剑结束演讲。佩剑传统意义上由武士携带，武士巾就是一根宽布条，武士把它缠在额头上，防止长发遮挡眼睛。这根布条的含义已经慢慢转变为代表不懈的决心。入选菊水任务的乘员佩戴的武士巾上有日本爱国口号。

其实大家都知道，参加菊水任务的"回天号"乘员是不会回来的。事实上，为了个人荣誉和挽救日本命运，需要他们不回来。他们也知道自己的命运。仁科和其他乘员用几小时时间整理自己的私人物品，准备发给他们的近亲，包裹中装有他们处理财产的意愿和最后的愿望，也有写给所爱的人的私人信件。一些人的信件中包含不止一条信息，也许一封中写的是爱国的豪言壮语，另一封中写的却是更加真实的个人情感，读来发人深省，令人感动。他们甚至寄出了装有他们的头发或者指甲屑的匣子，以供家人将其放置在家庭祭拜的神坛上。

那天晚上，为三艘执行菊水任务的潜艇和它们携带的"回天号"上的军官和乘员举行了欢送晚会，大津岛的军官们希望给即将出征的英雄们一个勇敢的欢送仪式。三轮中将又发表了一个鼓舞士气的演讲。随后，乘坐I-37前往帕劳岛的"回

第十一章 水上之花

天号"乘员、中尉上别府宣纪代表"回天"伙伴们发言,对中将的演讲做出回应。

"我们决心消灭我们能够发现的最大的敌舰。"他说,"出征前夕,我们衷心感谢你们为我们所做的一切。我们祝大家身体健康、永远幸福。"

三轮举起酒杯,祝愿任务成功。他们喝着特殊的清酒——天皇本人赠送的礼物。这是一个庄严的时刻,随后的宴会上有稀缺的奢侈品,这也是变相承认日本正将自己杰出的儿子送去赴死。他们的最后一次正餐吃的是鱼、米饭、水果罐头和干海带。在那个战争时代,这些都是极其稀缺的食物,是对他们光荣牺牲的尊敬。最后端上餐桌的是栗子,表达的传统意义是对胜利的祝愿。

庆典高潮的时候,仁科关夫从热烈的祝酒词和豪言壮语中溜了出去,和刚到土浦基地的新学员告别,祝愿他们在以后的训练中好运,并和每一个人握手。

第二天,11月8日,是他们出征执行任务前在日本土地上的最后一个整天。在大津岛的神社举行了一个仪式。这里将是仁科和随同他到乌利西的其他乘员最后的归宿。日本国歌《君之代》鼓舞人心的话语在空中响起:"祝愿您统治一千年,八千代。"每个菊水任务的"回天号"乘员都在神龛前面鞠躬,仁科捧着黑木的骨灰盒。

第二天早上,他们启程离开,踏上两千英里的航程,去执行使命。天气晴朗,天空清澈,海浪轻轻拍打着基地码头。如果有人相信预兆,那这一切都意味着吉祥。樱花很久以前就已凋谢,但菊花依然在海港边上的花园里绽放。

三艘母潜艇等待启航的过程中,呈现出令人生畏的轮廓,这些庞然大物是对世界上最先进的潜艇技术的最好诠释。潜艇I-36在09:00率先启航,慢慢离开港口,在水面游弋。乘员们骑跨在捆绑在甲板上的武器上,挥舞佩剑向海滩上的观众高声道别。I-37采用相同的方式启航,乘员向熙熙攘攘的人群挥剑道别。然后,折田的I-47出来了。仁科就在这艘船上。许多小船跟着三艘潜艇驶出港口,甲板上挤满了参加训练的其他"回天号"乘员。他们以传统的告别礼仪挥舞着帽子。有些留下来的乘员也许已经为自己没有成为这次死亡任务的一员而感到欣慰,但其他乘员记录了自己的真实想法,表达了没能参加第一次任务的遗憾。

三艘舰队潜艇和它们携带的自杀武器将在公海航行2 000英里,然后到达各自在南方的目的地。彼此间隔390英里。这次航程将耗时一周。

它们离开日本后不久，在11月15前几天就分开了。I-37上的人员和I-47及I-36上的同伴们告别。神本信雄舰长沿着他们将要攻击的帕劳岛科索尔航道前进的时候，折田舰长以20节的速度向乌利西前进，直到到达美国巡逻飞机能够侦察到的范围内。I-47和其他舰队潜艇一样，白天在水下航行，只在晚上到水面上充电。每天晚上，折田舰长接收到通过短暂传输从"吴"军港发来的无线电信息。潜艇晚上升到海面的时候，他在指挥塔舰桥上设置六个瞭望台，开启新安装的水面雷达。在I-47和I-36的"回天号"发起攻击前，从日本在特鲁克岛的大本营起飞的侦察机将侦察乌利西环礁湖。

"回天号"乘员和I-47上的军官们下棋、打牌、玩游戏打发时间。福田齐在I-47上度过第一天后，开始坐卧不安。离开港口后，他一直没有使用过船上的厕所。那个厕所有着迷宫般的阀门，但他实在不好意思问厕所是怎样使用的。他的胆怯招到很多I-47船员的戏弄。

一名训练有素的歌手美妙的歌声让流逝的时间更加丰富多彩。上士冈由纪夫（Yukio Oka）是东京鱼市场一位供应商的儿子，被派遣到I-47作为下潜军官助理，但他也是一名多才多艺的歌手；他给船员和乘员带来欢乐，他们也佩服他的才艺；几周前，他在母潜艇的甲板上检查"回天号"的时候，救生索脱落，差点丧命。当他被冲下甲板的时候，同伴们立即采取行动，从水中将他救起。

勇士们有10天时间准备最后的使命。在之前的几个月里，他们已经在日记中写道："这是我最后一个生日"或者"这将是我最后一次见到兄弟"；现在，他们写道："这是我的最后一次航程"或者"这是我的最后一个星期二"；他们的疑虑和恐惧没有充分表达出来，因为男儿有泪不轻弹，也不能影响其他乘员的勇气。就在离开大津岛前，他们听到莱特湾的神风敢死队10月25日的第一次攻击取得了"令人难以置信的胜利"。横田宽的话代表了他们中很多人的想法："他们可以做到的，'回天'也能够办到。"

在前往乌利西的黑暗行程中，他们内心一直保持着这种信念。

第十二章
最后使命

我知道，勇敢并不是没有恐惧，而是战胜它；勇敢的人不是不觉得害怕，而是能够征服恐惧。

——纳尔逊·曼德拉，出狱后的演讲

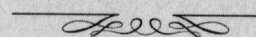

第十二章 最后使命

贝克舰长在他10月27日的战地日记中写道：自从"密西号"10月21日进入乌利西以来，由海军准将沃勒尔·R.卡特（Worrall R. Carter）率领的第10服务中队在各方面都提供了很好的服务。贝克特别指出，邮件服务做得很好，卡特准将还无偿提供物资、维修、更换服务以及建议。贝克还赞扬了舰上人员的高昂斗志。

10月27日，在台湾战役中受到鱼雷攻击的巡洋舰"休斯顿号"和"堪培拉号（Canberra）"被拖入乌利西港口。当她们慢慢驶入港口时，所有船只都鸣笛一分钟，向将她们安全护送回来的船员表示敬意。那一天，天气转坏，预计会有强风袭来。贝克舰长命令左舷放锚，以帮助"密西号"保持在固定的锚位上。所有的油轮都排成一线，小船都被收上甲板，在吊架里固定好，所有松动的齿轮都得到了加固。

10月28日，暴风刮起。环礁内通常平静的水域掀起了巨浪，暴雨冲刷着海岛，暴虐所有抛锚的军舰整整一天。日落之前，暴雨停止，海洋恢复平静。暴风雨期间，信号员拉里·格拉泽（Larry Glaser）和他摆动的圆领衫是唯一的视觉信号，从"密西号"上向附近其他油轮传输信息。负责通讯的海军少将称赞"干得好"，称赞格拉泽和"密西号"在通讯方面的高超技艺。

10月30日早上，引航员罗维像过去几天的每个早晨那样，让油轮停泊在32泊位。麦格江岛（Mangejang Island）上100英尺的灯塔和马斯岛（Mas Island）上40英尺的灯塔为环礁内的军舰指引着固定的泊位。只有3号锅炉在工作着，为油轮提供辅助电源。"密西号"已经在10月23日从油罐轮"长颈鹿号（Giraffe）"接收到326 211加仑的100号航空汽油，已经满载，时刻准备去海上加油。贝克舰长等待着启航的命令。

回天号

一天，起床号后不久，一个谣言在"密西号"上传开。船员埃德·科里（Ed Coria）似乎将在10：00出席违纪听证会——可怕的舰长召集之违纪调查——接受简单的军事法庭审判。指控很严重：值班的时候撤离炮位。关键是，科里离开岗位去淋浴还得到了副水手长的批准！舱面值班军官发现水手不在炮位的情况。很快，该当值水手就被带到贝克舰长面前了。科里被送到禁闭室，将一直待在那里，等着接受审判。

第三舰队沉浸在莱特湾胜利的喜悦之中，喜气洋洋地返回乌利西，于10月30日到达。战船在锚地围成一个圈，水手们欢声笑语，军舰齐声鸣笛，庆祝胜利。

但莱特湾胜利后没几天，那里的战争局势已经向着不利于盟军的方向发展；自从上周激烈的战斗后，日本部队已经恢复了对这一区域的部分空中控制。哈尔西建议尼米兹上将命令38特遣中队对吕宋岛进行一系列空袭；尼米兹同意在11月5日前开始空中打击；哈尔西于是下令在11月3日前完成对三支快速航母舰队的加油工作。因此，"密西号"11月初作为特遣加油区队的一员从乌利西驶出；"密西号"将很快为海军上将麦凯恩的舰队加油，这支舰队的任务是对北吕宋岛进行攻击；海军上将博甘的舰队将打击南吕宋岛、明多洛（Mindoro）机场和北锡布延海（North Sibuyan Sea）的航道。与此同时，海军上将谢尔曼专门负责马尼拉湾的航运。

麦凯恩的舰队神不知鬼不觉地航行到距离吕宋岛80英里的范围之内；他的舰队声称击落439架敌方飞机，在11月5日及6日同时摧毁了敌方的地面和空中力量；他的飞行员还击沉了曾在苏里高（Surigao）海峡之战中作为海军中将志摩（清直）（Shima）旗舰的重型巡洋舰"那智号（Nachi）"。美军在南吕宋岛仅仅损失了25架飞机和8名飞行员，在数量和气势上占有绝对优势，但他们也遭受了惨重的损失：一个神风敢死队成功地锁定了麦凯恩的旗舰、航母"列克星敦号"，四名神风敢死队员驾着飞机，像发疯的黄蜂一样飞向"列克星敦号"，三架飞机被防空火力击落，但第四架撞向航母舰队右舷，造成可怕的伤害，50人死亡、

第十二章 最后使命

132人受伤。

11月2日,"密西号"驶离乌利西,踏上她最后一次出海的航程,不过这艘油轮还会回到环礁湖,并在这里安息。她最后一次出征的日期无法核实,因为油轮沉没后,航海日志不复存在。但从逻辑上推算,她最后一次出海的日期是11月2日,与其他五艘油轮同行,其中包括"玛利亚斯号(Marias)"。"密西号"此行是去指定地点为38.1特遣区队加油。

一个看似微小的事件成了命运的转折点。在大部分战舰都在公海上加油后,"密西号"准备返回乌利西。离开前的最后一个任务,是为留在加油站的三艘油轮加满油,这是加油舰队的标准做法。但是,"玛利亚斯号"的绞车坏了,而且不能在海上进行维修,让后勤服务出现障碍。贝克舰长自愿接受货物("玛利亚斯号"油箱里的燃油)合并,继续在海上停留两周,参与完成下一轮给特遣舰队加油的任务。只有在此之后,油轮才能返回乌利西港,11月15日进入锚地。这个计划的变更注定了"密西号"的末日来临,因为它11月20日没有出海,而是停靠在131号泊位上,也就是水下杀手的必经之路上。

当"密西号"代替"玛利亚斯号"继续在公海上航行的时候,日历翻到了11月10日。这天,金钟岛上发生了不同寻常的事件——轻型巡洋舰"胡德山号"沉没了。这一年的早些时候,当水手们被分配到船上时,十几位"密西号"上的水手放弃加入"胡德山号"的机会,选择了"密西号"。11月10日,幸运女神站到了他们这一边。在马努斯岛上的白尾海雕港口——水手们非常熟悉的地方,因为"密西号"上个月曾在那里下锚——"胡德山号"突然莫名其妙地爆炸了。船上的295名船员和军舰一起消失;附近的十几艘军舰受损、300多人受伤。对"密西号"的一些水手来说,幸运之神似乎向他们伸出了援手,他们认定自己是死里逃生。

日本人想重新夺回对菲律宾的控制权,盟军却在制定战略阻止他们。形势越来越明显,如果38特遣中队有望在年底进攻日本本岛,哈尔西海军上将不得不终止对莱特湾行动的支持，将他的舰队部署到其他地方。美国的军事战略家认为，尽管日军在近期的海战中遭受惨重损失，大量飞机被毁，但他们会不惜一切代价保卫莱特湾。

11月11日，哈尔西电告海军上将尼米兹，说他希望无限期推迟对日本的攻击，所有快速航母舰队集中一切力量继续支持菲律宾战役。尼米兹表示同意，并回复说，在空军能够建设好机场并有足够的能力保护它们之前，第三舰队的快速航母编队对莱特湾行动的支持很有必要。

11月12日早上，38特遣中队的快速航母编队从油轮加油。航母甲板上的瞭望员看见日本飞机在他们头顶上的空中盘旋，但没有空袭发生。

对于"密西号"来说，那天的危险来自美国海军自己的军舰，以及海上的变化。油轮刚刚给重型巡洋舰"波士顿号"加完油，比尔·布里奇从机舱的梯子爬上去，准备呼吸新鲜空气。这时，他看见最后一根油管还没和"波士顿号"脱离。"波士顿号"响起战斗部署号声，为了执行战斗部署，巡洋舰立即以最大速度前进，结果它一个转弯，径直向"密西号"舰首靠过来。

"全速倒退！"舰桥甲板上的军官大叫道。但是为时已晚。惊恐的舰面水手看见"波士顿号"如此靠近，都吓得直往后退，紧紧抓住一切可以抓住的东西，以便军舰万一相撞时能够稳住自己。助理机械师吉姆·李维斯（Jim Lewis）几乎伸手就可以和"波士顿"号上的水手握手。两船擦肩而过，危险消除。那天下午晚些时候，布里奇问甲板上的军官两艘军舰还差多远就会相撞。值日官张开双手，间隔大约18英寸，说："就这么近。"

11月15日，"密西号"返回乌利西，和一艘商用油罐轮一起停泊在131号泊位上。油轮的航行到此结束。当退潮的海浪全方位冲击过来的时候，她安然停泊在航道南端的锚位上，轻轻摇晃着。商用油罐轮在"密西号"的2号和3号油箱泵入404 000加仑100号汽油；9 000桶柴油被转运过来；90 000桶海军特种燃油被转入舰桥后部的油箱中。满载之后，油轮已再次做好准备，随时待命为第三舰队加油，但命令最终没有下达。

第十二章 最后使命

到达乌利西几天后,雷·福乐曼和商用油罐轮上几位在锅炉房工作的水手打招呼。福乐曼当天是辅助值班人员,油管正从商船的油箱向"密西号"输油。水手们的谈话内容转到在不同船上从事相同工作能得到多少报酬上。当然了,最大的区别是,商船上的水手是平民,美国海军不同。一位平民水手、三等工程师做着和福乐曼相同的工作。

"我一个月的报酬是45美元。"福乐曼自豪地说,但他听到了讥笑声:"我的报酬是你的5倍,来这里还有奖金,并且没有人会向我开枪。"一个人回答道。

就这样,福乐曼那天有可思考的事情了。潜艇一直在海上尾随他们,敌人的飞机常常以凶猛的攻击恫吓他们。他琢磨着,或许有一天,他可能运交华盖,一个自杀式飞行员将俯冲到"密西号"上。

11月19日,时间缓慢流逝,慵懒的星期六即将结束,"密西号"上的水手们等待着日落。在1944年11月19日的后半天,乌利西环礁湖里,似乎一望无际的灰色舰艇在泊位上摇曳着,上千名水手在舰艇上执行着各自的任务,小艇像虫子似的在舰艇和海滩之间穿梭忙碌。

"密西号"上,一个工作组正在货运军官、海军上尉詹姆斯·富勒的率领下将燃油和航空汽油转移到舰桥前面。油箱在微微的海浪中轻轻晃动,水面几乎没有泛起一丝涟漪。舰首的瞭望员没有理由发出任何警报。"密西号"四平八稳地停在那里,那些被细心转移的液体压舱物起到了很好的保持军舰平稳的作用。那一天工作接近尾声。

18:00,贝克舰长从舰桥上向货运军官喊道:"富勒上尉,劳动体罚到此结束,让下面的水手去洗个澡,别错过了看电影的时间。"富勒提出抗议,说中心线上的3号油箱和舰首的1号及2号副油箱都还没有清洗。

"现在已经是18点了,电影19点开始。收工!"贝克命令道。富勒只好说"遵命,长官",但他心里堵得慌,有种不安感。他知道,如果油箱没有清洗,就会积聚蒸汽;应该用海水灌满油箱,把蒸汽挤出来。他欣赏舰长对水手娱乐活动的关注，但同时也纳闷贝克是怎么想的，竟然无视操作标准。他心情郁闷地上了床。

"密西号"的最后一个夜晚在平静中度过。比尔·布里奇和好友比尔·贾纳斯躺在舰尾货物甲板下的吊床上。布里奇说："今晚我不值班。早上6点我要完成洗碗任务，但这是小菜一碟。"但他永远不能完成这个任务了，因为命运之神正准备用一艘微型潜艇给这艘舰队油轮致命一击。

就在午夜前，18岁的助理电工乔·莫里斯（Joe Morris）还在放映机上倒电影《黑色降落伞》的放映带。B级惊险间谍电影讲述了男主角劳瑞·帕克（Larry Parks）在德国占领下的欧洲深入敌后的办法，剧中有半夜跳伞，他被授权在战时处决由演员约翰·卡拉丁（John Carradine）扮演的邪恶纳粹将军，解放被占领的国家，同时让珍妮·贝茨（Jeanne Bates）扮演的抵抗战士神魂颠倒。剧情随着莫里斯放在放映机上的最后一盘放映带结束。在下一次观看开始之前，莫里斯只有一小时的睡眠时间；他已筋疲力尽，在舰尾甲板上几个工程部水手中间倒头就睡。

与此同时，洛基·德马科（Rocky DeMarco）正在收拾他在食堂赌场上赢得的战果。他的倒霉赌运已经结束，他那些赌输的伙伴决定不玩了，走向舰首3″/50炮台下自己的床铺。炮台可以给他们遮风挡雨。他们邀请洛基到舰首去。

"不，你们先走，我等会儿就过去，我一直在连胜。"几分钟后，他退出扑克游戏，把赢来的那卷现金揣进工作服中。在刚走过货物甲板一半的时候，一场温暖的暴雨骤然落下。他急忙沿路返回。雨很快就停了，但他决定留在货物甲板上，就在那里睡，而不愿冒着被淋湿的危险赶到舰首去。对德马科来说，这是个幸运的决定，他在舰首的朋友们就没这么幸运了。

助理电工埃德·米切尔（Ed Mitchell）打算睡在舰首的航空汽油罐的顶部甲板上。他请朋友乔·莫里斯和他一起，说："伙计，今晚你打算睡在哪儿？到前面来，微风中更凉快。"莫里斯婉拒了他的邀请，这个重大决定挽救了他的生命。第二天早上，舰首的油箱爆炸，米切尔永远离开了这个世界。

甚至在他们都熟睡之后，两艘潜艇仍然在环礁湖外游弋，但它们离得足够远，所以它们出现在热带星光下的海面上时，没有值班水手发现它们。

第十三章
菊水作战

上百艘军舰停泊在乌利西。遗憾的是，我们只有两艘潜艇和八个载人鱼雷。

——海军中尉仁科关夫日记条目，1944年11月19日

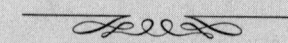

第十三章 菊水作战

11月17日，折田善次的潜艇还在潜行中时，声呐操作员接收到螺旋桨的噪音，但距离和在水下的方向很难计算出来；水下的声音听上去比实际情况更近，但方向难以探测。当声音渐渐消失后，折田下令将潜艇谨慎地上升到潜望镜的深度。他通过透镜看见一艘美军驱逐舰正在离他而去，驶向西北方；他继续驶向乌利西环礁湖外他的目的地点。

帕劳岛、雅浦岛和乌利西从西向东成一斜线点缀在太平洋上，形成加罗林群岛的中坚力量。每个岛都由珊瑚组成，加在一起形成加罗林群岛这条珊瑚项链上较大的一环，在海上绵延400海里。菊水部队的每艘潜艇携带4艘"回天"，所有潜艇都将穿过组成帕劳岛的小岛，然后穿过日本占领的雅浦岛，然后到达乌利西。

预计由I-37在帕劳岛附近实施的声东击西活动将按两个步骤进行。神本舰长将首先发射他携带的4个回天鱼雷，破坏4艘美军军舰，然后再以常规鱼雷发起攻击。他的同伴、少校指挥官折田善次的I-47和少校寺本岩的I-36将继续航行，直抵乌利西，发射他们的回天鱼雷。到11月17日，菊水行动的两组成员都已到达位于帕劳岛和乌利西的预定目标区域。

帕劳岛周围都是大堡礁，北端的天然港口有两个入口，称为科索尔航道，也就是I-37和它的"回天"10天前离开日本将要到达的地方。在这里，I-37潜艇将不战而败。

这天上午阳光明媚，神本舰长想进行侦察，但在白天离开深海上升到水面对潜艇非常危险，因为敌方的驱逐舰或飞机可能注意到银色的闪光。但他仍然决定尝试一次，也许他判断出他们距离内港足够远，不会被探测到。他决定上升到海面，快速观察一下，以判断自己的位置和方向。结果证明，这个决定是致命的。

回天号

在科索尔航道的西入口处，监测船"温特伯利号（Winterberry）"一直处于高度警戒状态。11月19日，快到9:00时，一位值班人员注意到，有个东西在水面晃了一会儿！他的上司立即向左舷的指挥官和港口西入口处附近的观察员发出一个紧急信号。"温特伯利号"奉命查实刚刚观察到的情况。潜艇消失，但20秒后再次出现，而且这次以非常陡峭的角度上升，艇首几乎垂直冲出水面。

舰队指挥官立即命令护航驱逐舰"康克林号（Conklin）"和"麦考·伊雷诺号（McCoy Reynolds）"出动，组成猎杀组，摧毁敌方舰艇，同时将有飞机从帕劳岛起飞协助猎杀。"康克林号"和"麦考·伊雷诺号"配对展开箱型搜索。为了覆盖选定的搜索区域，两艘船以3 000码的间隔平行前进，并以180度的范围进行持续声呐搜索，如果潜艇在搜索范围内出现，军舰的声呐屏幕上就会出现一个巨大的目标。在"康克林号"上，声呐技术人员检索探测到的信息读数，舰长在舰桥上来回踱步，不断下令变化速度和航向，舵手霍华德·希金（Howard Higgins）全神贯注执行命令。"舰长每分钟都在向我发号施令，"希金说，"向这边，向那边。"

几个小时过去了，声呐屏幕上依然没有目标出现。15:04，"康克林号"和"麦考·伊雷诺号"上的声呐操作员同时欣喜地喊道"发现声音信息，范围1 600码，航向真北130度"时，两艘护航驱逐舰的船员已经在战斗岗位坚持了6个小时。

"康克林号"的船长下令将航向改为真北130度，以10节速度前进，然后静观"麦考·伊雷诺号"发起刺猬弹攻击。15:39，"麦考·伊雷诺号"发起第一次刺猬弹攻击，不久马上发起第二次攻击，但两次攻击都没有成功。"康克林号"舰长下令快速转变航向，以保持声呐不跟丢目标。舵手紧握方向舵，快速转向，响应舰长命令。刺猬似乎没有击中目标，但实际上是I-37下潜到了350英尺的深度。"麦考·伊雷诺号"又发射13枚深水炸弹继续追击，却失去了对潜艇的声呐跟踪，因为深水炸弹在水下的爆炸声掩盖了一切声呐回波。

接着，"康克林号"发起对潜艇的下一轮攻击，他们没有用太多的时间等待

第十三章 菊水作战

猎物。16：04，声呐操作手在搜索范围内重新锁定了潜艇的位置。舰长、少校指挥官E·K.温（E·K. Winn）迅速下令用刺猬弹攻击。刺猬弹从舰侧下沉后不到一分钟，"康克林号"的声呐操作手就报告说，深水处发生了爆炸。船员们知道，如果刺猬弹没和潜艇的舰体发生接触，它是不会爆炸的。"康克林号"击中了目标。

没有人知道潜艇的真实命运，但这次打击显然是致命的。17：00，将近一个小时后，这点得到确认。两艘驱逐舰上的船员都感觉到了巨大的水下爆炸引起的甲板晃动，这时距离最初发现潜艇已经将近8个小时。几分钟后，一个巨大的气泡升到海面上。众所周知，"回天号"需要携带巨大的氧气罐用于下潜和航行，那个巨大的气泡也许就是氧气罐造成的。"康克林号"上层甲板上的水手看到，在不断扩大的浮油中间，有燃油、木材碎片和人体残骸。

"麦考·伊雷诺号"的行动报告也详细描述了从I-37的葬身之处浮起的不同寻常的巨大气泡：

气泡直径大约25英尺，冲出水面大约5英尺，颜色比周围的海水更深，好像保持了几秒钟蘑菇形状。以过去20年投掷深水炸弹的观察结果来看，这只能说明水下发生了一次巨大的爆炸。

温舰长不可能知道，"康克林号"引发了四艘"回天号"携带的联合弹头的爆炸，总量相当于13 672磅高爆炸药。实际上，美国海军也只报告炸毁了潜艇。

海军上将哈尔西很高兴收到他们成功的报告，给他们发去一封贺电，表彰他们成功猎杀敌人的军舰："你们做得很好，让他们去见了日本祖宗。"

直到几周之后，其他两艘执行菊水任务的潜艇舰长才知道I-37沉没的消息。他们一直在执行奔赴乌利西的任务，希望自己的伙伴在帕劳岛已经成功完成声东击西的任务。

回天号

两周之后，I-47的总领航员、海军上尉重本俊一完成菊水任务返回时，才知道I-37上的所有人员都失踪了，包括舰上四名"回天号"乘员之一、他的朋友上别府宣纪。从在日本海军学院上学时开始，他们一直是好朋友。上别府是一位坦率、真诚、血性的男人，对生活充满热情。重本会怀念他。得知好友的不幸消息时，他面向帕劳岛方向的天空，哀叹失去好友，祈祷说："上别府君，愿你安息。"

当上别府和同伴们沉入帕劳岛海底的时候，I-47上的折田善次正率领I-36前进，平安抵达乌利西的预定发射区域。行动指挥官折田做出发动攻击的决策。

他们知道，有很多目标在等待着他们，战果一定很辉煌。11月16日，一架从特鲁克岛起飞的高空侦察机报告说，乌利西港口挤满了美国军舰，包括了航母和战列舰。战舰停泊在环礁湖北部中心位置，运输船、油轮和其他辅助船舶停泊在锚地南部中心位置。从日本发送到潜艇的情报很详细。

事实上，美军的目标太多，几艘日本潜艇根本无力破坏。攻击时刻在港口的有海军少将弗雷德里克·谢尔曼的38.3特遣中队的四艘舰队航母，三艘战列舰、巡洋舰和驱逐舰，57.9特遣中队的重型巡洋舰和驱逐舰，以及海军准将卡特的第10后勤服务中队的一些正在维修的大型和小型船只和补给舰。环礁湖内一共停泊着大约200艘军舰。

在去乌利西的途中，"回天号"乘员们一直在练习如何操纵自己的武器。按照最高指挥官的要求配置的象征性"回天"逃生舱口投入实际使用。在回天底部和母潜艇外壳之间，有一根直径24英寸的管子。母潜艇在水下的时候，"回天号"乘员可以通过这条管子进入自己的武器内。一名母潜艇的船员跟随乘员进入连接管，乘员进入鱼雷后，船员关闭逃生舱口。母潜艇上的舱口一旦关闭，连接管里立即灌满海水。一根通过管子的电话线可以在发射前的瞬间让母潜艇舰长和"回天号"乘员进行声音联络。发射时，电话线和管子都会从"回天号"上被撕落。在执行菊水任务的母潜艇携带的"回天"中，只有两艘配置了连接管子。但在后来的任务中，所有"回天"都配置了管子。

第十三章 菊水作战

11月18日，日落时分，折田让I-47在距离乌利西以西50英里的地方浮上水面，检测"回天"的情况。所有"回天号"都用夹紧环和木块固定在甲板上。维修人员松开了长达48英尺的鱼雷上的第一和第四条坚固带，只留下中间两根发射时从潜艇内部快速松开的坚固带。检测结果：所有"回天号"处于良好状态，能够用于攻击乌利西。

11月19日早上，太阳升起前一个小时，折田准备靠近环礁湖。他让I-47下潜，并且保持在海面下180英尺的深度，以躲避美军巡逻机。母潜艇沿着乌利西西边潜行，到达欧岛（Eau）和伊阿丽尔岛（Ealil）以西四海里内的一个地点。09:30，折田上升到接近海面的位置，升起潜望镜。他快速扫描了一下港口，大声将停泊在乌利西内的三艘巡洋舰的方位告诉领航员重本俊一。然后，他下潜，并在深海停留两个小时。直到接近正午时，他才重新返回到可以使用潜望镜的深度。他看见公海上没有接近的巡逻舰。于是，折田将潜望镜上升到水面上4英尺的地方，仔细观察乌利西。最近的巡洋舰仅在3英里外。

他看到最近的美国军舰那边有几艘巡洋舰，还有非常值得进攻的战列舰。更远处是航母——价值最高的目标；他注意到有巡逻机在航母上空盘旋，但看不见航母本身。所有能清楚地观察到的军舰都位于乌利西西南部和西南部；中心部位的军舰成排停泊着；北部和东部有升起的烟柱，表明有其他美军军舰，但不知道他们的布局是怎样的。折田的潜艇停泊在乌利西以西太远的地方，不能清楚地看到一切，但他所看见的已经十分令人鼓舞，他让仁科到潜望镜前去观察。

仁科从潜望镜里凝望了两三分钟，尽可能观察更多的目标。看见如此多的军舰，他兴奋地慢慢屏住呼吸，然后突兀地将潜望镜给了福田中尉。接着佐藤少尉和渡边依次到潜望镜前观察。看见如此众多价值不菲的目标和航母甲板上成排的飞机，乘员们兴高采烈。仁科在他那天的日记上写着"这是使用'回天'的黄金时机"。

这时太阳依然高高挂在地平线上，I-47再次下潜。潜艇在环礁湖外深海区的黑暗水域中慢慢移动，没有被偶尔从该区域飞过的巡逻机发现。折田舰长将各部门负责人和4名"回天号"乘员召集到军官室里。

"我们将要在早上发射'回天'。"折田说,"我打算将I-47驶入乌利西最西边的航道以东4英里内。你们将进入扎乌航道(Channel),去攻击锚地内的大型航母和战列舰。为了避免两艘'回天'攻击同一个目标,而且我们又要同时发起进攻,仁科将在凌晨4:00发射。他会穿过锚地向前直行,到达他能够到达的最远位置。佐藤少尉将在5分钟后出发,进入后向右移动;渡边在佐藤离开5分钟后出发,向左移动;福田在佐藤后5分钟出发,去入口附近搜寻尽可能大的目标。"

如果乘员们成功实现折田舰长的攻击计划,那从I-47上释放的四艘"回天号"都将向西北航行,然后进入漏斗状的扎乌航道,进入锚地深处。

四名"回天号"乘员写下自己想留下的最后遗言后,接受了I-47的下潜军官助理冈由纪夫赠送的礼物。冈由纪夫拿出一幅他用软铅笔以不同渐变色彩绘制的细腻、精美的素描,描绘出美军航母受到"回天号"攻击后断裂成两截的情景。四名"回天号"乘员都在上面签名,仁科在自己的签名下面加上了"瞬间沉没"的日语。他希望人们能这样记住他:在攻击中英勇就义,正如他承诺过的那样为祖国而战。

那天晚上,在潜艇上吃晚饭时,年轻的潜艇水手们用漆器杯子倒上天皇赐予的清酒,以此作为特别礼物,为"回天号"乘员饯行。用完最后一餐后,"回天号"乘员们用泉水净身,然后剃须和修剪头发。只有仁科没有剃须,也没剪掉他的长头发。他说:"成功攻击美国军舰后,我才会剃须和理发。"当然,那时就已为时太晚。

乘员们离席,回到自己的船舱休息。黑暗中,折田让他的潜艇驶向海面,然后以比较适中的12节速度靠近乌利西。尽管那天晚上乌利西的珊瑚环礁上空明星闪烁,但黑暗很好地保护着他们,让远处的军舰没有发现他们的存在。

入睡前,仁科在日记里写下了最后一条。看见乌利西巨大的港口内众多的敌方军舰后,他兴奋不已:

第十三章　菊水作战

白天的观察表明，乌利西停泊着上百艘军舰。尽管这为使用我们的载人鱼雷提供了黄金机会，我们却只有两艘潜艇和八个载人鱼雷，就真是令人遗憾的事情。

他写了很多，大意似乎想表达需要鼓舞自己接受即将到来的考验。他的临终遗言将被转给关注他的人，还将被记录在靖国神社供后人瞻仰：

1944年11月20日，我会系上六英寸宽的腰带，穿上乘员制服，佩带日本剑。我将戴上"武士巾"，上面印着"Shichisho-Hokoku"（"为国家贡献七世"）。我将用左手紧握朋友黑木的照片，右手紧握回天的引爆手柄。我会带着一名甜美的日本女孩缝制并赠送给我的帆布坐垫。我将拔出我的剑、怒发冲冠，心中永记我们神圣的日出之国，高喊着"愿天皇的统治千秋万代"，以30节的最快速度撞击敌人的大型航母！

午夜刚过，潜艇上浮到海面。少尉佐藤章和渡边幸三出现在舰桥上，两名年轻乘员的头上都缠着白色武士巾。两人进入安放在甲板上的3号和4号"回天号"打开的舱口。与此同时，I-47的军官们扫描着大海和天空，担心被美国海军的反潜巡逻队探测到。因为没有从I-47连接到佐藤和渡边的"回天号"的管子，他们必须在母潜艇上升到海面时才能进入"回天"。这点很关键，而且必须在鱼雷实际发射前几个小时完成，潜艇被探测到的可能性因此大大减少，但这也意味着乘员将不得不在狭窄、黑暗的空间里挤上几个小时。

甲板上，技术人员帮助两名乘员进入他们的武器，在满天星斗的照耀下，在海浪拍打潜艇的声音中，乘员挥手告别，爬进鱼雷，舱门被拉上，然后被锁死。无论任务是否成功完成，乘员现在已经没有机会从"回天号"出来。想到乘员们即将到来的末日，助手们心情沉重地完成锁紧舱门的任务，悲痛地倒在"回天号"下，为里面的两名乘员痛苦抽泣。

回天号

快到凌晨02:00时,黑夜仍然笼罩着辽阔的海洋,仁科从潜艇甲板上走过,最后看一眼他即将离开的世界。星光照耀着潜艇的金属外壳,由于在海面下度过了几千个小时,受到海水和藻类的腐蚀,外壳已经变得灰暗。他又返回潜艇内部。

折田手中拿着望远镜,能够看见乌利西内美军维修战损军舰的焊接火花。此刻是11月20日凌晨01:00。I-47停在距离预定发射地5英里的地方。然后,折田下令下潜,I-47带着密封在"回天号"内的佐藤和渡边滑入海面以下。潜艇上的船员们想着"回天号"里等待着死亡的勇敢年轻人,心情越来越低落。

下一个登上杀手锏武器的是福田。他向I-47的军官和船员行礼告别,满脸通红,双肩向后。"非常感谢你们,我要出发了。"福田以慷慨激昂的声音宣布说。这是他的标志性风格。他通过那条特殊通道进入"回天号",然后坐上他的帆布坐垫,等待发射。

接下来是仁科。他慢慢地向折田和I-47的船员敬礼,左手端着装有黑木骨灰的盒子。他说话时声音温和,和他平常一样:"我非常感激你们,谢谢你们。"仁科称赞I-47的船员和折田舰长如此靠近敌人而没被探测到。"长官,请不要冒险观察我们的战果,让你的潜艇陷入困境。"他说,"如果有可能,'回天'行动应该永远对敌人保持神秘。"仁科说,他希望I-47能够尽快离开,这样美军就无法确定攻击从何而来。03:00,他说完"再见",通过连接管进入1号"回天",进入他的武器之中。他最后一个进入,但第一个被发射。

现在,鱼雷依然坐落在甲板上,四名"回天号"乘员都在各自狭窄的武器里等待发射,期待听到I-47的领航员重本的最后指令。他可以通过电话和每个"回天号"乘员保持联系。

"你在那里寂寞吗?"他先问佐藤,然后是渡边。"你已经等了很久了。"两个人都已被关了两个小时。在局促的鱼雷里,他们的腿弯曲着,身体几乎不能动。

"我不寂寞。"佐藤说,"我一直在唱歌。"

第十三章 菊水作战

渡边以同样的镇静回答说:"昨天晚餐你们提供的冰激凌很不错,非常感谢你们的体贴。"他的声音听上去平静而安详。

领航员被他们的坚韧打动,将他们的对话报告折田舰长。折田无比感动,多年后依然能回忆起他们的原始对话。当时他心里这样想:"尽管死亡就是几分钟后,他们却表现得好像一切都是例行公事。"日本第六舰队司令部不久前提议的战术变化令他深感不安,海军上将三轮决定使用自杀武器的决定让他尤为愤怒。作为搭载"回天号"和其他没有必要赴死的军官以及船员的潜艇舰长,折田面临着巨大的两难境地:如何在为这些年轻的生命提供光荣牺牲机会的同时保住自己船员的生命。折田十分清楚I-47面临的风险,因为他的船员将不得不尽可能靠近敌人以发射"回天号"。"我要带到海上去的,是决心赴死的男人。直到现在,我一直觉得,如果我能采取任何措施,我就不会让我麾下的任何一个人去死,因为这是我的职责。"

但为了挽救自己的国家,给予其他人生的机会,他不得不为"回天号"乘员提供死的方式。他得出了一个痛苦的方案。在叙述自己的首要任务时,他自言自语道:"我的任务很清楚!为了使'回天号'乘员到达他们的发射地点,我不能顾及I-47船员的安全。但是,发射'回天'之后,我将继续履行对自己船员的职责,让我们逃生。"

这是一个关乎生存和死亡、或者说生死攸关的痛苦问题。"回天号"乘员的死能够使日本帝国和豆蔻年华的"甜美日本女孩"活下去。自从第一次听说自杀鱼雷,折田就一直在与这种悲惨的哲理抗争,许多年后,他说那些想法还在折磨着他。

载人鱼雷内部,"回天号"乘员们检测各自的仪表。当领航员重本用电话通知他们有关潜艇位置和洋流的最新消息后,他们设置好自己的攻击路线。04:00,折田将I-47上升到海面,最后一次用潜望镜观察,以便重本确定正确的航程和方位,准确地将"回天号"乘员送到扎乌航道入口附近。折田在他的第六舰队行动报告中写道:I-47距离乌利西南部13.8海里;扎乌航道在西北154度的方位；从东往西的洋流速度为0.9节。

不知道领航员重本是否对I-47潜艇发射鱼雷期间在从东往西的洋流中漂流的3英里行程进行补偿。从许多年后其他船员进行的分析中得知，他有可能、甚至很可能没有那样计算。I-47在向西漂流，领航员却没有意识到一点。这有可能使任务失败，因为有一名，也可能两名"回天号"乘员会很快在远离他们攻击地点的地方丧命。

重本向焦急等待发射的四名"回天号"乘员传达了他们最后所在的方位和攻击范围。他要求乘员们确认是否已经做好准备，乘员们一一确认。于是，潜艇在水面下35英尺处保持稳定。技术人员从潜艇内部按照顺序松开将回天固定在发射篮里的绑带。当每个"回天号"被松开的时候，乘员启动发动机，调节水平舵，使回天保持在稳定的深度。

仁科乘坐1号"回天"首先离开。折田试图透过潜望镜追随他的行踪，但一条白色气泡遮蔽了他的视线。佐藤和渡边分别在五分钟和十分钟后出发，最后一个是福田。就在他的"回天号"从发射篮脱落，即将永久离开I-47之前，他的声音清晰地从电话里传了过来："天皇万岁"（"愿天皇的统治千秋万代"）。

进入扎乌航道后，每个乘员将按不同的攻击线路前进，在黎明前进入环礁湖，在相距甚远的区域攻击不同目标。根据发射时间预估，仁科将在太阳升起前23分钟到达航道入口。佐藤将在太阳升起前18分钟到达，渡边将在太阳升起前13分钟到达，福田将在太阳升起前8分钟到达。

佐藤进入扎乌航道后将向东移动，渡边将向西前进并发起攻击。福田最后一个到达航道入口，其他三位乘员估计已在环礁湖内。他的任务是分散敌人的注意力，在锚地入口处搜索尽可能大的目标发起攻击。仁科是团队中技术最熟练、经验最丰富的乘员。他将深入环礁湖北部的穆加航道（Mugai Channel）附近，搜索一艘战列舰或者航母。

释放回天鱼雷后，母潜艇的重量减轻，超过75吨的重量不再将她往下拖。折田将潜艇短时上升到海面，然后立即下潜，冲向外海，打算在安全距离外再上浮

第十三章 菊水作战

到海面,透过望远镜观察爆炸情况。

11月20日午夜刚过,潜艇I-36正在马斯岛东南方约11海里处等待着,方位是西北105度。指挥官寺本岩释放四艘"回天号"的计划进行得很不顺利。I-36在00:30上升到海面时,少尉今西和工藤登上他们的"回天号";海军中尉吉本健太郎和丰住和寿在03:00通过连接管爬进另外两艘"回天号"。

I-36的领航员、上尉小泽隆(Takashi Ozawa)在他写给第六舰队的报告中说,04:00,寺本已经将I-36停泊在距离马斯岛9英里多的海域,即穆加航道的右边。那个晚上,天空渐渐阴沉下来,使得天文观察更加困难,但并非不能观察。尽管小泽没有完整的数据,无法确定I-36的精确位置,但他计算洋流的时候,比I-47上的领航员做得更好,至少对急速向西飘移的洋流进行了部分补偿。潜艇当时的方位是马斯岛东南105度,考虑到了在寺本的潜艇最后一次定位后的4小时里,洋流使其向西飘移了4海里。

反潜网覆盖了穆加航道船舶主入口方圆4.5英里的范围,直到马斯岛东北将近2英里的地点。从I-36上成功发射的一名"回天号"乘员今西在水下航行到距离马斯岛大约1 500码的地点,在那里遭遇到一个反潜网。为了进入环礁湖,他被迫滑过反潜网,但他这样做的时候,会将自己暴露给探测设备。穿过反潜网的决定是必要的,但事实证明这也是致命的。

大约04:00,寺本发现1、2和4号"回天"被卡在发射篮里不能发射,1、2号"回天"的发动机已经启动,但这两个武器依然被卡在定盘上。有海水泄漏到4号"回天"的推进装置内,使其无法启动。

I-36上负责发射"回天"的人是轮机长有冢义久(Yoshihisa Arizuka)。由于发射失败,他身心交瘁。他这样解释这个事件:

"发射的时候,潜艇上的一个手柄被转动,松开将'回天'固定在母潜艇甲板上的带子。我转动手柄的时候,确认带子已经被松开,但我没有听到'回天'离开潜艇。过了一会儿,我听到螺丝脱落的声音。是'回天'发射板出了故障。"

回天号

他听到的螺丝声音是那艘成功发射的"回天号"发出的,由少尉今西太一驾驶,04:54从I-36上脱离。今西被发射出去后,得到指令前往莫古岛南部停泊航母和战列舰的区域发起攻击。根据第六舰队的行动报告记载,他的攻击指令命令他一直前行,深入环礁湖内马斯岛西南1 500码处,方可到达他的指定攻击目标区域。

由于未能从I-36上发射,中尉吉本和丰住情绪十分低落,等连接管里的海水被排空之后,他们重新进入I-36。那天上午晚些时候,潜艇短暂上浮,将少尉工藤接回母潜艇中,因为他的鱼雷可能被仍在最初发射区域的海军陆战队的海盗飞机发现并受到攻击。然后,寺本下潜逃跑,此行他只成功发射一名"回天号"乘员出去执行任务。

折田的I-47潜艇和"回天"发射运气更好。

"回天号"乘员在黑暗中到达各自在航道内的指定地点,希望一眼就找到入口。起初他们的航程是根据折田提供的指令确定的,但由于折田是在潜艇上用自己的潜望镜观察目标区域,他的计算结果可能含有猜测的成分。原以为他的指令能够让"回天号"乘员在没有视觉参考的情况下精确地驶向预定目标的。后来,折田在他的第六舰队报告中承认说,麦格江岛上明亮的灯塔给他留下了深刻的印象,也被用于最后定位从I-47发射的"回天号"最终方位。由于黎明前的黑暗,折田没有其他东西能够作为参照物给"回天号"乘员指定航程。其他陆上标记的缺失是严重的障碍,毫无疑问影响了任务的完成。在乌利西,"回天号"乘员找到目标的机会减少了,四名乘员中至少有两名迷失了方向,不得不在黑暗中探寻陌生的航道,这是一项异常艰巨的任务。

日本I级潜艇笼罩在担忧的气氛中,船员们希望"回天号"乘员成功,也希望自己可以保命。时钟在嘀嗒作响,每一刻都仿佛几个小时,I-47和I-36上的船员们越来越紧张。任务指挥官折田好不容易才下定决心发射年轻乘员赴死,他想知道他们的命运,但他还必须让自己的船员安全返回祖国。

第十四章
乌利西死难

他们同袍战斗,他们一起牺牲,现在他们长眠在一起……我们对他们表达神圣的谢意。

——海军上将切斯特·尼米兹
对太平洋战争中死难的美国海军的评价

第十四章　乌利西死难

1944年11月20日04：18，在离乌利西岛环礁南端帕格拉格岛（Pugelug Island）半英里远的一块珊瑚礁上发生了爆炸，耀眼的光直冲云霄。当时，美国海军的水道测量船"萨姆纳号（Sumner）"正在等待11月20日的第一缕阳光，准备启航；船上的观察员正在赤道的漆黑夜空中搜索敌人的动静，突然的爆炸使他们的眼睛短时失明；冲击波猛烈地摇动着"萨姆纳号"，舰长、上尉指挥官欧文·约翰逊（Irving Johnson）惊呆了，立即将这一事件通报给正在"草原号（Prairie）"旗舰上的卡特准将。

爆炸是家常便饭，所以环礁指挥部和卡特准将都没有过分担心；种种迹象表明，他们最初的推测是，海流将没有被发现的日本鱼雷冲上珊瑚礁，海浪引爆了鱼雷。但最终他们将会发现，原来是一艘"回天号"在礁石上爆炸了，或者是因为那名"回天号"乘员遭遇悲惨事故，或者是因为他眼见任务无法完成，从容镇定地引爆了鱼雷。

黑夜慢慢退去，黎明到来，太阳冒出地平线，开始照耀海浪，气温迅速飙升到华氏84度。"密西号"停泊在穆加航道中间，乌利西环礁湖宽阔的入口处，轻轻摇摆着，柔和的赤道微风从甲板上吹过。05：30，黎明即将来临，船上的警卫人员用钢管敲击船柱的声音准时而粗暴地叫醒水手。

"起床了，起床了，到甲板集合。"水手们纷纷从吊床上跳出，但比尔·布里奇和比尔·贾纳斯这两个家伙又在他们的临时铺位上睡着了。短短几分钟后，他们将被震醒，跌落在甲板上，因为他们的军舰遭受到死亡打击。

仁科关夫蜷缩在他的"回天号"，在扎乌航道中穿行。在夜幕的掩护下，他已经通过一处没有反潜网保护的区域进入乌利西。他以大约12节的稳定时速在水中穿行，以便轻易地找到自己的参照点。他发现了前面的一大片军舰，径直向细高的桅杆和高耸的指挥塔驶去，期待着让一艘战列舰成为自己的战利品。他要迎头撞击的军舰正是"密西号"。

现在，这位设计出这种即将杀死自己的死亡武器的人已经来到了命运关头。仁科关夫21岁，已经作好牺牲自己让其他人生存下去的准备。兴奋和恐惧在他心中翻腾，使他心跳如雷。然而，在德山湾接受的严酷训练战胜了这一切。正如武士先辈那样，他将遵循武士道的精神去死。他最大的恐惧不是死亡，而是没有完成任务就死去。在战争这种特殊货币中，他所受的训练和具备的经验都有巨大的价值，而且是以击毁一艘敌人的主力舰来衡量的。

"我不能失败。"他肯定是这样想的，并且一定重复着他的愿望："天皇万岁。"他伸手调节左上方的下潜翼板的斜度，逐渐靠近危险的水面。然后，他将粗短的潜望镜升到水面上，心中祈祷能看见一个目标。

目标众多。明亮的日光下，乌利西环礁湖内平静水面上的船只尽收眼底。在这里遮风避浪的是当时世界上最大的海军舰队。三十个小岛环绕着环礁湖内的深水锚地，几百艘军舰停泊在这里，准备向日本本土发起最后的攻击。

仁科不知道的是，那天清晨早些时候，在他向环礁湖内进发时，很多军舰已经离开了。04：48，在凌晨的黑暗中，57.9特遣中队已经踏上攻击塞班岛的航程。三艘巡洋舰"切斯特号（Chester）"、"彭萨科拉号（Pensacola）"和"盐湖城号（Salt Lake City）"在驱逐舰"邓拉普号（Dunlap）"、"范宁号（Fanning）"、"卡明斯号（Cummings）"和"卡斯号（Case）"的护送下组成了攻击编队。太阳升起前，他们已经驶过穆加航道入口处的浮标，驱逐舰呈扇形散开，为巡洋舰组成一道反潜防护网。

环礁湖外，05：23，美国海军扫雷舰"维吉伦斯号（Vigilance）"驶过标记着穆加航道的浮标。当这艘军舰位于入口南部1 300码的时候，一名瞭望员发现左舷700码处有潜望镜的踪迹。踪迹长15英尺，前端有一个突起；它的移动轨迹表

第十四章 乌利西死难

明,那个潜伏的物体正以7到10节的速度向航道入口处的浮标移动。踪迹出现5秒钟之后消失,然后再次出现三秒钟。

"维吉伦斯号"立即用闪烁信号灯通知"卡明斯号"潜艇的位置,然后向右转、加快速度,同时船员们冲上战斗岗位,安放好深水炸弹,准备进行浅层攻击。当"维吉伦斯号"完成转向时,那个踪迹已经消失;由于并行的驱逐舰产生的噪音,声呐没有成功采集到清晰的回声信号。

"维吉伦斯号"向"卡明斯号"发出闪烁信号,警示潜艇疑似位置。过了一会儿,"卡明斯号"的船间无线通话装置发出通知:探测到可能的入侵者。05:32,"切斯特号"的瞭望员发现潜望镜的踪迹。

从"维吉伦斯号"首先发现水面的踪迹到现在为止,已经过去9分钟。"卡斯号"报告说目标是一艘微型潜艇,然后用船间无线通话装置警示编队指挥官潜艇距离"切斯特号"的右舷很近。潜望镜转向"卡斯号",然后在驱逐舰本身的回转半径转向,以估计15到20节的速度从驱逐舰右舷边通过。攻击者又以高速在军舰左舷边转向几次,似乎准备攻击"切斯特号";"卡斯号"继续随着这艘潜藏的船只转向,依然相信这是一艘微型潜艇。实际上,那是I-47上四艘"回天号"中的一艘,可能是福田驾驶的那一艘,他的任务是在航道入口处声东击西。

这名日本乘员一直将潜望镜指向"切斯特号"时,"卡斯号"趁机撞向微型潜艇,以超过15节的速度击中它后部小型指挥塔的左舷。潜艇立即解体,断成两截,顺着驱逐舰的左舷和右舷飘走了。驱逐舰的船员报告说,"回天号"沉没的时候,出现了燃油、烟雾和松散的残骸,伴随着大量逸出的空气,以及隆隆的声音。

05:38在穆加航道入口处南部仅仅2英里处击沉的"回天号"拉响了警报。通过船间无线通话装置,消息迅速在港口停泊的美国军舰上传开:日本微型潜艇企图进入环礁湖的可能性。实际上,环礁湖的安全防线已经被攻破。

珊瑚环礁之内,另一艘"回天号"即将上演自己的杰作。这艘渗透到内港中

回天号

心麦格江岛附近的"回天号"是由仁科关夫驾驶的。他已经在黑暗中成功地找到进入扎乌航道的道路,也是他进入环礁湖的通道。现在,他正在微微的波浪间向巨大的军舰群驶去。

在港口内停泊的一艘军舰"噶什号"油轮的甲板上,总值日军官报告说在水面发现一个漩涡,位于"噶什号"和洛里帕拉库沙滩(Roriparakku Shoal)的浮动灯塔之间,方位大约是正北310度,距离400码。少校指挥官科尔曼·科斯格罗夫(Coleman Cosgrove)凝望着微小的漩涡,看见潜望镜上升下落了三次,每次持续时间不超过3秒钟。

与此同时,在"拉克万纳号"上,水中一道不大的羽状踪迹令舰首的瞭望员吉米·金(Jimmie King)大吃一惊。他瞥了一眼手表,看见指针刚过05∶30。"潜望镜。"他狂喊着冲向哨位附近的电话,向总值日军官、海军上尉米尔福特·罗曼诺夫(Milford Romanoff)报告情况。他是这样报告的:"船尾左舷水下有东西,可能是潜望镜或者漂浮的木棍。"罗曼诺夫立即通知了舰长。

"继续监视!"舰长霍曼(Homan)讨厌被23岁的军官打扰睡眠,低声吼道。罗曼诺夫返回甲板上,看到了潜望镜,注意到它后面那道不大的羽状踪迹正慢慢从军舰舰首移过,移向停泊在800码以外的"密西号"油轮的右舷。罗曼诺夫颤抖起来。

"拉克万纳号"舰桥上的瞭望员莱纳斯·霍金斯(Linus Hawkins)看见两艘军舰正高速驶出穆加航道,是巡洋舰"切斯特号"和驱逐舰"卡斯号"。接到舰首瞭望员狂乱的报警电话后,他仔细观察着海浪,看自己是否能够看出潜望镜后面的踪迹。几分钟后,驱逐舰"卡斯号"向指挥中心报警说,它刚在穆加航道外撞沉一艘敌方潜艇。所有的舰艇立即被惊动:有敌人试图侵入环礁湖内。

罗曼诺夫向舰长报告第二次发现潜望镜,然后返回舰桥,用望远镜观察潜望镜的轨迹,第三次、第四次发现它的存在。船间无线通话装置不断响起,各种声音报告说他们正在航道外疯狂地搜索。他感觉有什么重大的事情要发生,屏住了呼吸。尽管吹着温和的赤道微风,他依然感到一阵寒意。

第十四章 乌利西死难

潜望镜上升到水面的时候，仁科关夫透过目镜看出去。决定结束自己生命的时候到了。更多的深水炸弹在海里爆炸，摇晃着他的船体。他仅有几秒钟时间选择自己的目标。一艘巨大的油轮就在前方，它是如此巨大，从潜望镜看出去，整个目镜里都是它。

当他最后确定油轮船体中央的指挥塔方位的时候，最后看见的是喷涂在舰首右舷上的数字59。"密西号"装载着404 000加仑航空汽油，还满载着整个舰队需要的燃油，因此吃水线很深，成了真真正正的"胖女人"。这艘油轮就是一颗浮动炸弹。他迅速摇下潜望镜，将目镜收回鱼雷里面。

仁科伸手去够头顶的手柄增加速度，"回天号"下潜到水下15英尺的深度。输入到氧气/煤油发动机的氧气流量增加了，不断推动这个水下的武器，让它以更快的速度驶向猎物。现在，死亡已成定局，仁科将为天皇殉职。

附近的"南塔哈拉号（Nantahala）"油罐轮上的水手大喊道："鱼雷。"舰桥上解码室里的军官听见他的声音冲出来的时候，正好看到潜艇的踪迹从舰尾经过。

仁科的杀手锏武器像他预期的那样发挥了作用。他的船体撞向"密西号"舰体右舷，点燃3号副油箱，3 418磅储存炸药被引爆。巨大的火球直冲天际，油轮的前半部分被红色、橙色和黄色火焰吞没。港口周围舰艇的日志大多记录事件发生的时间为05∶45。在"回天号"撞击舰体引发第一团火球几秒钟后，火焰引燃了储存在3号中心油箱内的挥发性100号航空汽油。随着一声巨响，油箱爆炸。

巨轮"密西号"爆裂开来，形成一个由熔融的金属和燃油组成的巨型火球，几英里之外都能看见这恐怖的场面。

除了跳入燃烧着的海水之中，水手们没有别的逃生机会。穿着救生衣的水手们被不断逼近的火焰幕墙挡住去路。再棒的游泳健将速度也不及从破裂的舰体流出的被点燃的燃油。没穿救生衣的水手潜入燃烧着的燃油下面，然后钻出来呼吸空气，就这样不断重复着；很多人奇迹般地穿过了燃烧的燃油区域，也有很多人没能成功。与此同时，火灾引发的相关工作已经展开，驱逐舰和护航驱逐舰在锚地内盘旋，搜寻其他的潜艇。他们投放了数百枚深水炸弹，这进一步威胁到水中幸存者的生命。

在港口的各个地方，舰上的官兵都被这灾难惊呆了。在随后的几周内，他们总会想起爆炸发生后的最初时刻，在官方报告和私人日记中，都记述了当时他们在哪里，看见了什么。这些回忆一直萦绕在他的心头，令他们惊恐不安。

在"密西号"被炸毁的那一刻，"拉克万纳号"的厨师乌鲁斯·基林（Ulus Keeling）正在舰尾倾倒早上的垃圾。当爆炸撼动船体的时候，他看见油轮的甲板在向左舷倾斜，几秒钟内火球便从舰首席卷到舰桥，残骸被抛上几百英尺的空中。基林扔掉了垃圾桶，冲向他的20mm机枪战斗岗位。港口内响起战斗警报，每艘舰上都开始了疯狂的行动。

基林及时到达他的20mm机枪位，正好看见自己的军舰已经启动，正驶向被攻击的油轮，已经走到半途，正在接近从"密西号"左舷流出的燃烧着的燃油区域；滚滚黑烟窜入空中几千英尺，遮蔽了初升的太阳；油轮已经在向左舷倾斜；从附近油轮驶出的小船毫不迟疑地冲向火墙，开始救援。看到"密西号"上的水手纷纷放弃燃烧的军舰逃生，基林默默祈祷："主啊，救救他们。"

"拉克万纳号"执行清晨值班任务的是军需官史丹利·格兰姆斯（Stanley Grimes）。当"卡斯号"报告说在穆加航道外追逐微型潜艇的时候，他已经听到了军舰上的无线电信息。听完报告后，他通知信号员克里斯·温汀赫勒（Chris Wettingheller）发送摩尔斯电码给"坎卡基号"（Kankakee），安排当天晚些时候在莫古莫古岛举行啤酒派对的事宜。正当格兰姆斯通过望远镜观察，注意力集中在"坎卡基号"舰桥上的时候，他的目镜变黑了。不知从哪里冒出的黑云遮住了天空。

他以为是温汀赫勒和他在开玩笑，低吼道："你这王八蛋！"但几秒钟后，他被爆炸声惊呆了，意识到黑烟是从油轮上冒出的。他用望远镜瞄准蘑菇形的火

第十四章 乌利西死难

球,然后看见了他永远不能忘怀的情景:"密西号"舰首的瞭望员被弹上75英尺的空中,来复枪依然挂在他的肩膀上。

也是在"拉克万纳号"上,当"密西号"被击中的时候,供水员乔·弗鲁(Joe Fello)04:00到08:00在锅炉房的值班时间差不多已经过半。听到警报,他急忙点燃第二个锅炉,预备更多的蒸汽以备军舰启动时使用。现在锅炉房里已经变得拥挤起来。弗鲁问道:"出什么事了?"但没有人回答他。他问工程军官上面发生了什么事情引起这样的惊慌。

"你到底怎么了?"军官生气地回答。"自己上去看。"弗鲁冲上去,看见了他见过的最大火势:在"密西号"停泊的地方,火舌和弹药像鞭炮那样砰砰作响,巨大的舰体被浓烟笼罩,指挥塔已经完全被遮盖。

"密西号"爆炸的时候,领航员卢·戴维斯(Lew Davies)感觉到了震动。他冲向舰桥,去履行他的下一轮职责——担任总值日军官,结果却发现霍曼舰长正冲着正要下班的总值日军官、上尉罗曼诺夫咆哮:"为什么没有人告诉我?天啊,为什么没有人告诉我?"没有人回答他。这个问题听上去似乎很荒唐。

戴维斯向燃烧着的油轮方向看去,看见船员们从舰尾弃船。船间对讲装置几乎发生信息阻塞,大多是语言交流,不是电码通讯;一位操着南方口音的报务员激动地描述说,微型潜艇是藏在美国军舰龙骨下秘密潜入港口发起攻击的。

"拉克万纳号"上行动混乱。罗曼诺夫下令:"放下所有救生船。"舰长霍曼冲上舰桥,愤怒地喊道:"你下令放船?你想让我的人到哪里去?"霍曼挥臂指向燃烧着的"密西号",咆哮道:"罗曼诺夫,我要向军事法庭控告你。"

罗曼诺夫转身走开。后来,他承认说他被"吓傻了"。他看见幸存者跳入乌利西环礁湖,奋力逃离火海。他离开舰桥,冲向舰尾,准备放下摩托艇和救生艇去实施救援。虽然霍曼的威胁令他有些动摇,但他依然有条不紊地组织"拉克万纳号"的四艘救生艇前去一千码外的火灾现场。

幸亏罗曼诺夫敢于违背舰长命令,做出勇敢决定,59名被油浸透的幸存者才得救。05:55,"拉克万纳号"的四艘救生艇已经全部从吊艇杆上放下,驶向灾难区域去接应幸存者。罗曼诺夫的部下都对他"放下所有救生船"的命令做出了迅速勇敢的反应。

"我们需要一位舰首钩手！"有人向管道工吉姆·安森（Jim Anson）所在的方向大喊道。当时他已经到达"拉克万纳号"舰首CO_2灭火器所在的损害防控点，正好听到这声大叫。安森看见船员们从受灾的"密西号"上跳下，落入燃油和火焰之中。"安森，来吧。"有人说，"你以前做过钩手，坐到船尾。"安森疾步跑过去，正好碰上消防员吉姆·费克特（Jim Factor）。后者在船尾被震醒后，正在热油雨滴中奔跑。两名水手跳入小船中，快速驶向"密西号"。

05:30的起床号吹响时，助理水手长威利·波特（Willie Potter）刚开始巡视"拉克万纳号"的船员舱。睡在他正下方的那个水手总是不愿意钻出睡袋，所以波特必须把他拽上甲板。这种粗鲁的叫醒方式可能让双方大打出手，但突如其来的爆炸立即让局面发生了改变。两个人都冲向自己的战斗岗位。波特刚刚到达他被指定的3″/50舰尾炮台，就听见罗曼诺夫的命令"放下所有救生艇"。因此，他向捆绑在右舷侧吊杆上40英尺长的救生艇跑去。与此同时，助理机械师厄尔·厄特尔（Earl Erte）清理救生艇舱底的污水。他们爬下悬梯，以最快的速度驶向"密西号"。

比尔·迪包伊（Bill Depoy）回顾了黄色火焰从"密西号"上不断升起的令人作呕的景象。他冲向自己在舰首左舷的装弹手战斗岗位。到达那里时，他刚好听见广播里的通知："放下所有救生艇"。这个命令让他立即想到了自己的下一个角色：救生艇舰首钩手。他跑向舰尾，看见工程师和舵手已经就位。靠近燃烧着的油轮的时候，他们三个从烟雾中看去，看见人头在油水中上下晃动。他们现在面临的挑战，就是挽救那些正在死亡线上挣扎的幸存者。

科里·哈拉米略（Cory Jaramillo）是"拉克万纳号"上的文书军士。看见大火，他很担心几个月前调动到"密西号"上的密友阿特·哈拉米略（Art Jaramillo）。这两个男人之间没有任何关系，但都在新墨西哥州长大，相距20英里。同伴们经常开玩笑，说科里从厨房里拿零食给他的"兄弟"。科里跑向舰尾甲板，

第十四章 乌利西死难

正好赶上威利·波特的救生艇。波特驾驶的时候,他四处张望,寻找朋友的踪迹。

靠近火灾现场的时候,救援人员亲眼看到一些水手有幸从火海和爆炸中逃出,跳入水中。艇上的船员救起一些被熏黑和烧伤的幸存者。科里欣慰地看见阿特·哈拉米略在水中,把他接上了救生艇。一道火焰墙将那些试图从危境中游出的其他水手阻隔开了,救生衣减缓了他们游水的速度。汹涌的火焰将他们吞没。这幅惨景一直萦绕在他们的救援者心中,挥之不去。

"密西号"四周的舰队已经进入战斗部署状态,每个人都在自己的岗位上。美国海军的深水炸弹的爆炸声拍打着舰体,听上去像雷声。"塔露拉号(Tallulah)"有一台锅炉已经关闭,正在维修。尽管这样,舰长依然下令改变泊位,拉开与着火油轮之间的距离。发动机室将信息转达给锅炉房,供水员们大汗淋漓,纷纷诅咒那台不配合的锅炉。

甲板上的水手们扫视着天空,从空中飘下的油雾撒落在他们身上。各种流言甚嚣尘上,都是关于末日的。尽管从舰桥上传来的官方信息说"密西号"上的所有水手都幸存下来了,但没有一个看见那艘燃烧着的军舰的人相信那是真的。

在"塞普乐加号(Sepulga)"上,水手伯纳德·贝文(Bernard Beavin)看着火苗窜入空中,舔向"密西号"的桅顶。那是下一次航空汽油喷发的前兆。他意识到这是日本的攻击行为造成的。喇叭里通知"救生艇出发"。片刻之后,一艘小船便划破平静的水面,以最快的速度冲向仍在疯狂燃烧的油轮右舷。他怀着崇敬的心情看着勇敢的船员们径直驶进火焰中搜寻幸存者。

21岁的少尉乔治·史蒂芬科(George Stefanco,史蒂文斯)站在"塞普乐加号"的甲板上,感觉一股气流直冲背部。他转过身去,正好听见震耳欲聋的爆炸声,看见一个翻卷的橙红色火球正在吞没"密西号",他脚下的甲板在深水炸弹的爆炸中震颤。一艘护航驱逐舰从"塞普乐加号"舰尾上方发射的40mm炸弹几乎擦着油轮上的烟囱飞过。

虽然护卫舰对可能存在的潜艇做出了反应，但急于求成的炮手却不能射击可疑的目标，让自己的武器失望。护卫驱逐舰在"塞普乐加号"舰尾投下几枚深水炸弹，震掉陈旧舰体上的一百颗铆钉。

20几名水手在被燃油覆盖着的水面奋力挣扎，试图从油轮的右舷游开，但是燃油流动的速度比他们快。几秒钟内，火苗便将他们吞没。火苗过去之后，没有一个人再次出现在水面。

那天早上，美国军舰"埃诺里号（Enoree）"的水手约翰·塞德包特姆（John Sidebottom）一直睡在5"/38炮台下他的吊床上。爆炸声将他和睡在附近的其他五名水手惊醒。他们急忙跑上甲板，扫视天空，搜索是否有敌机，然后冲向自己的战斗岗位。塞德包特姆到达自己在舰首的3"/50炮台战斗岗位的时候，正好看见尤金·库利（Eugene Cooley）从"密西号"的舰首跳入水中。塞德包特姆后来得知，他看到的是唯一从"密西号"舰桥前部逃生的幸存者。

在环礁湖对面，东北方向几英里之外的法拉洛普岛（Falalop Island）上，一名邮差听见爆炸声，立即从他的帐篷里跳出来。时间是05：45。他看见穆加航道中心腾起一道明亮的闪光，紧接着，浓浓的黑烟升到几百英尺的空中，蘑菇云从穆加航道升起。他后来才得知是"密西号"油轮。停在法拉洛普岛珊瑚跑道上的海军F6F野猫战斗机和海军陆战队F4U少将战斗机在轰鸣声中开始预热，飞行员们准备升空，寻找日本攻击者。

"噶什号"上的军官05：47报告说，"密西号"中部指挥塔前部的水下发生了猛烈爆炸，然后看见军舰起火。这可能就是"回天号"击中舰体的大体时间。"噶什号"立即召集舰上的消防队和救援队，同时拉响战斗警报，通知所有水手就位，准备战斗。但因火势太大，传播速度太快，致使消防和救援行动无法立即展开，因此所有的小船都被放下，参与救援"密西号"上的幸存者。

在停泊在"密西号"东北两英里的拖船"马西号（Munsee）"上，西

第十四章 乌利西死难

蒙·"希德"·哈里斯（Simon "Sid" Harris）被爆炸声惊醒。这名舷梯观察员立即冲向船员舱，大声喊道："全体集合！"这名21岁的年轻人放下卷起的袖子，以防被火焰烫伤，然后跑向他在舰桥上的战斗岗位，在那里操作通讯设备，传达舰长平利（Pingley）的命令。拖船怒吼着，以最快的速度驶向黑色烟柱的地方，船员们同时准备好消防水泵、打捞泵和消防装备。

几个月前，拖船的娱乐主管哈里斯获得一部相机供船员使用。当"马斯号"进入战斗部署状态，驶向"密西号"灭火的时候，他刚值完班。他站在舰桥上，问值班军官他是否能够拍摄这个情景。他的请求得到允许，他拍下了37幅油轮沉没前令人惊叹的图像。他一直快速连拍。06:05，他看见"密西号"上5"/38大炮爆炸，他用胶片将这一时刻凝固下来。与此同时，潜伏在乌利西外水域中的I-36潜艇也在用水下监控器记录这次爆炸。根据记录，这次爆炸确实发生在06:05。

航母"提康德罗加号（Ticonderoga）"上的美联社摄影师约瑟夫·罗森塔尔（Joseph Rosenthal）也将"密西号"垂死挣扎的画面记录在胶片上。一个月后，美国海军批准发行，他的照片出现在美国报纸头版。太平洋战争后期，罗森塔尔成为摄影传奇人物，拍下了有史以来最著名的战争照片之一：1945年美国海军陆战队在硫磺岛（Iwo Jima）升起美国国旗的经典镜头。

05:25，天还没亮，巡洋舰"圣达菲号"上的水手们已经从甲板上升起一架翠鸟水上飞机，准备在乌利西上空进行日常的反潜巡逻。飞行员是中尉布拉泽·拉姆森（Blase Zamucen），三级航空报务员罗素·埃文鲁德（Russell Evinrude）是他的同伴。几分钟之内，天就会亮，轻型巡洋舰将进入三级战备状态。日出后，空军将到达开阔水面，然后起飞。翠鸟起飞仅仅几分钟后，"圣达菲号"舰桥上的无线电突然响起，传来发现潜望镜的信息。

"密西号"爆炸的时候，这架水上飞机已经升空15分钟。拉姆森将在那天做出非凡的壮举。但许多人很多年后才知道他的姓名，知道是他把他们从被毁油轮四周的燃油中解救出来。

第十五章
逃难

当"回天号"被释放出去,开始攻击的时候,目标舰距离它们很远很远。乘员竭尽全力追赶它们,但失败了。他们身处太平洋中间,孤立无援。尽管他们可以打开舱门爬出来,但在太平洋中间,你能做什么呢?我相信他们觉得最好引爆自己。

——神津直次

第十五章 逃难

乌利西东南部，潜艇I-36上，日本水手耐心地等待着，期望得到先前发射到马斯岛的今西少尉的"回天号"成功的消息。I-36上的其他三艘"回天号"根本没能发射出去。今西乘坐第一艘"回天号"离开后，乘员吉本和丰住曾试图发射，但发现他们的"回天号"被卡在甲板上的V形发射篮里，无法发射。失败令他们羞愤交加，尖声咒骂起来。母潜艇上的水手们清楚地听到了他们的声音。他们爬出已经丧失功能的"回天号"，通过连接"回天号"逃生舱和潜艇内部的管道重新进入潜艇。两个人都抽泣着，深深地为失去报国的机会而遗憾。

工藤蜷坐在第四艘"回天号"里面，也没能成功发射，故障显然相同。由于他的"回天号"没有安装内部连接管，这位倒霉的乘员不得不待在鱼雷里面，直到舰长认为能够安全地浮上海面的时候。只有到了那时，他才能够被释放出来，接回母潜艇。由于驱逐舰在四处搜寻，上升到海面是很危险的。他在狭窄的"回天号"里等了几个小时。然后，寺本舰长才冒着被探测到的风险，将工藤少尉接回潜艇内。他发现，这名乘员和另外两名从"回天号"内被解救出来进入潜艇的乘员一样，都很失望羞愧。工藤默默地和两名乘员坐在一起，圣战的失败令他心力交瘁，为天皇捐躯的梦想破灭了。

指挥官寺本下令将I-36下潜至潜望镜深度，命令声呐操作员搜听爆炸的声音。根据他们的记录，一次爆炸发生在05：45，另一次发生在06：05；两次声音好像都来自莫古岛南部。"今西少尉命中目标了。"船员们欢欣鼓舞地得出结论，兴奋地小声互相庆贺。但喜悦转瞬即逝，一声震耳欲聋的巨响表明有一枚深水炸弹就在附近。这才是第一枚，还有一百多枚将像雨点般从他们的潜艇上方落下来。寺本急忙深潜逃命。

当声呐操作员估算出一连串爆炸的深水炸弹的距离时，艇内气氛紧张。虽然

回天号

没有一枚炸弹离 I-36 太近，但日本人没有感到一些安慰，因为下一轮深水炸弹可能炸碎潜艇脆弱的舰体，这是它的一个致命弱点。

05：55，第十服务中队指挥官沃勒尔·R.卡特准将从他的旗舰"草原号"驱逐舰上通过无线电广播指挥救援行动。乌利西内停泊的每艘军舰上的锅炉房和发动机房都全力运转，撤离港口。靠近"密西号"的油轮和油罐轮开始在烟雾中起锚，火焰和仍在爆炸的弹药威胁着这些船只。

作为乌利西的高级军官，卡特负责舰队和船只的安全。他和大多数指挥官一样，以为他们可能受到了一艘微型潜艇的攻击。现在卡特最担心的是，有更多的潜艇已经潜入乌利西环礁湖。几天或者几周以后，美国海军才完全清楚是什么样的武器击沉了"密西号"，再后来才发现日本的"回天"武器。很久之后，这个发现才得到广泛的承认，即使在军界也是如此。

"密西号"被火焰包围几分钟后，美国海军驱逐舰和护航驱逐舰便开始在环礁湖里疯狂地搜索微型潜艇，拉网式地搜索第三舰队的锚地，同时投放深水炸弹。为了避免损伤舰体，他们一次投放一枚，而不是按照某种模式投放，但仍有很多军舰受到了损伤；连续不断的爆炸冲击和阻碍了试图去挽救幸存者的小船，在环礁湖深处爆炸的炸弹产生的冲击波进一步威胁着它们。

乌利西内的海军官兵都知道燃烧的"密西号"是敌方攻击的结果，现在高度警惕。很明显，这是日本人发起的攻击，因为日本人担心乌利西作为前沿阵地的战略价值会让美国占得上风。但他们不知道的是，日本海军已经投放了一种不同于以往任何鱼雷或者潜艇的顶级秘密武器，几天之后，他们才清楚在乌利西的攻击是由回天载人鱼雷发起的。

在卡特和其他人仍在猜测即将来临的危险时，火焰横扫过"密西号"的左舷，从舰体泄漏出的燃油形成了 6 英寸厚的膜层。漂浮在重油上面的，是 100 号航空汽油，是引起燃烧的火心。滚滚的浓烟笼罩着油轮，令人无法观察得更仔

第十五章 逃难

细；扩散的火焰已经吞没了右舷的吃水线，渐渐威胁到扇形船尾。

一阵微风从燃烧的军舰上吹过，减缓了燃油的扩散和左舷的火焰，左舷船尾上突然出现了可以让逃生的水手到达开放水域的时机。火焰的高度已经超过了桅杆，一根烟柱腾空而上，翻卷起来，仿佛天空里的一朵蘑菇云。

就在05：30的起床号即将响起时，菲利普·贝克舰长在他的床上打盹。这将是他作为巨轮"密西号"舰长的最后一个早晨的最后一个安宁时刻。第一次剧烈的爆炸就将他完全惊醒，贝克认为冲击来自左侧前端。紧接着，中心油箱爆炸，将他抛到卧舱后壁上，他顿时明白军舰遇到大麻烦了。

火焰已经穿透船舱的舷窗，迫使他爬过甲板，以免被火苗灼伤。当他从令人窒息的热浪中爬到通道上时，发现一个水手躺在那里，不知道昏迷了还是已经死亡。他将水手拖过甲板，走下舷梯，到达军舰的主甲板。他发现两名刚从火焰中逃生的士兵正冲向舰尾，便命令他们给那个失去知觉的水手穿上救生衣，然后将他扔进海里——那是他唯一的逃生机会。然后，贝克下达所有舰长都不愿下达的命令：弃船！他命令两名士兵传话下去，因为广播系统已经不起作用。

为了防止更多的弹药爆炸，他命令主炮手斯图尔特·卡斯去淹没舰尾的弹药库。卡斯试图去够冷库后面的阀门，但是浓烟迫使他退却；他又试了一次，努力去打开水阀的阀轮，但手被烧伤了，又一次不得不退却，只好向舰长报告他的失败。贝克深知弹药库的爆炸会对"密西号"生产可怕的后果，决定用水管浇弹药箱。他帮着三名水手把水管拉到通道上，但没有水压。当这四名军官筋疲力尽地躺到甲板上喘息时，弹药爆炸了，他们紧紧抱着甲板才幸存下来。

军舰在劫难逃。火焰从船头疯狂燃烧到船尾，舰首已经沉入水下，所有能够燃烧的东西都已着火了：管子、绳子、炮盖、润滑油、货物以及甲板装备。

贝克尽量避开火焰，设法到达军官室，大喊"从舰尾弃船"；但是，他没有看见丝毫生命迹象。他身上只穿着睡衣。当睡衣开始燃烧的时候，他将其撕破。他又试图打开连接到主货箱的蒸汽阀门，以堵住火势的蔓延，但从破裂的蒸汽管道中逸出的碎片、火焰和危险的蒸汽让他无法找到阀门。他冲向舰尾，到达舰尾的船员休息室右舷舱门处。他火速穿上救生衣，冲向舰尾救生船甲板。热量使人难以忍受。

他留在甲板上的三个人出现了。中尉施塔茨曼（Stutzman）左脚受伤，但依然在通道处追上贝克；主机械师助理乔治·唐宁（George Douning）和卡斯带着其他两名士兵出现；通往通道的大门和舷窗依然开着。幸好贝克命令他们及时关上门窗。几秒钟后，又发生一次剧烈的爆炸，很明显是舰尾5″/38火炮弹药库的爆炸。贝克立刻怀疑装入了一半海军特种燃油的中心油箱是否也发生了爆炸。形势很严峻，景象很可怕，高射防空炮弹在看不见的地方一颗颗爆炸。贝克看见火势已经没有办法控制，命令两名下属抢了两个CO_2灭火罐冷却甲板。大家都跑向舰尾甲板，准备在那里弃船。

在舰尾的制高点上，他们亲眼目睹了水中上演的无数个恐怖英勇的画面。

舰首只有一个人存活下来。那天早上05：45，尤金·库利在内衣着火灼伤他皮肤的时候醒来。他听到了3″/50英寸炮台下小狗疯狂的吠叫声，看见了军舰的吉祥物萨尔沃。但火焰卷过左舷炮台，使库利忘记去救小狗并寻找一条逃生路线。身后的烈烈火焰迫使这个纽约男孩弃船，没有丝毫的犹豫。他头冲下从舰首跳入燃烧的水中，清凉的海水带走了他的一些恐惧，使他想起基础的海上本领。他用水把火焰泼走，深吸一口气，然后潜入深水中，此后每一次上升到水面重新吸气时再次用水泼走火焰。最后，他终于泼灭从舰首到几码远外的火苗，最后一次从燃油和浓烟中浮出水面。库利仰游着，由于肺里吸入浓烟呛得难受，眼睛几乎被燃油灼瞎。"密西号"已经消失在黑幕后面。他慢慢游开，远离航空汽油产生的火势，然后在喧闹中听到了声音，一条从"马斯科马号（Mascoma）"上放下来的小船出现了，两双手把精疲力竭的男孩拉上了船。

起床号响起的时候，洛基·德马科（Rocky DeMarco）被主管踢醒，他还没来得及抗议，"密西号"就爆炸了，将他们震倒在甲板上。由于军舰倾斜，他们不受控制地向货物甲板边缘滑去。他们手脚并用，紧紧抓住栏杆支柱，以免落入

第十五章 逃难

下面的主甲板上去。"到你的消防室去,水手。"主管大喊道;德马科冲向舰首,和正在冲向舰尾的二级军官中尉斯塔茨曼相撞。斯塔茨曼咆哮着说:"你想往哪儿去,水手?马上去舰尾。"

德马科调转方向,发现副甲板有一个出口。人们看也不看一下,就从那儿跳入水中,落到下面的人身上。致命的火焰渐渐包围拥堵在那里的人,燃烧的燃油从右舷向更远处的舰尾蔓延。德马科勇敢地冲过火焰,找到机会跳了下去。他的所有气力已经耗尽,他在水面上漂浮片刻,缓过气来之后,才从燃烧着的舰体附近游开。

一个声音从浓烟中传来。黏稠的燃油几乎使德马科啥也看不见,但他模糊分辨出一条小船正在驶近。有人在他胳膊上绑了一条绳子,让他保持浮在水面上,并把其他更需要帮助的幸存者拉上船。一个水手看到了德马科背上的烧伤,大声呼叫救援。船上的人拉着他的胳膊和腿,把他拖上船。他落在救生船底部的人堆中。他旁边有两个烧伤的水手在痛苦地呻吟着,浑然不觉自己的烧伤,只感到强烈的欣慰。

匆忙逃离船员宿舍的时刻,弗兰克·威尔科克斯(Frank Wilcox)已经被散落在甲板和舷梯上的碎玻璃渣弄伤了脚。与此同时,烈焰灼烤着他的左脸。他冲上舷梯。就在他快要达到舰尾安全区域的时候,他感觉到爆炸产生的火红弹片打到他背上。他摇摇晃晃地赶到副甲板时,看见水手彼得·莫兰(Peter Moran)吓得缩成一团,指节发白,紧紧抓住支柱管。

"我不会游泳,我不会游。"莫兰惊恐地大喊大叫着。威尔科克斯安慰着莫兰:"我会帮助你的,我们在水中会有更好的机会。你看,救生船离我们舰尾只有50英尺。"威尔科克斯试图把莫兰的手掰开,但没成功。莫兰那些已经跳入水中的同伴也尖叫着恳求他跳下去。"你能做到的,彼得。"他们不停地鼓励道,但再多的乞求也克服不了莫兰对水的恐惧。几秒钟后,这样的场景再次出现。消防控制人员杰克·阿特金斯(Jack Atkins)与另一个被吓得不敢走向船沿的水手在斗争。

回天号

威尔科克斯跳了下去，但他清楚地知道，他最好的游泳本领就是狗刨。当威尔考克斯注意到一名男子在水中挥舞手臂的时候，引航员罗维关于梭鱼的危险警告立即被他忘记。他抓起一根套绳，扔向正在下沉的水手。但他只看见水手的头滑入水下，消失了。一艘小船来到旁边，救援人员把威尔科克斯拖了进去。他依然惦记着莫兰，向副甲板望去，但那个惊慌失措的水手已经消失。在后来的报告中，他被记录为失踪，估计已经死亡。

"回天号"的爆炸把约翰·梅尔震到甲板上。这个只穿着内衣的威斯康星水手一跃而起。他感觉从舰身到舰尾都在颤动，火焰已经封锁船首，热油像雨点一样降落。梅尔躲到货物甲板下面，猜想着是什么爆炸了，他的第一个意识是"哪个笨蛋又在汽油油箱上面抽烟了"，因为在油轮上，火灾是一直存在的威胁，在油箱附近抽烟绝对是个馊主意。不过现在还是别去想这个了，他必须逃离直逼过来的高热和火焰。他爬向他在舰尾船员宿舍的小提箱，穿上工作服和鞋子。他想到了藏在距离他几步之遥的发动机室内的救生衣，伸手去摸通风设备的顶部，救生衣不见了——有人已经拿走了。

"弃船，弃船。"命令在回响。惊慌失措的水手们在后宿舍舷梯上互相推搡着，都想尽快逃往安全地带。大家已经聚集在舰尾甲板上，在靠近5″/38英寸炮台的地方等着轮到自己往下跳。梅尔望着水面，担心他是否会因为没有救生衣而被淹死。热油和杂物投向他赤裸的背部；他转头向舰首望去，透过浓烟和烈焰，他看见整个前部区域都已起火。快到舰尾时，他被右舷附近燃烧的火焰挡住去路。然后，他欣喜地看见炽热的海水让左舷中部出现了一个逃生口，但他担心这个机会不会持续多久。

刚刚设法逃离着火油轮的水手已经将两艘工作船绑在副甲板上。梅尔跳下20英尺，落入水中，游向离他最近的船。上船之后，他立即和其他人以最快的速度从水中拖起筋疲力尽惊恐失措的同伴。消防员哈罗德·"布蒂"·布蒂特（Harold "Bootie" Boutiette）落入水下后，奋力挣扎着保持漂浮。梅尔贯注全身气力，才把这个马萨诸塞州的水手拖过船舷。他们两个人倒在一起。"谢谢"，布蒂嘟囔出

第十五章 逃难

两个字。

在爆炸发生的时候，鲍勃·伏加莫尔（Bob Vulgamore）跌出吊床，被身下的大管轮划伤了脚踝。他步履蹒跚地走向船尾，加入逃生船员的行列。这个俄亥俄州水手从栏杆上看过去，惊讶地看到整条船上都是大火。他登上梯子，来到后甲板，目测甲板到水面的高度。当他看见烈火从右舷侧烧向副甲板时，他知道必须跳水的时刻到了。他落入水中，游了相当长一段距离后，翻转过来仰泳。有什么东西碰了他一下。他发现是一件卷起的救生衣。他估计是随机投放的，打开救生衣钻了进去，游向浓烟中难得的一个空隙。然后，他听到震耳欲聋的飞机发动机轰鸣声。一架翠鸟水上飞机在水面滑行着从他旁边经过。他被拖到一条路过的船上后，他脱下救生衣，重新将它扔入水中，给其他需要它的水手。

有一个水手疯狂地在火海中往前游，但他的湿衣服让他速度缓慢。这就是舵手文森特·凯瑞利（Vincent Carelli）。这个受欢迎的纽约人经营着餐厅赌场，以高超的扑克牌技能为人所知。他玩牌的时候经常以小同花顺或大同花顺掏空很多人的钱包。当他在水中被火包围住的时候，他脱掉裤子，把自己解脱出来。当裤子沉入水中片刻之后，他才意识到裤子口袋里装着他赢来的 8 000 美元。那些被他仔细卷起来的钱将被鱼吃掉，或者散落到港口的海底。

他游到舰长小艇的边上。执行官刘易斯把凯瑞利拉上小艇，说他们不能再救人了，然后命令他驾船离开着火的军舰。但他立马遭到凯瑞利的反驳："去死吧，你！直到这条船上坐满人后，我才会离开。"

爆炸把金属技工阿尔·贝尔（Al Bel）和木工鲍勃·马吉安尼（Bob Maggiani）从吊床上震下来之后，他们冲向舰尾的船员宿舍去穿衣服。前一天晚上，贝尔参加了中尉福勒的搬运队的工作，在各油箱之间转换航空汽油。他知道左舷和右舷的 1 号油箱不像以前那样装满海水，也知道中心 3 号油箱是空的，里面是易燃的航空汽油挥发物。他立即想到，如果火星触碰到挥发汽油，将导致舰首产生二次爆炸，再一次震动油轮。他很清楚军舰正在解体。"那是航空汽油，马吉。我们昨晚没有清理所有的油箱。"贝尔大喊道，"我们得离开这个鬼地方，这艘军舰的末日到了。"两年前,在瓜达尔卡纳尔岛附近,贝尔曾经逃离"大黄蜂号"航母,他希望这一次自己也能做到。他们两个跃过左舷的栏杆,游向由舵手凯瑞利驾驶的小船。

雷达手艾德·金斯勒（Ed Kinsler）等待着穿过火焰离开"密西号"的机会。他宿命地想着:"我的死亡日到了。"这个概念使他行动起来,当微风在左舷尾部吹开一条通道的时候,他撕破自己的衣服,纵身跳下。这位曾经的救生员有力地划动手臂,向远处游去,当他回头看向舰尾的时候,看见一个可怕的景象:火焰和浓烟笼罩了他的军舰。就在那个时候——港口某艘军舰的时钟记录时间为06:05——烈火烧到了舰尾的5″/38炮弹药库,由此产生的气浪将"密西号"掀出水面,一块庞大的舰壳冲入天空。当金斯勒看着这块灼热的金属朝他落过来时,心里想道:"永别了,世界!"那块舱壁从他身边擦过,爆发出嘶嘶的响声落入海水中,距离他只有几码远。由于震惊和恐惧,他目瞪口呆,几乎不能蹬水,也不能和找到他的救生人员交流。他用僵直的手指紧紧抓住救生艇船缘,救生人员没有办法把他的手松开,就抓着他的头发,把他压入水中几次,以便获得足够的动能将他拉上船。他坐下来后,吐出好多燃油和盐水,抽泣着说感谢上帝。

即使在末日来临的那一刻,店主杰克·马赫（Jack Maher）仍在担心着军舰的吉祥物萨尔沃,并且试图找到它。他的好友威廉·拉威尔（William Ruwell）拉着他的胳膊,大喊道:"忘了那条狗吧,我们现在能做的就是离开。"马赫挣脱拉威尔,继续寻找那条狗。拉威尔到达船尾甲板时,发现约翰·科斯特洛（John Costello）吓得发抖。他不会游泳,但拉威尔劝说他跳下去,还承诺说在水中会和他在一起,但这没起作用。科斯特洛看了看他,然后紧紧攥着脖子上的十字架,冲向厨房,砰地随手关上了房门。拉威尔犹豫了几分钟。但接下来的爆炸让新一轮的热油冲向天空,烫伤他的头顶,烧焦他的胳膊。他冲向船尾甲板。

三只小船都在召唤他。拉威尔一个燕式跳水,进入到温暖的水中,这时,他发现了一个新的恐惧——一个巨大的圆形物从他身边冒出。他退缩了,相信这是一枚日本水雷。一双绿色眼睛看着他,他才意识到那是一只受到意外惊吓的巨型

第十五章 逃难

海龟，这家伙也被爆炸和深水炸弹产生的不寻常水上活动惊扰到了。拉威尔游到一只小船附近，爬了进去，并在随后的几分钟内帮助21个人进入到救生艇。

小船装满人后准备离开，舵手启动发动机。但是锚绳被支杆缠住了。他手拿小刀潜入海里，切断缠绕线。救生船把幸存者卸到一艘等待中的军舰上，返回海上继续救人。拉威尔依然和舵手在一起。他们两个从水中搜寻到十几个被油覆盖着的水手，身上都有烧伤和其他各种伤。舵手驶向油罐轮"帕曼赛特号（Pamanset）"，以便伤病者得到及时的治疗。

军舰上，水手赫勃·戴奇（Herb Daitch）偶然看到杰克·马赫，马赫依然在寻找军舰的吉祥狗。他冲向舱口，"我一定要找到萨尔沃，我一定要找到小狗。"他不停地说。很多人从戴奇身边跑过，冲向舷梯。只有他停下来，抓住马赫的胳膊。"忘了那条狗吧。"戴奇乞求道，但是马赫挣脱他，跑向相反的方向。戴奇是最后一个看见他活着的人。

中尉布拉泽·拉姆森和报务员罗素·埃文鲁德看见"密西号"发生爆炸的时候，正乘坐着"圣达菲号"的翠鸟OS2U水上飞机在乌利西上空盘旋。他们降低飞机，以便更近地观察。拉姆森看见燃油从油箱中扩散出来，然后着火。他和埃文鲁德看到人们从熊熊燃烧的军舰上跳离，两个飞行员意识到，水手们没有多少机会能够抵抗住烈火。于是，拉姆森快速决定把他的小飞机降落在环礁湖的水面上，然后滑行到"密西号"左舷火焰的边缘处。

这是一个英勇的行为。他降落下来，放好方向舵，把飞机尾部转向燃烧着的油料，用发动机的风扇将火焰从水中挣扎着保持漂浮的水手们身边吹走，全然不顾自身的安全。罗素·埃文鲁德从后座上爬出，在飞机上绑上一根绳子，骑跨在机身上，把长绳扔入水中，催促被燃油覆盖着的水手们抓紧绳子。

那时，约翰·巴雅克即将溺亡，眼中已经出现死去父母的幻影。当他浮上水面的时候，他缺氧的肺部像着火了似的，他急促地喘着气，几乎窒息。肾上腺素在他体内激增，但他已经精疲力竭，他想左舷燃烧着的燃油肯定很快就会追上他的。就在这个时候，拉姆森把水上飞机滑行到火焰的边缘，将火焰向贝雅克和其他人后面吹去。这条新的通道使他们得以登上一艘救生艇，一双双被燃油覆盖着的手伸下来，把药剂师助手拉上船。他马上开始对他发现的受伤人员进行紧急护理。后来他才知道，他最好的朋友加斯登·科特（Gaston Cote）已经死在他睡觉的地方——舰桥下指定给巴雅克的床位上。

爆炸把医药官约翰·贝尔利惊醒，他一直睡在左边舰桥下面。"医生，我们得离开这鬼地方。"他铺位旁边的供应官赫伯特·艾伦（Herbert Allen）尖叫着。当军舰向左舷倾斜的时候，贝尔利挣扎着站起来。当白热状态的火舌透过舷窗进入到船舱，灼伤他的脖子、头部和手的时候，他已经伸手去拿他的制服裤子，但他没来得及穿上裤子便跟着艾伦进入了通道。中心航空汽油油箱将一道火焰波射入狭窄的通道，医生用手挡住眼睛，及时地保护着它们。他踏着火热的碎片，在通道内伤到了左脚。中尉斯塔茨曼从机舱中跑了出来，看见穿着睡衣的医生没穿救生衣。

斯塔茨曼给他一件救生衣，贝尔利接过去。军官们到达落满了碎片、燃油和火焰的甲板上。医生从左舷甲板跳下，由于撞到漂浮的碎片，他的左脚伤势更重。他的睡裤滑落了，他感觉盐水刺痛伤口。一个声音从一艘正在靠近的船上传来。他在水中转过身去，寻找两位军官威尔逊和艾伦，他先前曾看见他们跳进水中。他看见他们被火焰追上了，消失在水面下，没有再出现。

05:45发生的爆炸将乔·莫里斯直接震得昏了过去。当"密西号"剧烈颤抖摇晃起来时，他在一个六英寸的加油管软管圈中苏醒过来。一个蘑菇状的火球吞没了舰桥。当中心油箱被引爆的时候，他再次昏厥。救生衣储物柜滚烫，没法打开。他权衡着是不穿救生衣跳入水中还是留在船上。但持续的小爆炸继续震动着军舰，他选择了跳水。他和其他两名水手从左舷跳下，然后以狗刨的方式疯狂地游着，每当放慢胳膊休息的时候，他就潜入水面下。然后，他看见了水上飞机，希望让他力量倍增。

第十五章 逃难

埃文鲁德的尖叫声盖过了爆炸声和飞机发动机声音。"抓住你后面的绳子，抓住绳子。"筋疲力尽的莫里斯突然爆发出莫名其妙的力量，和另外两个人一起抓住了绳子；拉姆森加速发动机，将小飞机从火焰边缘移开，缓缓向船尾的小船滑行过去。他们靠近一只救生艇时，埃文鲁德指向小船，用盖过爆炸声的尖叫声告诫每个人："下去！"莫里斯从绳子上落下，看见拉姆森和埃文鲁德返回到燃烧的浮油中。两个飞行员重复了四次大胆的救援，他们总共救出20名"密西号"的水手。

乔·肯特多正在进行清早冲凉的时候，油轮的死亡爆炸将他震得跪倒在地。通往前甲板的右舷舱门直接被震得从铰链上脱落下来，从宿舍急飞而过，砸坏一张没有人睡的上下铺。几秒钟之内，火焰从这个睡眠空间横扫而过，三名还在床铺上的水手丧生。满身肥皂泡、赤身裸体的肯特多扑向舷梯，想逃离宿舍。他看见烈火已经点燃"密西号"的3号中心航空汽油油箱。一道道火焰从左舷侧的舱门迸发出来，热浪几乎将他从舷梯上刮落。

燃油和航空汽油从破裂的舰体流出，燃起火焰。一阵微风减缓了火焰在左舷肆虐的速度。肯特多正从高出船员舱一层的甲板钻出来，向舰首望去。一幅可怕的景象出现在他眼前：几个睡在前部航空汽油油箱上面的水手，已经被升起的气流吹进那条狭小的通道和迷宫般的管道中间，他们的身体已经无法辨认，成了一堆烧焦的碎肉，肯特多开始怀疑自己的生存机会，尽管他暂时还没死。

肯特多跳到其他已经在水中的水手们中间，和他们一起从军舰舰体边游开。燃油燃烧发出的热量非常强大，纽约男孩罗切斯特（Rochester）确信自己一定会被火焰追上。他看见一大群人正紧紧抱着距离他50英尺远的一张浮标网，蔓延的火苗正悄悄逼近那些幸存者。突然，一道毫无征兆的火焰从浮标网上席卷而过，烧死了抱着浮标的全部水手。这可怕的景象促使肯特多以最快的速度游向开放水域。一艘在左舷搜寻幸存者的船最后抵达油轮中部附近，将这个年轻水手救起来。

回天号

中心3号油箱的爆炸造成了巨大的破坏，军舰前部船员舱里只有为数不多的几个人幸存下来。凶猛的火焰向他们的宿舍席卷过来，阻断他们所有的逃生路线。当水手长助理05：30从宿舍走过的时候，厄尔·吉文斯（Earl Givens）醒来。"5分钟之内没有起床的人要额外值班。"短短几分钟后，副油箱爆炸，把吉文斯从床上甩了下来。长长的橙色火舌从右舷舱口伸进来。他试图从前部左舷侧通往主甲板的舱门逃离，但被火焰逼了回来。吉文斯只穿着睡衣跟在其他人后面爬上舷梯，这时，中心油罐的烟气被点燃，军舰震颤起来，左舷舱门迸发出另一波火焰，把他的后背烫起了泡。他跑到甲板上，看见比尔·丹内利（Bill Dennehy）紧紧抓着围栏支柱，吓得缩成一团。"我们要离开！船在下沉。"吉文斯尖叫着，用拳头连续击打着丹内利的手，让他松开。两个人争执片刻，吉文斯占了上风，将丹内利从围栏上推了下去。他们落入海里后，就没再看到过对方。

丹内利落进快速扩散的燃油中，拼命用手泼水熄灭火焰，迅速游开，两次浮出水面吸气。他不知道自己在什么地方，因为浓烟遮挡了视线，当他第三次浮出水面的时候，他已经远离火焰边缘。"拉克万纳号"的救生艇发现他在踩水。吉文斯跟着丹内利跳入水中，当他钻出水来的时候，发现四周都是火焰。但是，这个阿拉巴马州（Alabama）男人是个游泳健将，他三次设法钻出水面，在火焰中呼吸，最后到达开放水域；他仰躺着，漂浮在水面上，休息了几分钟。舰尾的油箱呼啸着冲上天空，碎片降落下来，燃烧的燃油正向他扩散过来。一艘小船来到他旁边，水手约翰·戈特（John Girt）把这个筋疲力尽的17岁男孩拉上船。

当火苗从前部铺位席卷而过的时候，罗利·波波斯第一个离开位于左舷的服务员舱。这个来自田纳西州（Tennessee）的20岁服务员已经抓住距离宿舍三英尺的舷梯栏杆，但深深的恐惧使他待在那里无法动弹，他后面的一位水手用力击打他的胳膊，直到他松开手。这个夺路而逃的男人把波波斯推到一边。波波斯想起好朋友、军官室厨师詹姆斯·里德（James Reeder）还在船舱里面，转身朝向船

第十五章 逃难

舱,想去给他报警。他和逃出来的人撞在一起,空气中充满大喊声和尖叫声。他们挡住了波波斯的路,使他无法顺着通道去警告里德。"他妈的。"他咒骂道。逃跑的水手们互相推搡着,场面一片混乱。波波斯痛苦地等了几秒钟,才有机会爬上舷梯。他到达甲板,冲向舰尾,纵身跃过左舷围栏,心里一直希望里德也能像他一样逃出来。

就在爆炸发生之后,中尉威廉·库恩(William Kuhn)和舰长退守到右舷。贝克一边退一边查勘燃烧着他的军舰前部的火焰,然后,两人分头跑向舰尾的安全处。库恩到达副甲板,抬头看见有人正从他上面的尾楼甲板上往水里扔浮网。他不会游泳,就在腰部缠上一条救生带,翻过围栏落了下去。然后,他迅速浮出水面,寻找浮网。他挣扎着保持漂浮状态,并在机械师助手斯坦利·约翰逊(Stanley Johnson)的强烈要求下抓住了他的腿。约翰逊用双臂划水,库恩则奋力用腿击打水面。他们两个一起游到一只小船边。

甲板上,水手长助手克拉伦斯·沃尔什(Clarence Walsh)正奋力取下固定在前吊柱上、长达26英尺的机动救生船。"过来帮帮我。帮帮我,水手。"他恳求那些从他身边惊慌失措逃跑的水手们,但没有人理会他,他们都吓坏了,没有人停下来帮他,沃尔什继续呼叫救援。与此同时,威廉·布朗(William Brown)正在疯狂地奋力摇动曲轴,想启动舰尾吊柱上的救生艇。随着火焰越来越近、烟雾越来越浓,沃尔什意识到,舰尾船员舱里的人可能会被困在里面。他放弃解下救生艇的努力,跑向左舷侧的船员舱,命令大家弃船。混乱中,他忘记告诉布朗他要离开了。他在左舷船员舱内发现了一些人,让他们出去。做完这些事情后,他冲向左舷后部副甲板处,发现那里有20几个水手。沃尔什命令弃船,直到副甲板上没有一个人的时候,他才从左舷跳入水中。

沃尔什游出500英尺后,看见圣达菲水上飞机在燃油边缘滑行。水上飞机的观察员埃文鲁德看见了沃尔什,然后指引拉姆森在飞机后面放下一条长绳子,将它靠近水手长助手。沃尔什待在绳子上面,飞行员灵巧地操纵着飞机,把绳子牵引到一艘"塔卢拉号（Tallulah）"的救生艇边。登上"塔卢拉号"后，药剂师助手给水手长注射了一针吗啡，以减轻他的烧伤痛苦，然后把他送到"塔卢拉号"的医务室。不出一小时，沃尔什已经上了医疗舰"撒马利亚号"。

从第一次爆炸后开始，第一部军官、少尉帕特·卡纳凡（Pat Canavan）就一直关心着他的水手们的安全。"航空汽油事故？他们在哪儿干活？"他经历过商船培训，记起了舰上火灾逃生指导条例："没有穿好衣服前，不要进入通道逃跑，衣服是你的防火保护。"卡纳凡穿好衣服，佩带上随身武器，从两个瘫倒在通道上的人身上爬过，逃出船舱。

3号中心油箱爆炸的时候，罗伯特·罗维正在穿衣服。巨大的力量将他掀翻在地，白热状态的火焰从舷窗入口冲进来，将他包围。当他离开船舱的时候，遇上卡纳凡，后者发现罗维已被严重烧伤，卡纳凡继续向舰尾跑去。从舰桥通往主甲板的舷梯上沾满了滑腻的燃油。抵达货物甲板的时候，他看到10名水手，有些人还在动。但尽管周围一片狂乱，有些人却一动不动，状态怪异，他猜想他们可能死了。他向水上望去，看见燃油正向右舷侧快速扩散。他决定登上船员们正从左舷放下的救生艇。救生艇歪歪斜斜地悬挂在军舰上，已经从悬架上掉落下来。卡纳凡将他在甲板上发现的手柄插入仍然固定着救生艇的悬架，但手柄不合适。他不知道室友沃尔什不久之前也用相同的手柄努力过。一名水手摇摇晃晃地向他走来，卡纳凡认出这个小伙子在军舰洗衣房工作，大火几乎已经烧毁水手的一英寸肌肤，只露出烧焦的肌肉。卡纳凡抵达副甲板的5号炮位，清楚地看到左后舷有一条水上逃生路线。他跃过围栏，垂直向水面落下。

"回天"弹头的爆炸把雷达探测手P. T. 阿普丘奇（P. T. Upchurch）和J. P. 哈蒙德（J. P. Hammond）向上弹起，落入瞭望台上的20mm炮台内——他们晚上躲避暴雨的最佳场所。哈蒙德头部被划出一道深深的伤口，咒骂道："他妈的。"两个人向舰桥上的无线电室跑去的时候，燃烧的碎片像雨点般落在他们身边，混乱中，两个好朋友失去了对方的踪迹。哈蒙德逃下船，被拉姆森拉到了安全的地方，并被安置到停泊在燃烧着的"密西号"附近的两栖登陆艇上，他头上的伤口

第十五章 逃难

一直血流如注。

爆炸头晚发生的事情一直萦绕在一些水手心头。那天晚上，水手哈罗德·里奇（Harold Ritchie）、木工的队友鲍勃·马吉亚尼（Bob Maggiani）和船舶维修工弗雷德·库珀（Fred Cooper）一直在帮着调运货物到舰桥前部的各种油箱。睡觉之前，他们知道空油箱还没有得到清理，但贝克舰长下令停止工作去看电影。他们认为违反规定不会有什么问题——在港口内不会有意外发生。里奇帮着福勒完成工作后，已经筋疲力尽，计划电影结束后很快上床睡觉。他带着床垫在货物甲板上闲逛，走向自己平常睡觉的地点——舰桥前部的航空汽油油箱上方，因为那里晚上会有凉风拂过甲板。当他走向油箱的时候，听见有人在喊他：“嗨，里奇。”炮手吉米·克斯纳（immie Kesne）向他招手。“过来一下。”两个人交谈了一会儿。最后，里奇把他的床垫扔到克斯纳旁边的货物甲板上，蜷缩起来睡了。他这个放弃汽油油箱的决定挽救了他的性命。

第二天早上，里奇按时醒来，看见第五巡洋舰队和第七驱逐舰队从"密西号"旁边驶过，向南进发，离开穆加航道。05∶45以前开始供应早餐，里奇必须按照轮班到餐厅去服务。"回天号"袭击的时候，他刚穿上裤子和左脚的袜子。当碎片开始从天空落下时，他躲进最近的船舱，然后冲向左舷侧的大副宿舍；他从舰尾往下看去，发现至少20个水手已经落入水中，但两艘救生艇依然挂在副甲板上。里奇没有听到弃船的命令，但想到鱼雷攻击会对"密西号"造成灾难，求生的本能占了上方。他知道唯一安全的地方是离开军舰。他抓住缆绳，滑了下去。

他在距离舰尾几英尺的地方踩着水，往上看去，发现很多人挤在围栏边，其中就有惊慌失措的彼得·莫兰。一些人争抢着绳梯，其他人从舰尾5″/38英寸炮台附近的甲板跳下。当舰尾蔓延的火焰引燃准备好的弹药、润滑油和易燃设备的时候，爆炸物和碎片飞向天空几百英尺高。"密西号"40英尺长的发射架向里奇打来，但没有伤到他。

大爆炸发生的时候，炮手助手弗兰克·肯尼迪（Frank Kennedy）正站在邮局门口，把钥匙插入锁中。军舰上的裁缝、水手吉姆·柯克（Jim Kirk）向他身后跑了过来，痛得呼天抢地："弗兰克，快帮我脱掉衣服，帮帮我。"肯尼迪转过身去，发现柯克的衣服着火了。他立即反应过来，把着火的衣服从男孩身上撕落，但柯克已被严重烧伤。"等一下。"肯尼迪说，"我会帮你的。"他返回邮局里面，打开保险柜，取出汇票登记簿和$215邮政资金。他把这些贵重物品放入一个帆布包，然后返回帮助柯克。餐厅里面浓烟滚滚，从货物甲板吹入的床垫散落在餐厅里，正在燃烧。邮递员疯狂环顾四周，发现柯克不见了。炮手助手注意到有微风从左舷吹来，所以冲向大副宿舍，在那里撞上大副莱斯特·兰金（Lester Rankin）。"我们要弃船吗，长官？"他的喊叫声盖过了爆炸声。"跳吧，水手。"兰金回应道。肯尼迪爬上围栏，跳了下去，并被"拉克万纳号"上的威利·波特（Willie Potter）快速拉起。肯尼迪看见水手柯克已经在船上了，但那男孩因为大面积烧伤而万分痛苦。

当爆炸把油箱卷向左舷的时候，雷·福乐曼正从他睡觉的货物甲板过来，走向他在舰尾宿舍的船员床铺。他向爆炸的方向望去，从舱口只看见火红的天空，他和其他水手一样，认为可能是航空汽油油箱爆炸了。他急忙穿上救生衣，从通往船员宿舍的舱口飞奔而出，到达他在燃烧室的战斗岗位。在那里，他发现霍华德·博周（Howard Bochow）和雷德·弗斯特正在值班。福乐曼知道，要驱动军舰的蒸汽灭火系统，需要不止一个锅炉产生足够的蒸汽压力。他发现弗斯特很难保持辅助锅炉的压力，匆忙跑向锅炉板，点燃另一个锅炉。这时，埃德蒙·史密斯（Edmund Smith）到了。

为了在尽可能短的时间内点燃第二个锅炉，福乐曼开启了最大的燃烧喷嘴。主供水员斯米提（Smitty）发现了这个情况，告诉他要用较小的喷嘴。"你想做什么？想把（锅炉里面）的砖烧裂吗？"他问道。由于不知道爆炸的严重程度，燃烧室的这位长官希望在火势被控制住后军舰可以继续使用。由于辅助蒸汽管道继

第十五章 逃难

续失去压力，第二个锅炉起不到多大作用。

当燃烧室的水手们奋力向两个锅炉加水的时候，斯米提失去了与机房的电话联系。在这之前，焦急中的燃烧室水手们已经听到甲板上发生了几次爆炸，担心如果军舰沉没，他们可能被深埋在军舰内部。斯米提派遣博周去看上面发生了什么事，他们谁也不愿意面对被困在燃烧中的军舰甲板下的命运。

"你们最好都离开，所有的人都走了。"正在冲向舰尾的弗雷德·斯卡福斯（Fred Schaufus）通过燃烧室的舱口向他们大喊报警。正在舱口附近检查管道的福乐曼告诉下面燃烧室的其他人听从斯卡福斯的警告。具有讽刺意味的是，尽管形势十分危险，经验丰富的供水员们依然严格按照所接受的海军培训——关好锅炉、风机和水泵，但没有让它们停止运行，这样"密西号"的发电机就会一直保证军舰照明的电力供应。根据控制板上的时钟，从最初的爆炸发生算起，已经过去了15分钟。

一股刺鼻的黑色浓烟通过右舷舱口涌进燃烧室内，迫使水手们关上舱门，从反方向逃生。"从左舷舱口跑，快。"大家跑到燃烧室上面一层，穿过军官室跑出去。斯米提让福乐曼去看看博周是否已经跑出燃烧室。然后，斯米提和弗斯特沿着通往舰尾的通道跑去，福乐曼则返回燃烧室舱口去找博周。但他发现燃烧室里面已经充满浓烟，他向里面喊了三次："博周，你还在下面吗？"没有人回应。福乐曼意识到再喊也是徒劳，准备去追斯米提和弗斯特，正当他转身顺着通往舰尾的通道往前走时，有人喊道："嗨，你不能到那后面去，弹药在爆炸。"

福乐曼在通道里向前挪动，但浓烟已经阻断了这条路线。他在那里站了几秒钟，脑海中闪过一个念头："噢，耶稣，我妈妈会收到一封说我死了的电报。"突然，前头的浓烟中闪过一个白影，那是穿着睡衣的机械师助手。福乐曼急忙跟上快跑的水手，找到了通往左舷甲板舷梯的道路。

一道厚厚的火墙已将军舰包围，但不知何故，微风在左舷宿舍那儿吹出了一条通往水上的V形通道。福乐曼从甲板的一侧滑下舰体，这时甲板只高出水面4英尺，水面上漂浮着厚厚的一层重油。他将自己推离舰体，开始侧游。右舷的火

回天号

焰已经包围舰尾，然后与左舷的火焰汇集起来。福乐曼利用侧游的优势观察火势，计划脱下救生衣，然后从燃烧的燃油下面钻过去。

每次浮出水面的时候，他都透过厚厚的油层看看手指上闪亮的银戒指。他和其他长时间单调值班的水手一样，也用银质硬币做了一个戒指，这能让他很快安静下来，专注于某一事物。他从距离军舰几码的地方回望过去，注意到有十几个人聚集在烟囱周围。堆放在货物甲板上的50加仑润滑油桶开始爆炸，像罗马烛台一样飞入空中，然后落入幸存者之间的水里。圣母玛利亚保佑的话语在他耳边回荡。

福乐曼从水里看见驱逐舰和护航驱逐舰开始环绕"密西号"。他终于意识到，这次爆炸肯定是敌方攻击造成的，因为驱逐舰好像准备投放深水炸弹。一种新的恐惧袭上他心头，因为他意识到深水炸弹的冲击波可能把一个人的内脏震出来。

一艘由舵手凯瑞利驾驶的救援船向他驶来，他已经认出福乐曼。几个人抓着福乐曼的衣服，把他拉到船上。他全身覆盖着厚厚的黏稠石油，只有一侧的头部没有被石油覆盖，因为他是侧游着逃离舰体的。

他发现燃烧室的水手博周和弗斯特已经被拉上40英尺长的小船。多亏斯卡福斯的报警，他们三个人都安全，但他们都没看到斯米提的踪迹，福乐曼希望他能跑到另一艘船上。燃烧室的水手们徒劳地找了一天，但他们再也没见过斯米提。

机械师助手史丹利·约翰逊（Stanley Johnson）见证了斯米提惨烈的生命结束过程。约翰逊是和大副威廉·库恩（William Kuhn）一起跳下船的，他们两个人奋力保持漂浮。库恩是个不会游泳的家伙，只好抱着约翰逊的腿。供水员史密斯（即斯米提，Smitty是Smith的昵称——译注）在约翰逊右边15英尺远的地方漂浮着，看上去好像安然无恙。突然，一个55加仑的油桶在货物甲板上爆炸了，几秒钟内，油桶冲上天空，然后呈抛物线下落，直接砸中斯米提的头部，主供水员消失了。约翰逊游泳技能也很一般，完全没法去帮助他。他知道，如果他减慢胳膊和腿部击水的速度，库恩的重量会把他拖入水下。没有谁再看到过斯米提出现，

第十五章 逃难

约翰逊感觉他当时就死了。

燃烧室水手罗伯特·金贝尔（Robert Kimbel）一直下落不明，甚至随后的数天里也没有被发现。这个宾夕法尼亚水手的确切命运将永远是个谜。

对于黑帮的水手来说，那一天是以不同的方式开始的。"从这里滚出去。"睡意朦胧的一等机械师助手格斯·李维克斯向纠察长吼着。当时05：30，起床时间到了。

"我上通宵班。"李维克斯抱怨道。纠察长继续前去叫醒其他还在睡的水手，不久之后，爆炸发生。李维克斯很快就完全清醒过来，这位机械师助手一头冲进发动机室。约翰逊和斯卡福斯依然在奋力开动着发电机，但基本不起作用。

李维克斯只穿着睡衣和T恤就跑到甲板上，看见船员们正在弃船。

他从左舷围栏上一跃而下。一个声音在乞求帮助："我不会游泳，来帮帮我。"原来是机械师助手弗朗西斯·克罗蒂（Francis Crotty）。一艘船靠近李维克斯，但他指向水中火焰边缘的克罗蒂，示意船继续向前。船上的一位幸存者扔给克罗蒂一根绳子，以便他保持漂浮状态。但由于绳子被各种碎片缠住了，船不能靠近奋力挣扎的水手。舵手厄尔·塔特（Earl Tuttle）跳下船，切断绳子，把克罗蒂拉上船，船上其他幸存者也迅速把李维克斯从水中拉出来。获救的机械师助手发现，42岁的二等机械师助手马里昂·"波普"·克莱顿（Marion "Pop" Clayton）正紧紧抓着船沿。李维克斯试图靠自己的力量把他从水中拉上来，但他已经筋疲力尽，不能把克莱顿拉过船沿。

"你这个王八蛋！快点上船。"李维克斯咒骂道。其他水手帮着克莱顿上了船。那家伙立即向李维克斯挥拳打来，但是没打中，精疲力竭地倒在船底。

李维克斯上船的时候只穿着T恤和睡衣。后来，他把T恤给了一名全身赤裸着被拉上来的军官。

"你现在只是半裸，长官。"李维克斯告诉那位军官，希望能让他感觉好受些。

约翰·迪安，军舰上的大厨，翻过左舷围栏的时候穿着睡衣内衣、白色厨师围裙和工作服。但他从水中被拉上来的时候，身上只剩下了短裤。

迪安刚被从水中拉起，坐在救生船上后，就不由自主地注意到也坐在船上的执行官罗伯特·刘易斯新的举止风范。刘易斯保持着不同寻常的沉默，既不给船员下达命令，也不有效地指挥救援，显然也被吓得失去了行动力。最后，舵手文森特·凯瑞利吼道："趁着弹药还没爆炸，我们赶快离开这里。"说着，他第二次尝试不听使唤的救生艇发动机，终于成功。

由于没有得到军官的命令，17岁的二等水手比尔·吉莫森（Bill Gimmeson）不敢离开军舰。他看见一名军官正在舰尾围栏边努力地给一个充气式救生圈吹气，前去帮忙。但令他惊恐的是，军官竟然看都没看一眼，就从翻过围栏跳了下去，落入燃烧的燃油中。他也惊慌失措地跳入水中，以最快的速度游着，超过了军官。当他拍打着水面的时候，那名军官喊着救命。吉莫森没去理会军官的呼救声，游到一张浮网边，死死吊着浮网，等待救援船只。溺水军官的样子一直在他心头萦绕。

助理通讯官、中尉查尔斯·斯科特（Charles Scott）听见舰桥附近的火焰中有水手的尖叫声。燃烧的汽油和石油在水面上蔓延。他看到十几名水手正在水中游着，试图逃离从损坏的左舷3号油箱中扩散出来的燃油火焰。斯科特当时只穿着内衣，他接着穿上制服，戴上棒球帽，穿上拖鞋，最后才穿上救生衣。他跑向他在左舷的3英寸火炮战斗岗位，但一道火墙挡住了去路，使他无法靠近他的武器。他以为会看到敌人的飞机编队从头顶飞过。紧接着，斯科特发现军舰的整个左舷都已陷入火海中。他朝四周看了看，没有发现任何人，心里想着自己是不是也应该弃船了。他退回甲板下面，从前舱口出去看看到底是怎么回事。火焰已经包围舰桥前部，斯科特跃上一段连接甲板绞车的舷梯，顺着舷梯到达主甲板下面。

斯科特从左舷上方看过去，看见熊熊燃烧的石油正沿着舰体向舰尾蜿蜒而去。"跳，斯科特，跳！"比尔·布朗在他身后，正催促船友逃生。斯科特从左舷

第十五章 逃难

围栏一跃而下,落入没有火焰的水中。他记起了逃生的程序,脱下裤子和拖鞋,但是决定等到安全远离军舰之后再给救生衣充气。在水中,比尔·布朗迅速超越了这位慢悠悠地划水离开军舰的同僚军官。一名工程水手向斯科特游来,示意他太累,不能再游了。"抓件救生衣。"斯科特催促说。几件救生衣正在附近的油水中漂浮着,是已经获救的水手扔下的。

爆炸发生后,中尉詹姆斯·福勒(James Fuller)戴上头盔、手枪,穿上皮鞋和裤子,随时期待接到一级战备的号令。然后,他冲出舰尾的军官通道,差点和唐宁撞了个满怀。他看见大火已经吞噬舰桥,急忙退回宿舍去穿衬衫。"汽油着火了。"福勒对其他军官大喊道,他以为是愚蠢的事故导致的爆炸。现在主甲板已经完全被火焰覆盖;所以福勒和其他人只好在浓烟中奋力向舰尾前进。他看见左后舷下方有一大片没着火的水面,还看见水面上有两张浮网。

"也许我能游到一张网那里。"他想着。接着,他发现了依然悬挂在吊架上的机动救生艇,开始用手柄将救生艇从舰尾的吊架上取下。这时,5″/38火炮的弹药库爆炸了,将他震倒在甲板上,愕然不知所措。爆炸已将救生艇的船头掀到军舰外边。然后,福勒惊恐地从甲板上爬起;透过浓烟,他看见有小型救生艇正向舰尾驶来。

跳水之后,福勒落在严重烧伤的吉姆·柯克旁边。柯克不会游泳,紧紧抓着救生衣,在水面上漂浮着。所以,福勒只好一边游一边拖着柯克,还得设法避开附近的火焰。富勒就这样挣扎着拉着柯克游了几分钟后,意识到他们毫无进展,于是一个人游开了,心中希望能够很快来一艘船。

少尉唐纳德·梅特卡夫(Donald Metcalf)听到爆炸后的金属叮当声时刚刚登上"密西号"36小时。当舰桥军官通道的火焰减弱,梅特卡夫能够向舰尾逃生的时候,时间已经过去10秒钟。当他在被燃油覆盖着的甲板上方的中心小道上摸索前进的时候,热油雨点般落下来。另一个水手在梅特卡夫前面脚底一滑,跌倒下去,梅特卡夫扶他起来,继续前进。他到达副甲板的时候,看见十几个人聚集在周围，每个人都在等待轮到自己顺着爬满水手的绳子逃生。这时，火焰突然从右舷副甲板刮过来，笼罩住绳子。爬在绳子上的水手们奋力地往回爬，企图爬上副甲板。梅特卡夫极度恐惧。水里着火了，军舰在疯狂地燃烧，似乎没有地方能够躲开火海。

柯克被舵手波特拉起时已经奄奄一息，立即通过吊篮被送上"拉克万纳号"。福勒离开柯克后继续游着，靠近了被严重灼伤的军舰引航员、中尉罗伯特·罗维。"我能帮你吗？"年轻的货舱军官问34岁的罗维。"招呼一艘船。"罗维有气无力地回答。"马斯科马号"的水手驾驶着一艘船，把严重烧伤的罗维从水中救出，立即驶向他们的军舰；随后而来的另一艘船把福勒拉出水面，送到安全的地方。

船员宿舍外面一片混乱。大火席卷甲板的时候，吓坏了的水手彼此推搡着，奋力攀登通往甲板的后舷梯。一些水手挤在一起，试图从浓烟中看见开放的水域。水手约翰·戈特（John Girt）决定不再等待，爬上两级舷梯，抵达连接舰桥和货栈附近的舰尾甲板的小道。他刚刚冒险爬上那条小道，中心油箱爆炸的热油就劈头盖脸浇在他身上，灼烧着他裸露的皮肤。戈特到达副甲板，踢掉鞋，从船舷跳下。但他潜水太深，浮出水面前肺里几乎已没有空气。救援人员发现他时，他急促喘气，几乎窒息。

不久之后，小艇上的人们把严重烧伤的服务员哈里·凯森（Harry Caison）从油污水中拉了出来。第一次试图拉他上来的时候，皮肤从他烧伤的胳膊上脱落，他又掉进水里，他的皮肤几乎没有了，只留下粉红的肌肉；他苍白的眼睛几乎没有生命的迹象。小船上充满了死亡的气息，烧焦的头发和肌肉气味混合着厚重的碳化油漆味。

在密苏里州（Missouri），马乔里·罗伯茨（Marjorie Roberts）突然从医院的病床上苏醒，大声喊道："天呐，我丈夫出事了！"她挣扎着从生完小孩的麻醉中清醒过来，歇斯底里地哭着，完全被恐惧揪住了。一个护士试图安抚她："你昨

第十五章 逃难

天才收到他的信,一切都很顺利。"但是,她丈夫的信是一周前写的,马乔里知道事故随时可能发生。她有种可怕的确切感,知道他已经不在了。从最高统帅部来的信息最终证明她的心灵感应是正确的。小朱迪·罗伯茨生于1944年11月19日。在国际日期变更线另一端的乌利西,日期是11月20日。那天,二等机械师助手奥兰多·罗伯茨(Orlando Roberts)死于"密西号"上,他的妻子在密苏里州诞下女儿。

另一件心灵感应的事发生在纽约的马蒂诺家。水手约瑟夫·马蒂诺(Joseph Martino)起床号前就醒了,正在"密西号"的餐厅里调治一杯浓咖啡。他想起了自己在扬克斯市(Yonkers)的六个小孩。和平常一样,他正在想他最小的孩子,只有三岁的比侬(Bea)。这时,爆炸把他掀翻在甲板上,打烂他的咖啡杯。他看见舰桥已被烈火覆盖,急忙跑向副甲板,跳进危险的海水中。几周之后,他得知,在他陷入乌利西危境的那个时刻,比侬从午睡中惊醒,哭得无法安慰。"爸爸在水中,周围都是火。"小女孩哭啊哭,没有什么能让她安静下来。同一时刻,几千英里之外,乔·马蒂诺正在着火的水域中奋力挣扎着求生。命运是善良的:马蒂诺将活着见到他的小女儿。

那天早上的一幅幅恐怖场景像一幅永恒的画卷展开着:围栏边,受惊的水手睁大眼睛恐怖地俯视着烧焦的尸体漂浮在油污中;在其他人冲过来跑过去的时候,他双腿瘫软站在那里,一遍又一遍地喃喃自语:"我的天啊!"

贝克舰长站在副甲板上,他的军舰正在沉没。施塔茨曼、唐宁、卡斯以及水手赫灵顿(Herrington)和麦克米兰(McMillan)陪伴着他。贝克推论他们是最后离开军舰的人,下令弃船。50岁的舰长和施塔茨曼一起从副甲板跳下,随后是水手。"嘎什号"的救生艇靠近他们,把他们拉上船。除了因伤死亡的赫灵顿外,其他人都幸存下来。

贝克眼看着他指挥的军舰慢慢向水下沉去。此刻军舰上仍然大火熊熊,浓烟滚滚。随着成桶的石油和储存弹药的爆炸,现场上演了怪异的一幕:死亡的疯狂

回天号

旋律和热带绿洲的湛蓝海水形成了鲜明的对比。舰长和其他幸存者一起坐在救生艇里，震惊悲哀着，烧伤痛苦着，仿佛不知道眼前这幅场景到底是怎么回事。庞大的军舰依然被烈火笼罩着，从舰首开始下沉，直到最后海浪浇灭烈火。随着火苗的熄灭，油轮从视线中消失。

几年之后，人们才知道，军舰翻转的时候，左舷首先接触到海底，然后舰体继续翻转，在水下坟墓中留下一具颠倒的残骸。50年之后，它才被人重新发现。

"密西号"上的幸存者们有的被烧伤，有的失血过多，有的被燃油染黑，但至少他们将活着看到新的一天到来。

第十六章
救援

看着这些浑身沾满油污、痛得尖声大叫的人,我心里很难受。

——中尉米尔福特·罗曼诺夫,
美国海军军舰"拉克万纳号"的总值日军官

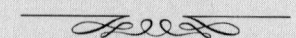

第十六章 救援

吉姆·费克特（Jim Factor）驾驶着从"拉克万纳号"上放下的救生艇，靠近"密西号"，进行他那天的第二次救援。油轮的火势已经无法控制。三名水手已经从火焰和浓烟中逃出，来到副甲板上。费克特看着他们到达舰尾甲板，然后顺着梯子爬向水面。炙热的火势阻碍了救援工作的进展。但他顽强地驾驶着小船前行，一直到达距离燃烧的军舰100英尺远的地方。

然后，费克特把他的小艇开进烈火浓烟中。三名幸存者已经从梯子上爬下，进入满是油污的海水中，附近的火焰随时可能吞噬他们，燃烧的石油正在逼近。他们来不及爬进小艇，只好紧紧抓住救生艇的船缘。费克特全速将小艇开出危险区，三名浑身油污的水手吊在船舷边。他在火焰边缘停顿片刻，在水中寻找更多的人。确认这三位是最后还在水中的人之后，"拉克万纳号"的救援人员把幸存者拉上小艇，向他们的军舰驶去。

当发现"密西号"的水手在水中挣扎的时候，舰首钩手比尔·迪普衣（Bill Depoy）向舵手威利·波特打手势。波特把小船靠近迪普衣指着的地方，直到他能够辨认出一颗被燃油覆盖的脑袋。然后，他响铃三下，向工程师厄尔·厄特尔示意。这是停船的信号。迪普衣趴在船边，抓住皮带、衣服或者头发，把那些被燃油覆盖的水手拉进小艇，他发现水手们赤露着，被严重烧伤，皮肤大片脱落。他觉得肚子里翻江倒海，加快了救援工作。浓烟、烈火和爆炸制造出混乱而可怕的噪音和色彩，一大块火热金属舱壁在空中呼啸而过，落进"拉克万纳号"小艇边的海水中，火热的碎片差点砸中掌舵的波特。

波特透过浓烟中的微小间隙，凝视着舰尾甲板。那里依然有幸存者在弃船。他看见主机械师助手乔治·唐宁在用一块破布向小船发信号，他也能看出大火很快就会吞噬在那儿等待救援的水手们。于是，他毫不犹豫地冲进去，并在几分钟之内把他们接上小船。整个过程中，一刻不停的爆炸将小艇震得上下颠簸。火焰越来越靠近弹药库、润滑油桶和燃油，冲击接连不断，军舰一边下沉，一边解体。

"拉克万纳号"的水手们救起二十几名幸存者后，继续在那个区域环绕几分钟，寻找更多的人。舵手波特看了看船上两位严重烧伤的水手克莱门斯·卡尔森（Clemence Carlson）和吉姆·柯克，意识到他们幸存的机会不大。他们的皮肤几乎没有了，肌肉裸露在外面。两个男孩都奄奄一息地躺在那儿。

小艇返回的时候，"拉克万纳号"上的水手们早已就位，准备接下幸存者，尽管燃烧的石油也在灼伤着他们的皮肤。罗曼诺夫组织紧急医疗救助。波特敏捷地驾驶着装载烧伤乘客的救生艇在军舰边沿徐徐前进，波特一直被人们认为是个爱开玩笑的家伙，但在那天的火灾中，他表现出的冷静气质让同伴铭记在心。

当小船滑过左舷桁架的时候，"拉克万纳号"上的水手们在副甲板上排成一排，悲伤地凝视着眼前这些可怜得要命的受伤人员。大家放下一个篮式担架，然后把严重烧伤的二等水手柯克小心地放入吊篮。他也被烧得严重毁容，失去了大部分皮肤，看上去像白化病患者。

生命正在从柯克躯体中溜走。但是，当这个严重烧伤的18岁男孩靠近中尉罗曼诺夫身边的时候，他举起被烧伤的胳膊，敬了个军礼；他奋力注视着罗曼诺夫，模糊不清的耳语声从他唇边溜出："长官，允许我登船吗？"药剂师助手为他做了检查。柯克向他要一杯饮料。他的屁股几乎被烧没了，露出大部分盆骨，甚至老水手们也不忍再看这种惨烈的景象，几位水手扭过头去，眼里噙满泪水。

高级医官、中尉P. W. 布兰斯福德（P. W. Bransford）迅速组织对59名被燃油覆盖的幸存者的救助工作。布兰斯福德刚刚上了一堂简短的紧急救助烧伤课。"拉克万纳号"上的水手全部参加学习，学会了如何清理烧伤、撒上磺胺类药粉、然后用腊膏盖上。埃德·迈尔蒙特（Ed Miremont）和其他水手立即学以致用，从幸存者上身除去黑色的石油。

在爆炸的善后工作中，冲突频发。军需官、中尉贝西尔·比尼格（Basil

第十六章 救援

Bininger）怒气冲冲地质问"拉克万纳号"的舰长，为什么驳回他向其他军舰发无线电索要衣服的请求。"凭什么不呀，长官？"比尼格问道，"这些人需要衣服和个人用品。"霍曼和比尼格针锋相对，愤怒地回应道："日本人会侦听到我们的船间通话，然后攻击我们，我不会冒险让我的军舰陷入危难中。罗曼诺夫已经违抗我的命令，没把救生艇从火灾现场调回来，现在，你又来质疑我的决定。"比尼格愤然离开舰桥，然后命令"拉克万纳号"上的水手传话，要求他们捐赠能匀出来的衣服，以帮助那些不断抵达副甲板上的幸存者。罗曼诺夫和比尼格两位军官都没有理会霍曼要处罚他们的威胁，继续救助幸存者。

有一些幸存者不需要医疗救助，但每一个人都被燃油覆盖，需要清理。供水员福乐曼像其他水手一样，站在一个大洗衣盆里面。两名"拉克万纳号"的水手从他们身体上抹下厚重的石油。最后，他被领去冲了个热水澡，一名"拉克万纳号"的水手给他一套新衣服。不久之后，药剂师助手给"密西号"的水手分发小瓶白兰地；烈酒咽下去非常刺激食道，几名幸存者由于胃里的盐水、燃油和白兰地混合物体而呕吐了。

雷·福乐曼弃船的时候穿戴整齐，他的工作手套都还塞在工作服后面的口袋里。洗澡之后，他抓起他粘满油的工作服，向下面走去，值班的消防员给了他一杯咖啡。然后，这位23岁的小伙子用热的肥皂水洗干净自己的衣服，把衣服挂起来，让燃烧室的热量烘干它们。接着，他抹掉还在钱包里面的纸币上的石油。他穿着借来的衣服返回上层甲板后，眼睛一直没离开过"密西号"——被他称为家的军舰。在随后的两小时里，他默默注视着军舰燃烧，直到它最后向左翻转，舰首首先沉没。他看着"密西号"消失到水面之下，难过地对一个朋友说："这是我生命中最悲伤的一天。"

"拉克万纳号"上的助理枪炮官、少尉汤姆·威克尔（Tom Wicker）被幸存者和他自己军舰救生艇上的水手们的英勇行为所感动。当他的同船伙伴吉姆·费克特和消防员、舵手威利·波特驾驶着小船靠近火焰和浓烟的边缘，挽救落入水中的人们时，威克尔一直从舰桥上用望远镜注视着他们。然后，他走向副甲板，去迎接就要达到的水手。后来，他报告说："'密西号'上的官兵表现出了极大的勇气，他们被安置在军舰的甲板上，许多人身上有烫伤和其他伤口。当我们的人问'我能帮你做什么吗？'时，他们通常都回答'是的，你们有烟吗？'；他们上船并得到医疗救助之后，基本不再报怨伤痛。"

到08:30，"密西号"已经完全向左舷翻倒，没入海浪之中，在漂浮着油污的海水中，只有螺旋泵还隐约可见。乌利西港口的水面上，舰首曾经所在的地方，燃油和航空汽油形成的火焰依然在燃烧。"拉克万纳号"的供水员哈罗德·威廉姆斯（Harold Williams）站在军舰围栏边，看着"巨轮密西"垂死挣扎。"感谢上帝，幸好不是我们。"他喃喃自语着转过身去，背对可怕的景象。

LCI-79上的水手响应05:50的战斗部署警报，并在几分钟后开始接收"密西号"上的幸存者。油轮的救生艇是第一艘靠近LCI-79的船只。小艇的底部躺着服务员哈里·凯森，他的粉红色肌肉裸露着，黑色皮肤只剩下一点点；他已经被吓坏了，他的眼睛都成了乳白色。大多水手都认为他幸存的希望很小，但他被转到医疗军舰"萨雷斯号（Solace）"上，他严重的烧伤最后也痊愈了。

"水中有一个人试图靠近我们。"一个水手招呼同伴去帮忙，"快点，在他沉下去之前把他拉上来。"那个人是少尉唐纳德·梅特卡夫。爆炸发生时，他才登上"密西号"36个小时。他差点没能避开落入水中的船舶防水壁残片，距离他仅有10码远。少尉是个强壮的游泳健将，奋力向LCI-79游来。水手们将赤身露体、疲惫不堪的他从水中拉出。

LCI-79接收的"密西号"幸存者比停泊在乌利西的其他船只接收的都要多。在第一艘"回天号"爆炸后的二十分钟内，他们救出了87名水手。50分钟之内，31名获救的幸存者被转到医疗军舰"萨雷斯号"上，另外56名幸存者站在LCI-79的围栏边，看着遭受攻击的"密西号"疯狂地燃烧，看着他们还在舰上的同伴陆续从副甲板上跳下。"我想，我永远不会再从发动机舱壁上剥落油漆了。"约翰·梅尔安慰自己说。比尔·布里奇站在围栏边，只穿着睡衣，戴着身份识别

第十六章 救援

牌，他和大多数同伴一样，脸颊被泪水打湿了。

哈罗德·里奇依然惦记着埃德·科里亚。大家都知道，埃德还被关在禁闭室里，等待着对他的审判。里奇和其他一些水手很担心，不知道他还被关着还是已经死亡，但也没办法返回船上去找他。他们后来得知，他的监禁已经被提前解除，他也安全地逃离了军舰。

美国海军军舰"撒马利亚号"上的水手05：50发现"密西号"着火，立即燃起所有的锅炉，准备开进。第十服务中队的司令官、准将卡特07：45下达命令：以13.2节的速度驶向131泊位的"密西号"。"撒马利亚号"08：24抵达131泊位，当时"密西号"刚刚滑入被燃油覆盖的环礁湖水面以下。从附近油轮上转移伤员的工作马上开始，到10：34，已有24名伤员登上医疗军舰。接收最后一名"密西号"幸存者后的一分钟之内，"撒马利亚号"启航。11：20，她已经停泊在东南角的水上飞机锚地。

"密西号"的首席医疗官约翰·贝尔利医生已经登上"撒马利亚号"将近一个小时，接受对他的背部、颈部和左脚烫伤的治疗。"你什么时候让我去帮助我的船员们？"他央求道。贝尔利是外科医生，他越来越沮丧，继续执着地请求去救护"密西号"的伤员。"撒马利亚号"上的一个医生恼怒地说："医生，你就是病人。现在，闭上你的嘴，待在病床上。"贝尔利躺回病床上。

"撒马利亚号"的二号小船从美国海军军舰"塔卢拉号"上接收了"密西号"的水手长助手克拉伦斯·沃尔什，然后将他送到医疗军舰上接受救治。沃尔什是"塔卢拉号"的水手救起的幸存者中唯一活下来的。08：25，严重烧伤的水手柯克和卡尔森被转移到"撒马利亚号"上，但这两名"密西号"水手一小时之内相继死亡。"密西号"机械师助手斯坦利·约翰逊一直陪着柯克，以证明发生的事情。柯克去世后，他确认死者的身份。柯克09：30死于烧伤。随后不久，卡尔森也死了。"撒马利亚号"的水手把两个人的尸体送到阿瑟岛（Asor）的美国海军基地公墓进行安葬。

回天号

浑身油污的"密西号"水手们现在准备从拥挤的LCI-79甲板上转移到"塔帕汉诺克号（Tappahannock）"上。09：12，LCI-79被绑定在"塔帕汉诺克号"边上，36名没有受伤的船员爬上甲板的舷梯，走向副甲板，以便远离前部的航空汽油油箱。"我们很幸运能来这里。"电工助手乔·莫里斯对他旁边的幸存者说。"也许你是幸运的，但我却没那么幸运。"那个人喘息着回应他。莫里斯后来得知，强烈的热量已经烧伤那个人的肺。莫里斯只穿着睡衣，满身油污，由于脚部的烧伤而苦不堪言。主治医疗官给了他一瓶白兰地，但他伸手去接的时候，瓶子从他颤抖的手指间滑落，掉在甲板上摔碎了。医生递给他另一瓶。

幸存者觉得似乎没有军官和他们一起上船。直到11月22日，少尉威廉·布朗才来统领依然还在"塔帕汉诺克号"上的幸存者。"塔帕汉诺克号"11月20日的航海日记表明，有63名幸存者从LCI-79上转移过来。

"噶什号"停泊在"密西号"左舷仅仅600码以外。05：58，"噶什号"便派出一艘小船。舰长贝克被"噶什号"的小船救起，06：48到达军舰上。"密西号"的指挥官看着他的军舰沉没到水面下。曾经威风凛凛的油轮笼罩在浓烟之中，疯狂地燃烧着。

"我看着我的军舰被100多英尺高的火焰完全笼罩。"后来他说道，"拖轮到达现场，正在猛烈地向火焰射水，但无济于事。大约在10：00，军舰慢慢翻转，然后从视线中消失。我无法报告任何部门的情况，比如枪炮部、工程部、医疗部……一切发生得太快，我没有时间做任何事情，只有以最快的速度下令弃船。"

"噶什号"上的发动机机械助手约翰·潘恩（John Paine）第二次返回到火灾现场。当潘恩的小艇再一次驶向沉没中的油轮时，"噶什号"上的医生和药剂师助手快速行动，对第一批伤员进行紧急救助。小艇抵达火焰边缘，潘恩趴在船舷上，把一个满身油污的水手拉上船。他惊恐地看见，伤员背上烧伤的皮肤好像窗帘一般翻卷着；由于烧伤的极大痛苦，受伤的水手已经昏迷。几分钟后，水手被

第十六章 救援

用担架转移到"噶什号"的主甲板上。

"噶什号"的摩托艇和救生艇在救出3名"密西号"军官和38名士兵后,返回军舰。"噶什号"医务军官给"密西号"的幸存者分发波本威士忌酒,其他人帮助进行紧急救助。雷达手埃德·金斯勒来到甲板上时刚好得到一瓶威士忌,但他的病情立即加重了。

"密西号"的大部分水手都需要体面的衣服。"噶什号"的水手们翻着自己的储物衣服柜,捐出干净的衣服和鞋子。"噶什号"的餐厅人员很快赶到甲板,提供冰水、食物和新鲜咖啡,并留下足够的新鲜食物供幸存者食用。08:40,舰长下令把12名需要医疗护理的受伤水手转移到"撒马利亚号"上。在"噶什号"医务军官的要求下,另外两名幸存者后来也被接走了。

贝克舰长在给舰队指挥官的报告中,承认了"噶什号"水手的救援努力,"船员们在救援幸存者的过程中成绩卓著。在很多情况下,小船不得不靠近火海边缘,以方便从水中接纳幸存者;许多人的脸被炙热的火苗烧起了泡,他们应该因为出色的工作得到极大的荣誉。"

中尉斯科特抵达"噶什号"后,得到一套干净的内衣、袜子、网球鞋和牛仔裤。他随后又去安慰埃德·金斯勒。当"密西号"在远处燃烧时,金斯勒正在围栏边哭泣。"我没找到波普斯。"金斯勒含泪说道,他指的是他的老雷达手朋友。他后来得知,波普斯幸免于难。

通讯部也没能躲过这场地狱之火。他们的一般编制为30名军官和船员,他们损失了两名军官,沃利·威尔逊和罗伯特·罗维,以及两名文书。包括波普斯在内的六名电报员和六名雷达员存活下来,九名无线员和三名军需官也幸免于难。军需官赫勃·艾伦一直没被找到,助理工程师比尔·阿特金森(Bill Atkinson)也没被找到。

由于上午恐怖事件的冲击,大家都变麻木了。"噶什号"的餐厅里,查理·斯科特(Charley Scott)和麦克·迈科科斯特(Mac McCollister)一言不发地吃着午餐,没有人想谈论军舰或者目睹过的无以言表的景象。为了听取经历,贝克舰长

回天号

要求去看望已经被转移到其他油轮上的"密西号"幸存军官。吉姆·福勒已经检查了舰尾的几个隔间，确认他的同僚军官们已经逃离。他还报告说，他在轮机长欧内斯特·吉尔伯特（Ernest Gilbert）的卧舱抽屉里拼命翻找，想找一块布条，以便向救生艇挥舞。货物军官报告说，弹药箱爆炸后，弹片在卧舱隔板上留下了许多孔洞。

"密西号"自己的救生艇把幸存者送到LCI-79上之后，向"草原号（Prairie）"靠近。枪炮手助手梵泽·斯密斯（Vonzo Smith）被安置在船首。斯密斯和其他九个人被安排乘坐这艘小船到"草原号"，幸存者们在那里享用着培根和新鲜鸡蛋做的早餐。那天早上晚些时候，这十个登上"噶什号"的人都穿着"草原号"水手提供的新衣服。"噶什号"把斯密斯带来的小艇留在自己船上。后来，那天早上参与救援工作的水手约翰·潘恩看见"密西号"的这艘小船被重新粉刷，标上67号，取代了原来船体上面的59号。这艘小船是这次沉没事件中存留下来的唯一值得一提的设备。

那天早上05：50，在"马斯科马号"上，舰长亨利·泰莫斯（Henry Timmers）已经下令进入战斗部署状态，并在五分钟后派遣军舰的摩托艇和救生艇出发。救援人员开始从熊熊的火海边缘接走"密西号"的幸存者。当燃烧的碎片从天而降，落到他的军舰时，泰莫斯转移了泊位。

幸存者们从头到脚都被燃油覆盖着，只有少数人有足够的力气爬上货网。把他们送上军舰是一件很艰难的事，因为"马斯科马号"高高地耸立在水中。水手们纷纷伸出援助之手，最后终于把每个人都拉上了船，包括三名军官和19名士兵。

一位年长的军官、中尉引航员罗伯特·罗维被严重烧伤，已陷入昏迷，形势危急。医务军官马上把他转移到"撒马利亚号"上，希望他能够在烧伤后幸存下来，但罗维没有恢复意识就死了。他是"密西号"死亡人员中级别最高的军官。

中尉约翰·贝尔利、"密西号"的医务官也受伤了，但不严重。"马斯科马

第十六章 救援

号"的医务官告诫同行:"闭上眼睛,医生。"然后,医务官在贝尔利脸上喷上抗生素和油的混合物,以减轻他的烧伤疼痛。贝尔利知道烧伤对他没有生命威胁,但罗维的严重状态令他忧心忡忡。看到那儿的其他四个人只有轻微烧伤和损伤,贝尔利略感欣慰。另外还有几名士兵受伤。

"马斯科马号"小船上的船员们表现出了极大的勇气。他们冒着生命危险驾驶小船靠近包围着"密西号"的炙热火海附近。六名"马斯科马号"船员由于救援工作而被授予海军和海军陆战队奖章。

当油轮喷发出烈火的时候,美国海军军舰"帕玛塞特号(Pamanset)"正停泊在距离"密西号"1.25英里的地方。"回天号"爆炸后一分钟,"帕玛塞特号"上的水手听到了"密西号"的3号航空汽油油箱的爆炸声,知道那艘军舰陷入了巨大的麻烦之中。05:55,"帕玛塞特号"响起战斗警报。06:02,一艘摩托艇已经在赶赴燃烧现场的途中。"帕玛塞特号"的救生艇船员将中尉霍华德·哈珀(Howard Halper)和20名幸存者从水中拉出,并在06:25以前返回自己的军舰;几名轻伤人员得到救治,包括雷达手J.P.哈蒙德,由于碰撞到舰桥炮管,他的头部受伤,伤口在"帕玛塞特号"的医务室得到缝合。

"走吧,跟我来。"一名军官示意罗伯特·伏加莫尔(Robert Vulgamore)。他全身赤裸,满身覆盖着燃油和残渣。军官把伏加莫尔带到他的卧舱内,拿出一条拳击短裤,说:"给,这个可能刚好适合你。"

"长官,你真是太好了。"消防员带着他的俄亥俄州南方拖拉口音说道,"我想,我还是洗澡后再穿上它们吧。"洗澡必须等待。"密西号"的幸存者在副甲板上排着队,军舰的医务官顺着队列前行,递给每个人一小瓶施格兰赛文(Seagram's Seven)威士忌,命令他们喝掉。伏加莫尔大口喝下烈酒,当酒顺着他的喉咙流下的时候,他感觉到温暖的灼热感;他看见他旁边的年轻水手正盯着他的瓶子发愣。

"我不能喝这个。"年轻人向伏加莫尔抗议说。

回天号

"没有关系,你应该把它喝了,这是那个人说的。"伏加莫尔告诉那个男孩,"这可能对你有好处,这就是他们给你这个的原因。"

"我不想喝它。给,你拿着吧。"男孩坚持着。这名年轻的幸存者说着把瓶子塞到伏加莫尔手中,换下了他的空瓶子。这瓶金色的液体没能存留多久。当药剂师的助手过来收集瓶子的时候,伏加莫尔已经拿着另一个施格兰赛文空瓶子站在那儿了。

人们渐渐离开副甲板去洗澡。与此同时,水手们也在为幸存者收集捐赠衣服。"帕玛塞特号"上的水手纷纷拿出救生服,直到每一名幸存者都穿上衣服。当俄亥俄州的消防员洗完澡,穿上新衣服返回甲板的时候,看见"密西号"已经从视线中消失,拖船还在疯狂地灭着海军特种燃油和航空汽油产生的火焰,浓烟依然直冲天空,天空已经被团团灰色和黑色变暗。

"我们没有床位给你们用。""帕玛塞特号"的水手们道歉说,"你们只能睡在甲板或者扶梯上了,看你们自己的意思了。"但是,"密西号"的水手们依然聚焦在副甲板上,拒绝挪动位置,因为那里是距离舰首航空汽油油箱最远的区域。

当"帕玛塞特号"的水手从西·谷登(Sy Golden)背上清理燃油残渣,发现他烧伤密布的时候,他才意识到自己受伤了。他赤脚从"密西号"逃离的时候,脚底也被烧伤了,逃离时产生的肾上腺激素使他没有感觉到烧伤的疼痛。随后的几天里,谷登行走困难,拖着伤脚蹒跚而行。

店主威廉·儒威尔是第一个从舵手塔特尔(Tuttle)的小船上爬上绳梯的,他立即精疲力竭地瘫坐在甲板上。药剂师助手劝他喝一小瓶老爷爷威士忌。"这能稳定你震动的神经。"几分钟之后,镇静效果出现,然后儒威尔开始注意到自己浑身覆盖着黏滑的黏液。一名"帕玛塞特号"水手递给他一条毛巾、一条黄色肥皂、一套工作服和一双白色帆布鞋;肥皂和热水起到了很好的清洁作用,但眼睛周围无论如何清洗不干净。

当儒威尔返回主甲板上的时候,"密西号"从舰首到舰尾都已陷入火海,军舰正慢慢地向左舷倾斜,直到青铜螺钉清晰可见,并在瞬间之后滑入水下。儒威

第十六章 救援

尔心情沉重,沮丧至极。想到死去的约翰·科斯特洛和同船水手,他几近崩溃,在心中祈祷:"上帝,请引导他们通过死亡的幽谷。"他觉得自己无力再做点别的什么。

第二天的早餐端上来了,但儒威尔吃不下去。他努力喝下一杯咖啡,在甲板找到一块偏僻的角落,蜷缩着睡去。一名"帕玛塞特号"水手叫醒他,询问他的姓名、职位、服役代码和家乡,因为需要统计幸存者基本情况。那个人建议儒威尔去医务室处理他的烧伤,他到那儿后,发现幸存者排成一列长队,都有轻度烧伤,还因为喝下了海水和燃油而胃部不适。医生给了儒威尔一管软膏,要求他随意地频繁擦用。儒威尔午餐吃了一点东西。到星期二晚餐时,他才恢复了食欲。

把"密西号"的幸存者转移到重型巡洋舰"威奇托号(Wichita)"的工作将在星期四开始。为了从环礁湖上转移幸存者,一艘LCM(机械化部队登陆艇)停泊到"帕玛塞特号"旁边。一些人难以爬下绳梯,"帕玛塞特号"的水手便跑过去,帮助每一个人。穿过港口的行程中,许多"密西号"的水手心情沉重,因为他们都在为同伴的命运担心。

随着11月20日的夜幕降临,驱逐舰的舰长们变得紧张起来,担心潜艇重新出现,然后开始投放新一轮深水炸弹。"密西号"的厨师库克·奎瓦斯(Cookie Cuevas)陷入新一轮的恐怖之中,其他幸存者也是如此。就在他们终于开始放松,离开副甲板的时候,他们听到了深水炸弹的声音,冲向舰尾甲板,以为又必须弃舰了。

由于"帕玛塞特号"的载荷太轻,深水炸弹爆炸的影响被放大了。惴惴不安的幸存者们继续挤在舰尾甲板上。舰长从舰桥上过来劝说他们,试图让这些受惊的水手们平静下来。他又向他的船员下了一道命令:"在甲板上放上小床给这些水手睡,设置一个观察哨,负责看护这些小伙子们,如果他们有动静,立即通知药剂师助手。"

水手们给医疗救护舰"萨雷斯号"取了许多绰号:"太平洋上的驮马","我能行"、"冰激凌船"和"格兰特女士"。"萨乐斯号"是第一艘接收"密西号"幸存者的医疗救护军舰。06：47，LCI-79派出的一艘小船抵达燃烧中的油轮附近。六个人严重烧伤，另外十五名伤势较轻。当"萨乐斯号"的船员聚集过来倾听的时候，幸存者讲述了他们悲惨的逃离过程。

医疗部诊疗服务协调员奇夫·汀布莱克（Chief Timberlake）和贝克医师站在后甲板上，他们四周都是担架员和医疗护理人员。汀布莱克向"萨乐斯号"的水手转述了"密西号"的水手讲述的一个故事：水手潜入水下，从燃烧的水中逃生，尽可能游得更远，时不时浮上水面，用胳膊拨开燃油，深呼吸一口气，再次下潜；他虽然是一名游泳健将，但他发现火焰几乎烧光了水面上的氧气；他正要放弃时，不知道从哪儿冒出一架翠鸟水上飞机，拖着一条绳子以使幸存者抓住；水上飞机螺旋桨的力量把火焰从水里的幸存者身边吹开，飞机上的炮手给飞行员指引方向；贝克船长称赞水上飞机的飞行员救了他的很多部下。

"飞机上的飞行员比我想象的更有勇气。"贝克舰长说，"他看到我们的困境，把他的飞机降落在水面上，然后在火焰周围滑行，扔下一根带着浮漂的绳子，让挣扎中的水手能够抓住，然后把他们拖到安全的地方。他多次返回火海，救了至少20个人，要不那些人都会被烧死。我希望能够知道这位飞行员是谁——因为救援工作一完，他立马就消失了。"

这位勇敢的飞行员后来被确定是中尉布拉泽·拉姆森，他的飞行员同僚都称他为"嗡嗡先生"；在拉姆森的英勇救援行为三个月后，他和他的无线电报员罗素·埃文鲁德被授予海军和海军陆战队奖章。拉姆森的表彰文章如下：

以美国总统的名义，太平洋第一航母舰队司令授予海军和海军陆战队奖章给：

美国海军后备队中尉（初级）布拉泽·克里斯托弗·拉姆森（Blase Christopher Zamucen）

以此表彰他救援被鱼雷击中的燃烧军舰上的幸存者的英雄事迹。虽然他驾驶着陆基巡航飞机，但他看见军舰被鱼雷击中的时候，立即将飞机转向、降低，靠

第十六章 救援

近爆炸中的军舰。他看见幸存者在军舰附近熊熊燃烧的燃油中挣扎着,而当时附近没有船只可用。他立刻降下飞机进行救援。他不顾酷热、浓烟、爆炸的弹药,把飞机滑行到距离火海20英尺的地方,给在火海附近的燃油中苦苦挣扎的幸存者扔下一根浮绳。他把一组幸存者从逐渐扩大的火海中完全拖出后,又把另一组幸存者拖到安全地方。在他完成第二次救援后,有小船靠近火海时,他才继续执行自己的反潜巡逻任务。他全然不顾自己安全的行为在任何时候都符合美国海军的最高传统。

美国海军中将

M. A. 米切尔

"密西号"的药剂师助手凯利·麦克拉肯自告奋勇来到"萨乐斯号"救助伤员,并且帮助确认死亡同伴的身份。被烧焦的"密西号"水手被带到尸检室,指挥官阿奇·艾克郎德(Archie Ecklund)、一名病理学家和两名尸体防腐人员正在那里等候。艾克郎德在麦克拉肯的协助下准备死亡证明。劳埃德·达尔(Lloyd Dahl)医生和他的牙齿护理员也在协助他们。一具尸体被烧得太严重,没有办法取得指纹,受害人的手表和结婚戒指被烧成一团粘在骨头上。在两天之内,除了被严重烧焦的尸体外,麦克拉肯已经初步确定所有残骸的身份。大家一致认为,那具不明身份的尸体是约瑟夫·德桑蒂斯,"密西号"吉祥物小狗萨尔沃的主人。

到11月20日,星期一下午,"密西号"的幸存者被分散到停泊在乌利西锚地的不同军舰上。在那一天的剩余时间里,幸存者们四处打听同伴的下落。悲剧发生后的几小时内,很少有人知道其他同伴的情况,水手们都在搜寻任何有关失踪朋友的信息。三天后,大家才更清楚地了解到人员损失情况,那时剩余的幸存者已被转移到重型巡洋舰"威奇托号"上,等待着被送回美国。

第十七章
死亡阴影

我们经过的时候，看到濑户内岛的岛屿如此美丽。这听上去可能有些伤感，但我们的确感觉到："这些岛屿，这些水域，这道海岸线，是我们需要保卫的家园。"我们在想："还有比这更幸福的地方让我们去赴死吗？"我想，除了"回天号"乘员，没有人能够理解这种感受。

——横田裕写于出发完成"回天"自杀任务时

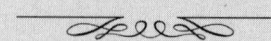

第十七章 死亡阴影

拖船"阿拉帕霍号（Arapaho，ATF-68）"的指挥官、中尉奥布里·H. 冈恩（Aubrey·H. Gunn）抵达131泊位的时候，燃烧的油轮浓烟滚滚，他分辨不出是哪个油箱着火了。"密西号"被浓密的黑烟笼罩着，整个舰身上都窜出冲天的火焰。冈恩让引航员去提醒舵手密切关注被派遣出去执行搜救任务的小船。"阿拉帕霍号"06：30就位，开始准备消防水泵。

冈恩刚刚下令消防水泵排列就位，"密西号"舰尾5″/38英寸火炮弹药库就伴随着轰鸣声爆炸，炙热的金属碎片被喷射到空中。"阿拉帕霍号"上的水手们惊恐地听见，被困在已经完全着火的舰尾上的水手们高声尖叫起来；当润滑油桶呼啸着从货物甲板上飙升到空中，拖着怪异的声音从空中掠过，然后伴着嘶嘶的巨响落入海中的时候，"阿拉帕霍号"的船员们坚定地投入到施救工作中。拖船将舰首朝向"密西号"的左舷中央部分，然后慢慢贴近左舷的舰体，消防员们开始用水管从左舷开始扑灭舰尾的火焰。

摄影师恩德·哈里斯从一旁的拖船"马努斯号（Munsee）"上观察着行动，同时抓起他的35mm相机。"我们从右舷靠近，舰首对着右舷的船员舱，大约用了20条水带喷水。"他说，"油轮周围的海水都被燃烧的燃油烧开了，弹壳和油桶伴随着刺耳的声音爆炸，给这地狱般的噩梦增加了异样的节奏，浓密的黑烟遮蔽了早晨明亮的阳光，投下不祥的阴影。噼啪作响的爆炸产生的热量几乎将我们冲得往后退，但我们尽可能地靠近油轮，将一股股水流浇向剧烈燃烧的军舰。弹药就在我们眼皮底下爆炸，弹药爆炸的冲击波在耳边回荡，我心里很担心，不由自主地戴好头上的钢盔——不太确定能否保护身体，但可以让你得到心理上的安慰。"

最早喷射过去的水柱都集中在"密西号"的弹药箱上。"马努斯号"依然在右舷舰尾，已经和"密西号"连接起来，船上的所有的人都奋力扑灭邻近的船员

回天号

舱的烈火。热浪滚滚，黑色的浓烟阻碍着灭火工作的开展。漂浮在重油上面的航空汽油使已经破裂的舰体陷入滚滚的火海中，爆起的火焰直冲云霄，吞没了长达205英尺的拖舰的舰首。舰长平利（Pingley）下令断开舰首缆绳，"马努斯号"与油轮舰体分离。拖船后退到油轮舰尾火焰附近，消防水带现在不得不首先对准包围着马努斯舰首的火焰。

哈里斯这样描述对"密西号"舰尾的灭火过程：

"我们推开，然后绕到从浓烟中暴露出来的油轮一面，让我们的舰首对着油轮的右舷后部，向已经爆炸、正在燃烧的舰体喷射水柱。其他的拖船也来了，它们也把舰首对准油轮的右舷，然后开始扑灭火焰。突然，沸腾的燃油开始从油轮舰首涌出来，引燃旁边庞大的拖船。拖船不得不一一后退，以免成为这场大屠杀中的一员。我们（'马努斯号'）是最后一艘离开的拖船。我们熄灭了舰首的火焰以后，再次和'密西号'连接起来，继续扑灭舰体中部的火。又一股燃油涌了出来，我们被黏稠、沸腾、燃烧的液体包围。在我们专注于扑灭油轮大火的同时，我们船下的这条火海被其他拖船喷出的水柱一分为二，最后扑灭。不时会有令人窒息的黑烟突然而来，甚至会将火焰扑灭，我们一时什么也看不见，只希望能把水浇在火焰上。油烟、燃油和盐水铺天盖地，我们所有的人都被浇透，从头到脚黏得一塌糊涂。"

船员弗雷德·金博尔（Fred Kimball）借助"利攀号（Lipan）"的高度优势，注意到"密西号"水下的锚链几乎已是白热状态。润滑油爆炸的轰鸣声和尖啸声从油轮货物甲板传入空中。金博尔闻到了他自己拖船上的油漆燃烧的气味，然后看见油漆被炙烤得剥落下来。浓烟升入天空200英尺高。

突然，火焰从"密西号"舰首升腾而起，从打捞船"艾科斯特来克特号（Extractor）"的前甲板上横扫而过，两名水手被严重烧伤。

中尉O. K. 卡芬（O. K. Coffin）、拖船"梅诺米尼号（Menominee）"上的消防官是当天的舰面值班军官。他向舰长詹姆斯·杨（James Young）通报了"密西

第十七章　死亡阴影

号"爆炸和大型火灾。当时,他们只知道第十服务中队锚地的一艘油轮受到攻击。战斗警报响起的时候,枪炮手助手埃德·勒布斯（Ed Loebs）立即冲到他在"梅诺米尼号"舰尾的40mm火炮处。四台发动机一起启动,让这艘拖船突然到达极限速度。舰长杨把拖船驱动到"密西号"舰首旁边,但由于高热和火焰而不得不后退。当热度高得几乎不能令人忍受的时候,消防指挥官指示"梅诺米尼号"上的船员向正在操控消防水管的水手们进行喷雾。当弹药开始爆炸,弹壳四处乱飞,几乎击中"梅诺米尼号"的时候,勒布斯变得惊惶失措。

勒布斯看见"密西号"左舷的3″/50火炮已经烧得白热化,觉得火炮可能会融化。"梅诺米尼号"的执行官、中尉（初级）C.R.南希（C.R.Nance）在军舰上巡视。他注意到,在这样危险的情况下,他的船员们沉着冷静,将成吨的水喷向燃烧的军舰。在勒布斯的注视下,油轮严重向左舷倾斜,当舰底映入眼帘的时候,一种阴森恐怖的感觉向年轻的枪炮手袭来:"密西号"的末日已经来临。

消防顾问官D.S.格雷（D.S.Gray）到"密西号"火灾现场向准将奥利弗·O.凯星（Oliver·O. Kessing）报到,主动请缨提供消防服务。07:10,格雷受命向"梅诺米尼号"舰长杨报到。他注意到,拖船的消防官已经准确地把水柱喷向燃烧的油轮,船员们也被有效地组织起来了;两名军官,卡芬和格雷,制定了正确的灭火方案:使用大水柱将火焰往前驱赶。因此,他们允许"密西号"舰尾的消防团队将火焰往前打。

平利命令他的水手在规定间歇时间内向他汇报油轮的倾斜角度,以便确保在油轮倾斜角度过大突然下沉时有充分的时间挽救他自己的水手。三根水管被传递到站在"密西号"发黑扭曲甲板上的水手们手中,2.5英寸的喷雾嘴扑灭火焰很有效果,成功地消除了"密西号"舰尾的隐患。三个"马努斯号"消防团队采用直流方式,用75磅压力的水管把火焰向舰首方向驱赶。很快,仅有左舷和倾斜油轮周围水域里的燃油还在燃烧,待命灭火的几艘拖船用稳定集中的水柱扑灭了水面上残余的火焰。

消防队登上"密西号"时,舰桥前部右舷已经没有火焰,燃油只在左舷主甲板上燃烧；尾楼甲板上的船员舱仍在着火，左舷的弹药堆和主甲板上中部装配间的弹药还在燃烧和爆炸。格雷后来报告说，弹药依然是对灭火行动的威胁。左舷侧还在燃烧，尾楼甲板前部舰体上也有燃油在燃烧。第一道水柱射向左舷已被烈火吞没的装配间。格雷报告说，那些用喷雾嘴击退火焰的士兵表现出的冷静和效率值得关注。

格雷还下令用大水柱把燃油从油轮上冲刷到海里，这样就消除了火源，附近的拖船便可移动过来，熄灭水面上的火焰。泡沫不能用于灭这场火，因为泡沫不可能覆盖如此大面积的水域。30分钟后，格雷注意到"密西号"的舰首在下沉。从"马努斯号"上派出的消防队员站在甲板上，水已经没过他们的膝盖，在有些地方，海水已经淹没他们的臀部。

到08：15，依然漂浮的油轮上各处的火焰已经被全部扑灭。水手们收好消防管，把设备收回"马努斯号"。"密西号"正在沉没，舰首已滑入水面下，海水拍打着主甲板的主要表面。舰长平利一直在关注油轮舰尾的上升情况，焦急地让他的水手们在军舰沉没前离开。

到08：15，爆炸、燃油泄漏，以及喷洒在被火烧毁的"密西号"上的成吨海水，已经明显注定了油轮的命运。舰长平利下令所有消防队员离开正在下沉的军舰，除了那根在舰尾急速翘起时被遗弃的水管外，所有的水管都被抢救回来。所有的人都明白，"密西号"即将滑入乌利西环礁湖的水面之下。

当剩余的消防员们向自己的拖船甲板上跳过来的时候，"马努斯号"的船员们大声示警。当被烧毁的舰体开始向左舷翻滚的时候，船员们匆忙切断系在它上面的绳子。幸好舰体距离小拖船比较远。就在油轮翻滚之时，一名"马努斯"水手从它的甲板上面跳起，但落入下层的军舰和拖船之间的滑腻燃油中，他的同伴们急忙将他从脏水中拖了出来。

08：25，"密西号"被熏黑的舰体继续向左舷翻滚，然后从舰首开始下沉。几分钟后，仅有舰尾的双螺旋桨、方向舵和小部分舰尾还在人们的视线中；疲惫不堪的消防员们站在"马努斯号"的副甲板上，见证了他们试图挽救的军舰的垂死

第十七章 死亡阴影

挣扎。

几天后,恩德·哈里斯这样写道:

当那艘受到鱼雷攻击的军舰轻微倾斜的时候,火势已经被控制住。这是充分的报警信号。舰上的所有人都冲向围栏,安全地回到我们的军舰上。他们逃得非常及时,在我们切断绳子和水管,竭力脱离油轮的时候,它向左舷翻滚,然后慢慢从舰首开始下沉。遭受鱼雷("回天号")攻击之后燃油从破洞中泄漏,灭火时又被浇上成吨的海水,这样的累积效应已经压垮了这艘豪华的军舰。

我们驶向我们的锚地,清理我们的军舰和我们自己。我们最后看见的是油轮的舰尾,它颠倒着,顽强地漂浮着,双螺旋桨垂直指向天空,好像在竭力让油轮保持在水面上——抑或是在孤独地标示出它的坟墓所在地。

英勇挽救"密西号"六天后,舰长平利在他的行动报告中这样写道:

05:43,值班的军需官给我打电话,向我报告130泊位附近有一艘油轮着火。我们马上准备启航。在驶向着火油轮的过程中,我们已经得知那是"密西号",其舰体已经快要被火焰包围。靠得更近之后,我们看到,巨大的烟柱从油轮上升起,油轮已经快被燃油覆盖了。在距离大约两英里的地方,消防水泵和水管已经放下全部准备好。我,我们小心地靠近油轮右舷后甲板的船员舱。我们听到了几次爆炸,估计其中一次是舰尾右侧的弹药爆炸。几块碎片掉落在军舰附近,舰体的侧面热得可怕。笼罩着军舰的浓密黑色烟云让境况令人讨厌。我们在油轮船侧的时候,启动了我们军舰的通风系统。虽然报告说油轮已经从舰首开始下沉,但有人预计军舰还会保持漂浮。因此,我们做好准备,带着泡沫、泡沫发生器和化学灭火器登上油轮。

我们这艘轮船没有接起一名幸存者。我们向油轮靠拢的时候,大家都怀疑上面是否还有人活着。舰尾的船员舱仿佛人间地狱,不过这片区域的火势已经被控制住，没有生存者存在的迹象。

海军上将哈尔西表彰了平利舰长挽救"密西号"的杰出成就：

在1944年11月20日扑救美国军舰大火的工作中，这位美国拖船指挥官表现突出，尽管条件恶劣，高温难挡，他仍然将他的拖船靠近燃烧的军舰，努力灭火。虽然被燃烧的燃油包围着，也存在持续不断的弹药爆炸的危险，他依然坚守岗位，直到油轮开始下沉，才放弃所有挽救油轮的希望。他的行为永远和海军最高传统保持一致。

在随后的三个小时里，拖船舰队和小型船只依然停留在现场，直到军舰消失。

"巨轮密西"沉入乌利西港口海浪中的时间是09：05。当最后一丝残留部分消失到昏暗的海水中后，"艾科斯特来克特号"在油轮舰尾最后被看见的确切位置放置了一个浮标标记——一个附带着红色旗子的红色油桶。从最初的爆炸到最后的沉没历时3小时18分钟。

即使在"密西号"扭动着沉入到200英尺深的海底的时候，港口的戏剧依然在上演。驱逐舰依然在盘旋，许多舰长深信港口内还有其他潜艇；海水受到油污和残骸的污染；拖船和医疗救护军舰依然在处理着伤员和死者。

根据主药剂师助手马歇尔·多克（Marshall Doak）的说法，那天有许多后勤船在搜寻打捞尸体，"阿拉帕霍号"是其中最繁忙的一艘。

多年后，他回忆道："我们听到了爆炸声，我猜距离我们大约1 000码远。我们立即启航。水域被浓烟和烈火覆盖，我们没找到任何活着的人员，只有尸体。那些比我们提前到达的军舰接走了幸存者，我们接走死亡者。我们把尸体从水中拉出——我们距离"密西号"仅仅4到5英尺，救火工作还在左舷进行着——所

第十七章　死亡阴影

以我们从右舷把他们接走。他们都受到了检查，并且被取下了指纹。"

多克经常进行尸体身份核实工作。在太平洋的埃尼威托克岛（Eniwetok）、塔拉瓦岛（Tarawa）和其他已经成为历史的岛屿上参加过这样的工作。他多年接受的医疗和牙科训练为他面临的严峻任务提供了极大的帮助。

"我们使用了N表格。"他说道，"也就是一张红色的表格，上面有他们的指纹和尸体体征说明，以及伤情和其他任何身份证明，比如身份识别牌。我有6到8具尸体需要立即处理，后来又接收到更多的尸体。如果他们有身份识别牌，我们会记录下他们的名字，否则就标识为'姓名不详'。"最后，尸体和N表格一起被送到医疗救护军舰上。在那里，"密西号"的船员们进一步努力确定同伴的身份。

"尸体相当完整。"多克记录道，"四肢和头部都完整，死亡的主要原因是窒息。他们大多死于爆炸和在水下缺氧。我们拼命工作着。'密西号'沉没的时候，我们的军舰距离她仅有15英尺远，我却丝毫没有注意到这点，我一直忙着照料死者。"多克努力地辨认着死亡水手的身份，因为他知道死者在国内的家人都需要得到准确的身份信息。

"我在N表格上签上我的姓名。由于船上没有牧师，我也就成了牧师。"他有点自豪地说。他说，能用尊重的态度送别死者，能花费时间表达对他们的尊敬，他感到荣幸。

"如果有人戴着圣克里斯托弗徽章（十字架），我会把手指蘸入水中，然后在他们额头上画一个十字标记。我为每个人做了祈祷。我说：'愿上帝保佑这个人，愿上帝保佑他的灵魂，愿上帝保佑他的家人和他爱着的人，帮助他们了解今天在这里发生的事情。'"

这是漫长的一天。当多克完成伤情检查，找到能够找到的所有标识或身份识别牌，并将情况记录下来之后，尸体被送到"萨雷斯号"上，让"密西号"的船员作进一步的辨认。在"阿拉帕霍号"找到的尸体中，有"密西号"水手詹姆斯·莫法特（James Moffatt）的尸体。他是一等消防员，他被发现时，正漂浮在131泊位水面上。他的遗体也被送到医疗救护军舰上。

回天号

除了提到莫法特外,"阿拉帕霍号"的航海日志中只字未提尸体收复工作。"从来没有军官走到我身边看我在做什么或者询问结果。"多克说,"有太多灭火和救援幸存者的工作要做。"唯一的官方记录是"阿拉帕霍号"舰长岗恩的行动报告。他在报告里指出伤害是由爆炸造成的。

从撕裂的指挥塔来看,我们坚信军舰是从舰桥的前端受到了撞击。军舰的中部显得比舰首和舰尾都要低一些,让大家都相信军舰可能已经一分为二。如果任由大火燃烧而不用水去灭火,军舰也许可能被部分打捞起来并被拖走。不过,军舰已经从舰首到舰尾都被可怕的大火从内部毁灭了。

但是,就在"密西号"下沉后,"阿拉帕霍号"的船员又上演了另一出戏。许多年后,水手们才理解到这个事件的重要性。拖船的船员接受了清理任务,正在对港口的那个区域进行另一轮清理,寻找漂浮物,他们以为尸体已经被全部收回,新的任务就是清理水域。09:15,拖船从舰侧放下一条小船。小船上的特别清理队的任务是击沉在"密西号"坟墓水域漂浮和浮动的汽油桶和箱子。药剂师助手多克也在被派遣去射击和击沉残骸的人之中。他是公认的优秀射手,尽管他已经耗时两小时辨认倒霉油轮上的尸体,疲惫不堪,他还是拿起来复枪,上了小船。

"我们被要求击沉水域内所有的漂浮物。"他说,"我们拿出枪进行射击,但有个东西我们怎么击也击不沉。我让他们把船靠得更近一些,以便我能仔细地观察。原来那是另外一具尸体!它垂直漂浮着,站在水里面。我们将它捞起,带到小船上。"

这一发现既神秘,又令人毛骨悚然,将困扰马歇尔·多克的余生。

"那尸体不是白种人的。"他肯定地说,"当时,我们不知道那个区域会有一艘日本潜艇。但是我能看出他与众不同。他的穿着打扮很奇怪,上身是一件夹克或者说看起来像束腰外衣的制服,下身是奇怪的裤子,他的鞋子也和我们的不

第十七章 死亡阴影

同。我从来没看到过任何国家有那样的制服。他的头有一部分不见了——从耳朵以上被切掉了……好像有人用剃刀把他的脸切掉了一样，所以你看不到他下巴以上的面部特征。我大惑不解，在我查验过的所有尸体中，从来没有过这样的伤势。"

"阿拉帕霍号"的人员把这个死人带到了船上。他被取下了指纹、检查了身份识别牌或者其他任何识别标记。除了他奇怪的衣服和不同寻常的伤势外，没有发现任何值得注意的东西。多克后来回忆道，他穿着一条深色长裤，那不是美国海军的制服。

"我像对其他的人那样，也为他做了祈祷。"他补充说，"愿上帝保佑这个人，愿上帝保佑他的灵魂，愿上帝保佑他的家人和他爱着的人，帮助他们了解今天在这里发生的事情。"

"萨雷斯号"派遣一艘小船到"阿拉帕霍号"搜集遇难者的尸体，以便对他们做进一步的辨认，最终通知近亲。一具被标记为"身份不详"的尸体和其他尸体一起被放置在船上。航海日记中没有记录任何不寻常的发现。"那天发生了太多的事情，有很多没有被记录下来。"多克解释说，"再说，'密西号'又沉没了。"

虽然情报没有被立即分享，但"密西号"沉没后的几天时间里，美国海军就怀疑乌利西已经受到一次有组织的"回天"攻击，因为他们在帕格拉格岛的礁石上发现了一艘或者多艘"回天"存在过的证据。"卡斯号"和"拉尔号（Rall）"的行动报告中都提到了"回天"。日本帝国海军得知锚地一艘军舰被沉没后，推测是仁科关夫撞毁了"密西号"。直到50年后，才有潜水员找到沉船，推断出她受到的致命打击是什么。所有的信息都指向仁科，因为他是第一个进入环礁湖，然后驶向"密西号"的人。但是，直到60年过去之后，马歇尔·多克才把这一切拼凑起来，意识到当年那个身穿日本衣服、有着奇怪伤势的人几乎肯定就是仁科关夫。

第十八章
任务失败

（对于日本人来说）……这次失败的经历几乎令人费解地扑朔迷离……日本人对太平洋战场的记述不同于盟军对太平洋战场从开始到最后取得胜利的艰苦卓绝的战斗历程的记忆，通常是从胜利和喜悦中突然下落……陷入了纯粹大屠杀的无形噩梦中。

——《战时的日本》(Japan at War)，口述历史，作者：库克夫妇(Cook and Cook)

第十八章　任务失败

多年后，两名潜艇乘员，山田实和小滩利春，试图理解和解释当年试图在乌利西发起的"回天"攻击失误在什么地方。山田是前I-53潜艇舰队的引航员。他分析了美国海军在战后很久才公开的行动报告。小滩自己就是"回天号"乘员，他也查看了那些文件。通过这些新文件和历史的后见之明，他们还原了事件的过程。

仁科关夫出发前的几个小时，舰长折田已经将I-47潜艇行驶到乌利西环礁湖东方某处的暗礁外，在水面下几英尺的位置徘徊。I-47发射第一艘"回天号"的时间在04：15到04：30之间。精确的发射时间依然不能确定。后三艘以5分钟间隔出发。

"回天"的航程是通过扎乌航道潜入环礁湖，然后寻找机会攻击目标。然而，太小的潜望镜和粗糙的导航设备使它的视野受到了限制。在黑暗中，不仅很难注意到大陆板块，而且很难区分。一名或者多名"回天号"乘员也许被搞糊涂了，驶向了佐瓦塔布航道（Zowatabu Channel），也就是帕格拉格岛和菲特巴尔岛（Feitabul）之间的狭窄入口。该航道位于设想中的通道以南1.5英里。

退潮发生在03：25（据1944年12月8日卡特准将提交给海军上将尼米兹的行动报告记载）；退潮使"回天"陷入深度不足9英尺的水中，而且要在这样的水里穿过入口——事实证明是错误的入口——结果碰在礁石上。那不是扎乌航道，而是位于它南方很远的佐瓦塔布航道。山田重现了那个灾难性早晨可能发生过的事情。

可能一名乘员04：00从I-47出发后不久就迷路了。在黑暗中，乘员也许曾试图重新定位，然后潜入佐瓦塔布航道，结果却在退潮的时候陷入暗礁困境。在乘员发射它们之前，"回天号"携带的3 418磅弹头都以安全的方式被固定着。如果乘员选择引爆弹头，这个安全装置也提供了引爆能力。日本人称这种"回天号"乘员的自杀形式叫"自绝"。一旦被困在礁石上，乘员可能自己引爆"回天"，而不是等着被俘，或者面临不太光荣的窒息死亡，或者在"回天"内溺死。

11月20日后不久，一艘"回天号"的残骸被冲到帕格拉格岛南面岸边的一块礁石上，因而被发现。中部的乘员舱和携带弹头的前部都不见了，但载人鱼雷的推进系统所处的后部却保持完整。

这些残骸提供了日本新式自杀武器的第一手证据。然而，太平洋战争的趋势变化太快，乌利西锚地很快就要被废弃，再次遭遇潜艇袭击的威胁没有成为优先考虑的事情。直到1945年1月22日，这种新威胁的警报才被汇报给以下机构和地区的指挥官：太平洋前沿地区、潜艇巡逻和护航舰队、西加罗林巡逻和护航舰队。

随着黎明前的爆炸，"萨姆纳号"的瞭望员见证了"回天"攻击的不光彩开端，不过那天凌晨晚些时候，会有一艘"回天号"证明自己的成功。由于这款武器的复杂性，它从来没有像它的空中同伴神风飞机那样达到人们的期望或者取得成功。

"卡斯号"甲板上的水手仔细地观察了日本人的新式秘密武器。"卡斯号"的行动报告中描述了他们对"回天"的印象。

这艘潜艇被确认为类似微型潜艇，大家平均目测这艘潜艇的长度是60到70英尺。上浮的时候，潜艇前部会向上倾斜5度，两枚鱼雷会清晰可见，互相重叠着，稍微从潜艇前部突出；当潜艇大约在05∶34从右舷侧下潜时，螺旋桨可以被看见，好像被类似笼子的东西保护着。指挥塔在下面，估计深度是2到3英尺，上面一个倒U字形的支架上是一个潜望镜，凸出大约6英尺；通过望远镜，可以分辨出稍近范围内潜望镜踪迹的方向。潜艇的舰体是肮脏的棕色，也可能是生锈了。

第十八章 任务失败

"卡斯号"的执行官在行动报告中附上了他绘制的两张图纸。1号图纸显示了附近的岛屿、反潜网的位置以及攻击时第五巡洋舰舰队的轨迹；图纸比例画在地图底部。第二张图纸显示了巡洋舰的轨迹，以及"卡斯号"和日本回天潜艇的轨迹。执行官在他的报告中准确描述了攻击过程。

这艘"回天号"极大可能是从I-47上出发的，并且可能是被佐藤或者福田驾驶的。佐藤原计划潜入扎乌航道，然后驶向西方进行攻击；福田大约在04:30出发，距离目标区域大约12英里远；如果以建议的12节速度前进，他大约会在05:30抵达扎乌航道或者穆加航道的入口。福田得到的指令是作为诱饵在扎乌航道外面攻击一个目标。看见军舰驶出扎乌航道东北大约1海里的穆加航道，福田有可能继续向北进发，并在日出前几分钟抵达。这与05:23"维吉伦斯号"发现潜望镜的情况相符。

被"卡斯号"撞沉的"回天"不可能是从I-36潜艇上出发的今西少尉驾驶的。今西得到的指令是以285度的航向12节的速度前进，大约会在05:50抵达马斯岛西部，时间太晚，位置也偏北方，不可能是"维吉伦斯号"05:23看见的回天鱼雷；今西驾驶的"回天"极不可能在穆加航道正南方中心沉没；福田最可能在被"卡斯号"撞沉的"回天"内部。

在2001年的一篇文章中，山田指出，这名"回天号"乘员肯定忘了发射弹头，而是让它保持在"保险"位置。山田相信，如果弹头被击发，"卡斯号"肯定会被击沉；如果乘员是福田，那他已经被封闭在"回天"内两个半小时；如果乘员是佐藤，那他已经被密封在"回天"内四个半小时；山田的结论是：两名乘员都由于长时间被封闭在"回天"里而受到不利影响，可能忘了发射武器。

停泊在乌利西港口内的所有美国海军军舰都收听到了第五巡洋舰舰队和第四驱逐舰舰队在暗礁外追逐并撞沉潜艇时发出的无线电警报。大多数舰艇在05:55以前已经拉响战斗警报，工程水手已经迅速升高各军舰锅炉的蒸汽压力。如果必要，舰艇随时可以启航。

回天号

菊水攻击

1. 时间：04：00：IJN第六潜艇舰队少校指挥官折田善次报告"回天"的发射地点。I-47当时位于距离芒扬岛（Mangyang）上100英尺高的明亮灯塔东南13.8英里处。折田报告说，攻击线路的航向是154度，不知道引航员、少尉重本俊一有没有对发射前01：00到04：00这段时间内0.9节流速的海流把I-47向西推进的距离进行补偿计算。从I-47出发的仁科和其他三名乘员得到指令以154度的航向潜入罗郎岛（Lolang）和麦格江岛之间的扎乌航道。根据这个攻击计划，所有4名回天号乘员都将进入乌利西环礁湖的中间区域，然后他们散开，攻击能找到的最佳目标；2001年，I-53潜艇前引航员、少尉山田实和作者迈克·梅尔共同研究的时候，写了一篇关于菊水任务的文章，长达48页；梅尔透露说，根据美国海军的报告，在帕格拉格岛南方退潮的时候，在被9英尺深的海水覆盖的浅滩暗礁处发生了两次爆炸。11月20日受到攻击后，美国海军在这个暗礁上发现了一艘I型"回天"的残骸。菊水任务从一开始就遭遇到挫折；5名日本乘员死在乌利西周围，其中包括在帕格拉格岛浅滩暗礁爆炸的两艘"回天"的乘员。

2. 时间：04：00—04：30：前I-53潜艇引航员、少尉山田实写下了他自己的观点：由于I-47引航员重本可能犯下的引航错误，I-47已经向西飘移，远离了计划中它应该所在的地点。根据山田2000年绘制的地图，以154度的航向从西边的发射地点出发，会让两名"回天号"乘员在帕格拉格岛南部的浅滩暗礁丧生。03：25的退潮在暗礁上方留下了仅仅9英尺深的海水。

3. 时间：04：18：美国海军军舰"萨姆纳号（ARS-5）"报告在帕格拉格岛南部1.5英里的浅滩暗礁发生一次爆炸，少校指挥官、"萨姆纳号"舰长欧文·约翰逊向旗舰"草原号"上的卡特准将报告说，猛烈的爆炸产生的冲击波震动了他的军舰。但由于未被探测到的日本水雷爆炸的情况非常普遍，所以这一事件没有引起重视。

4. 时间：04：54：少尉今西从马斯岛东南约9.5英里的地方以105度的航向从I-36上出发，越过西边的反潜网，在那里被轻型巡洋舰"莫比尔号（CL-63）"

第十八章 任务失败

上的警戒瞭望员发现。

5. 时间：05：38：美国海军军舰"卡斯号（DD-370）"在穆加航道入口外两英里处撞上一艘"回天"，可能是上尉福田驾驶的。这次事件在环礁湖内拉响警报：日本攻击正在发生。

6. 时间：05：45—05：47：中尉仁科关夫成功地潜入扎乌航道，并且在穆加航道附近击沉美国海军军舰"密西西尼瓦号（AO-59）"。

7. 时间：06：53：少尉今西太一被警戒瞭望员发现，然后迅速被位于轻型巡洋舰"莫比尔号（CL-63）"和"比洛克西号（Biloxi，CL-80）"之间的护航驱逐舰"拉尔号（DE-304）"投放的深水炸弹炸沉。1944年11月23日，今西的尸体被LCI-602号拖船在23号泊位发现。

8. 时间：11：32：美国海军军舰"萨姆纳号（ARS-5）"和美国海军军舰"雷诺号（Reno，CL-96）"报告说，在帕格拉格岛南部浅滩暗礁处发生一次剧烈爆炸，激起巨大的水柱；前I-53引航员山田实在他的文章中写道，他相信是清晨03：25退潮后一艘从I-47出发的"回天"在暗礁上搁浅。搁浅8小时或者更多的时间后，由于持续的高热，"回天"内部的条件肯定已经很恶劣。"回天号"乘员都得到过指令：如果被敌方发现或者不能完成任务，使用"自绝"的方式炸毁自己的"回天"。这艘"回天"没有被找到，可能已经沉入更深的海水中。

9. 时间：22：04：中尉指挥官寺本在距离法拉洛普岛东边15英里的地方将I-36升上海面，丢弃三艘没用的"回天"。两名执行巡逻任务的TBM复仇者式轰炸机飞行员报告说，在法拉洛普岛东边15英里、航向100度的地方有一艘不能下沉的潜艇。他们发现在海面颠簸着的可能是I-36或者已经无用的自杀式鱼雷。飞机发动攻击，然后报告说一艘潜艇沉没。I-36侥幸逃脱，以20节的速度在海面上逃窜，平安抵达日本。

仁科得到的指令是，进入扎乌航道后，向北直航，尽可能远地深入锚地。出发的时间和指定的12节速度能够让他在05：15进入航道，也就是日出前几分钟；

回天号

进入扎乌航道后,他用了不到20分钟的时间就锁定了自己的目标;他得到的指令是潜入航道后直接向北前进,这可能会让他到达卡特准将的第十服务中队油轮舰队的中心位置。

历史学家猜测过,为什么仁科没有击沉一艘航母或者战列舰,最可能的原因是这些主力舰停泊在更靠北的地方,靠近莫古岛,实际位于指定给少尉今西的目标区域。仁科发现自己置身于卡特准将的第十服务中队的油轮和油罐轮之间。深水炸弹不断在仁科四周爆炸,他肯定感觉压力很大,于是挑选最近目标发起攻击。仁科最后一次靠近时,发现"密西号"满载燃油,吃水很深,右舷正对着他。

油轮"噶什号"的指挥官报告看见的东西应该是那天早上发现的第二艘"回天号"。大约05:48,在离洛里帕拉库沙滩的浮动灯塔400码远的地方发现一架潜望镜;航向大约真北310°。一艘从I-47出发,通过扎乌航道进入环礁湖,以310°行驶的"回天号"可能会从被发现区域的珊瑚岬经过。这艘"回天号"看到的第一艘大的、有价值的船就在几百码外,便选中了自己的目标——"密西西尼瓦号"。"噶什号"的舰长现在只能眼睁睁地看着那艘"回天号"转向,然后加速到最高速度,以使破坏最大化。

根据1944年11月20日停泊在乌利西的所有军舰的航海日志中的记录,在05:45到05:47之间的某个时候,"密西西尼瓦号"爆炸。情况很快就清楚了:它受到了一艘敌方船只或者鱼雷的攻击。但当时没有记载"密西号"是第一艘被一种号称"回天"(意欲撼天动地的日本载人鱼雷)的特殊攻击武器成功攻击的军舰。

这次任务的总指挥官、I-47潜艇的指挥官、舰长折田善次从母潜艇的指挥塔上看着这一幕上演。I-47在环礁湖西南12英里的海面上漂浮着,折田冒着暴露的极大风险,但他想见证和记录菊水乘员攻击的结果。折田觉得,他应该将一份准确的报告提交给第六潜艇舰队总部海军上将三仓,以此证明他自己刚刚送入末日

第十八章 任务失败

的四条生命的价值。

"5：45，舰长。"信号员说道。他站在舰桥上，折田身边。当一团巨大的橙红色亮光从美国锚地中心区域闪出的时候，折田大喊道："那儿。"一条火柱冲天而起，黑色烟云迅速向天空扩散。很明显，仁科用他的"回天号"击中了一个目标。"直接命中！"信号员从舰桥向I-47下面的舱内大喊道。虽然被命中的是一艘油轮，但是由于远在12英里之外，他们无法辨识出来。两周后，日本的一次发布会上说被击沉的是一艘航母。潜艇员们欢呼雀跃。

折田听到甲板下的人发出欢呼声的时候，看了一下手表，注意到时间是05：47。他大声喊道："恭喜你，仁科！"05：51，天亮后几分钟，折田看见另一道亮光和另一条火柱。船员们欣喜若狂，大喊大笑起来。其实，I-47的舰长刚刚看到的是"密西号"3号中心油箱里的航空汽油挥发物的爆炸。折田想继续留在海面上观察结果——这是一次冒险的赌博，但他想确认"回天号"乘员的成功。不过，观察员的警报使折田改变了计划。"驱逐舰，舰长，右方，5度，航程2英里，正在靠近。"

折田清晰地回答："紧急下潜，深度170英尺，下潜角度15度。"三十分钟后，潜艇下潜到潜望镜深度。折田看见美国驱逐舰正驶回锚地入口，I-47的危险暂时过去。但那天的剩余时间里，折田一直在水下。

大约06：37，潜艇感觉到一次比较温和的震动。声呐操作员向舰长折田说："环礁湖内发生了一次小型爆炸。"这个精确的时刻就是护航驱逐舰"吉利甘号"和"卡屯号"开始向在轻型巡洋舰"莫比尔号"和"比洛克西号"之间探测到的疑似回天投放深水炸弹的时间。

06：40，折田下令所有水手保持沉默，用几分钟时间为死难的战友祈祷。尽管先前没被探测到，现在折田已经决定尽快离开这个区域，避免和美军发生任何进一步的冲突。至此为止，I-47已经完成任务，发射出了日本第一艘成功实施攻击的"回天号"。于是，潜艇向北转向，驶向莱特岛区域，慢慢驶离乌利西。许多年后，折田说："I-47上的船员时而欢呼时而哭泣，为成功的勇士高兴，为他们的殉职哀伤。"

"密西号"爆炸十几分钟后，第二艘日本母潜艇I-36于04：54在乌利西东北入口处发射了它携带的唯一可以使用的"回天号"。因为不想冒着被探测到的危险，舰长寺本一直保持下潜状态，倾听爆炸声。今西被发射后，他的声呐设备在05：45接收到一次爆炸声波，在06：05接收到另一次爆炸声波。第一次爆炸和美国海军的行动报告吻合，来自于一艘"回天号"，无可辩驳地是仁科击中了"密西西尼瓦号"；第二次是由于火势蔓延到舰尾油轮的弹药库发生爆炸。

当可怕的场景在港口内部呈现，驱逐舰疯狂地在环礁内外投放深水炸弹的时候，所有停泊在乌利西环礁湖的军舰都在准备预防更多的潜艇攻击。无线电船间对讲系统已经向所有军舰发出警告，说"卡斯号"撞沉了一艘微型潜艇。与此同时，"密西号"仍在穆加航道中心剧烈地燃烧；直指天空的滚滚浓烟是"回天"成功的最佳证明。

06：00，"莫比尔号"的瞭望员发现左后舷的防鱼雷网水面上有一股白烟。航向120度，距离2 500码。这股白烟极有可能是突然转向的"回天号"擦过礁石或者防鱼雷网而溅起的，可能证明了今西的存在。另一名瞭望员在相同方向和位置发现了一架潜望镜，它正以2到4节的速度驶向"莫比尔号"的左后舷。

根据"回天号"的预定航向和航程，从I-36出发的少尉今西将成功地越过马斯岛西部的反潜网，然后进入环礁湖内部。返回日本后，I-36报告说，今西的"回天号"04：54以105度从距离马斯岛9.5海里的位置出发，以12节的速度前进，可能会花费48分钟到达暗礁，大约在05：42被困在那里。所有的证据——进攻路线、今西出发一小时后被发现的时间以及第38特遣中队的位置——都和今西的指定攻击计划相吻合，也证明这艘"回天号"是由他驾驶的。

"莫比尔号"向靠近的"回天号"开火。这个潜伏的目标改变航向15度，驶向右舷，潜望镜消失在距离"莫比尔号"大约1 200码的范围内。"莫比尔号"上

第十八章 任务失败

的40mm火炮精度非常高。很明显，"回天号"改变航向是为了躲避它的密集射击。

10秒钟后，"莫比尔号"停止射击。一道小的尾迹再次被发现，重新出现在"回天号"改变15度航向前所在的地方。这艘小潜艇在浅水中加速前进，径直冲向"莫比尔号"的左舷。在靠近"莫比尔号"仅仅50码的地方，它消失了。航海日志中暗示说这艘潜艇潜到更深的水域去了。目击者报告说，这颗鱼雷或者说这艘潜艇从"莫比尔号"龙骨下钻过去了。无论发生过什么，这一事件都被上报给了中队指挥官，他下令这个区域的所有驱逐舰启航，在"莫比尔号"附近的海域进行巡逻。

是今西试图攻击"莫比尔号"但错误地判断了深度，结果从龙骨下钻了过去吗？或者是为了穿过轻型巡洋舰去寻找更诱人的目标？后者是一个冒险的决定，因为"莫比尔号"龙骨下的水深仅有107英尺。

"莫比尔号"瞭望员发现潜望镜后8分钟，也就是06：08，在"莫比尔号"和"比洛克西号"之间发现一个直径25英尺的漩涡。"莫比尔号"确信这是潜艇螺旋桨造成的，下令驱逐舰去查明。漩涡继续存在。06：40，第一艘驱逐舰和护航驱逐舰抵达"莫比尔号"和"比洛克西号"之间的区域。"吉利甘号"和"卡屯号"开始以120度航向在距离"莫比尔号"1 000到3 000码的位置向"莫比尔号"和"比洛克西号"之间投放深水炸弹。

"吉利甘号"快速地连续投放了13颗深水炸弹。"吉利甘号"的水手发现了一小片轻质浮油，随后是一大片重型浮油；还发现两个巨大的气泡，绝对不是深水炸弹造成的；"吉利甘号"舰长、中尉指挥官C.E.布尔（C.E. Bull）报告说，浮油可能来自"回天号"的燃料舱。但是，"莫比尔号"的人员没有发现任何充分的证据证明水下的潜艇受到了破坏，也没有看到任何可辨识的残骸可以证明"吉利甘号"的行动结果。

美国海军军舰"拉尔号"已经拉响战斗警报。06：12，所有人员已经做好启航准备，值班军官已经向舰上总值日军官报告说，他在05：50已经看见了在穆加

回天号

航道入口附近的一艘补给油轮发生了爆炸。船间对讲员报告说,他听到消息说航道内已经发现几艘潜艇,一艘微型潜艇已经被"卡斯号"驱逐舰撞沉在港口入口附近。

到06:25,"拉尔号"已经以150度航向启航,加入"莫比尔号"周围的搜索工作。当这艘护航驱逐舰抵达的时候,"莫比尔号"用信号灯和无线电通知"拉尔号"在它和"比洛克西号"之间发现一个漩涡。"拉尔号"按照指令向南驶向"比洛克西号"的尾部,进入两艘轻型巡洋舰之间的水域。06:43,它发现"莫比尔号"左舷20码远的地方有一个直径2到3码的漩涡,上升的气泡似乎进一步加强了海水的运动。

很多年后,全日本回天号乘员协会主席小滩利春解释了漩涡和气泡的原因:在训练期间,他已经发现有"回天号"乘员因为潜入太深而陷进淤泥中;在他们试图把自己拔出来的时候,会有漩涡产生。难道"回天"碰到了海底?

06:43,美国海军军舰"拉尔号"报告在水中发现漩涡。06:08,那艘"回天号"已经遭到"莫比号"的精确火力打击,很可能已经受伤,被海水灌满而沉没;另一种可能是"回天号"高速冲进海底,控制器件受损,陷入海底,但螺旋桨仍然在旋转,从而导致海面上发现漩涡的情况。

06:47,当"拉尔号"的舰尾经过漩涡的时候,投放了一枚爆炸深度设定为50英尺的深水炸弹。"莫比尔号"报告说,但那枚炸弹偏离漩涡50英尺。"拉尔号"只好倒退回来。6分钟后,当舰首经过漩涡的时候,又投下两枚爆炸深度设定在为75英尺的深水炸弹。

军舰"莫比尔号"、"哈洛仑号(Halloran)"和"卡屯号"报告说,那两枚深水炸弹投下后,立即就有两个人从湍急的水流中游了出来。"哈洛仑号"被派去接起两名游泳者,因为它现在比"拉尔号"更接近漩涡。投放高速深水炸弹的动力已经让"拉尔号"离开了该区域。他们发现一名日本男性正奋力游着,另一名好像没有生命迹象。他们还没来得及实施救援,一个躯体已经飘过"哈洛仑号"的扇形船尾,消失了。没有进一步提及另一个躯体,但两名日本人显然已经

第十八章　任务失败

被淹死了。由于找不到两名日本人，"哈洛仑号"从该区域退出。由于I型"回天"只有一名乘员，所以"拉尔号"投放深水炸弹后有两名日本人浮出海面的说法似乎不太可信，但三艘美国海军军舰的目击者都声称他们看见了两名日本人。

护航驱逐舰离开后，"莫比尔号"立即派遣一艘小船去深水炸弹爆炸的地方设浮标。小船的船员捞起一块木板、一张有着日本标记的木质座椅和一个颜色鲜艳的枕头，上面有日本文字。但他们没有发现尸体。

攻击后水里出现两具日本人尸体的报告至今仍是未解之谜。一种可能的解释是，美国海军只知道日本一种携带两名船员的"甲型"微型潜艇，所以美国水手可能希望看见两具日本人的尸体；在那天早上"回天号"第一次执行任务前，美国海军一直不知道日本已经研发出一人操纵的回天鱼雷。

11月23日早晨，LCI-602拖船在23号泊位发现一具尸体。尸体上只套着一条短裤，已经严重腐烂和肿胀。医疗救护军舰"萨雷斯号"确定这是一具日本人的尸体。"萨雷斯号"还报告说，短裤上印着日本字符，短裤被上交给第三舰队指挥官进行检查。

许多年后，山田实（I-53引航员）和小滩利春（回天协会主席）都表示，根据日本的"回天"攻击计划，不可能在乌利西东北出现两艘"回天号"；今西肯定在那个区域，最可能是受害者之一。证据将说明，"吉利甘号"和"拉尔号"在攻击同一艘"回天号"，"拉尔号"成功地击沉了由今西少尉驾驶、已经遭到破坏的自杀式潜艇。

这份记述取自于"拉尔号"的行动报告，清楚地表明是"拉尔号"投放的深水炸弹导致了日本攻击者的毁灭；许多其他的记述将击沉"回天"的功劳归于巡洋舰"莫比尔号"，因为它指挥协调了护航驱逐舰的攻击。从I-47出发，进入扎乌航道后估计向东行驶的佐藤少尉的下落至今不明。

当时，美国海军不知道有多少舰只、甚至什么类型的船只参与了攻击。环礁湖内一片混乱，军舰和飞机在暗礁内外寻找更多的潜艇；许多美国军舰攻击着虚幻的目标，但没有发现任何其他确切的"杀手"证据。

"密西号"爆炸后4小时，重巡洋舰"威奇托号"的舰长D.A.斯宾塞（D.A. Spencer）从莱特岛和吕宋岛返回，带回一只破损的尾轴和两个损坏的螺旋桨。09：01，他接到港口内可能有敌方微型潜艇的消息，推迟了进入乌利西的时间；09：50，在入口东边等待的时候，"威奇托号"上的一架水上飞机报告说，在穆加航道附近发现一艘潜艇的指挥塔。他们用炸弹和机枪向报告中说到的潜艇进行攻击。不久之后，驱逐舰"英格拉哈姆号（Ingraham）"被从巡洋舰队中派遣出去进行调查，但没有发现潜艇的踪迹。

10：15，"吉利甘号"通过无线电被召回到巡洋舰"莫比尔号"和"比洛克西号"周围的水域。"比洛克西号"通过无线电向它通报说它左舷侧有可疑的气泡出现。舰长C.E.巴尔在"吉利甘号"的行动报告中写道，在他到达前，"韦弗号（Weaver）"已经在该区域投放了深水炸弹，而且他也观察到距离16号泊位的"比洛克西号"左舷300码处有小气泡，不太可能来自微型潜艇。对于这次发现，没有任何进一步的报告。

"密西号"受到"回天"攻击的消息惊动了停泊在燃烧的油轮西南方的军舰。轻型巡洋舰"雷诺号"停泊在630泊位，乌利西环礁湖的最西南端，距离佐瓦塔布航道西南大约2 000码。维修军舰"维斯塔号（Vestal）"停泊在"雷诺号"和"祖尼号（Zuni）"的右舷，LCT-1052号停泊在它们的左舷。停泊在附近的其他军舰包括"卡梅尔号（Camel）"、"蒙哥马利号（Montgomery）"、伤残巡洋舰"休斯顿号"和"赫克托号（Hector）"；"角斗士号（Gladiator）"停泊在干船坞附近的632号泊位，ATR-80在干船坞西南方向，"萨姆纳号"停泊在645号泊位。

"雷诺号"的舰长派出几艘小船进行巡逻，以便探查微型潜艇。在给第十服务中队的报告中，"雷诺号"的舰长只是生硬地说明了他对自己的巡洋舰保护不足。"角斗士号"奉命在"雷诺号"北部区域进行巡逻。"祖尼号"在139度9分的区域沿东西线进行巡逻。ATR-50奉命在佐瓦塔布航道的内部通道巡逻。

第十八章 任务失败

ATR-80沿着南北方向3英里长的区域进行巡逻。

11月20日的通讯信息表明美国海军很快意识到乌利西已经遇到安全问题。"休斯顿号"的指挥官下令"卡闰特号（Current）"和其他小船在锚地南方区域进行巡逻；"雷诺号"的少尉M·R·韦伯登上LCM-78，奉命在佐瓦塔布航道的内部通道巡逻；两艘来自"维斯塔号"的摩托艇加强了巡逻力度。这些小型船只都配备了武器和信号操作员。

在10：50，佐瓦塔布航道内部北边边缘区域发生一次水下爆炸。爆炸发生的时候，LCM-78正在向南巡逻的途中。爆炸地点就在登陆艇舰尾后面25英尺处，爆炸没有损坏舰体，但毁坏了LCM-78的发动机，众多船员受到伤害。

法拉洛普岛东部，I-36上三名失望的"回天号"乘员要求寺本舰长上浮，以便他们尽力修复鱼雷，发起后续攻击。I-36已经勇敢地冒着被发现的危险上浮到海面，让少尉工藤从他被固定在潜艇上的缺陷"回天号"中出来，回到潜艇内。由于上面的大范围猎杀行动，寺本选择了在那天的剩余时间里一直保持潜行。

"声音接触，航向140度，距离1 000码。"07：23，"维吉伦斯号"的三等声呐员M.R.拉特利奇（M.R.Rutledge）在那天第二次探测到声音信号。5分钟后，他失去信号。07：42，他重新获取到水下目标。在声音接触的那一刻，一艘护航舰正在归来，距离穆加航道仅仅3 000码远。由于担心护航舰可能处于危境之中，"维吉伦斯号"的舰长立即下令对声呐信号源发起攻击。他估计潜艇的攻击目标是护航舰，于是在那个区域投下多枚深水炸弹，爆炸深度都设定在潜望镜深度。这轮护航行动结束后，PC-1177和"维吉伦斯号"一起在随后的几个小时里进行搜索，但没再发现声呐接触信号或者视觉接触信号。

08：58，一架海军的"海盗飞机"（Corsiar，F-4U战斗机的俗名）在该区域发现一艘潜行的潜艇。军舰的三等厨师乌鲁斯·基林（Ulus Keeling）当时正在"拉克万纳号"的最上层甲板上操纵着他的20mm火炮。他看着那架海军飞机向环礁湖外的水域俯冲下去。"塔帕汉诺克号"上的三等通讯兵吉姆·P.菲佛（Jim. P.

回天号

feiffer）也看见这架飞机俯冲下来，标示出潜行敌人的方位。飞机在潜艇位置盘旋着，用闪光灯指示"维吉伦斯号"，并在那个位置上方投下照明弹。36分钟后，"维吉伦斯号"抵达照明弹所在的位置，投下整整9枚深水炸弹，根据海盗飞机飞行员提供的信息，爆炸深度设定得比较浅。没有证据表明炸弹是否击中目标，也没有获得另外的声纳接触信号。美国的这些信息与I–36对那天的相关回忆相吻合。美国这次徒劳无功的攻击对象可能就是I–36潜艇。

I–36的轮机长有冢义久描述了那天早上的攻击：

我们浮上海面，接回三名"回天号"乘员。我们在水下航行时，被美国海军通过声呐捕捉到了。我想那大约发生在早上07:00。从那以后，我们一直被追杀，直到夜幕降临。每个船员对这些天发生的事情的记忆都不同，一些船员回想起被超过100枚的深水炸弹吓坏了。我倒是没觉得它们有什么危险，因为距离很远。发射出今西少尉后，我们向西北驶去。

他报告说，三名"回天号"乘员都被接回到I–36内，寺本舰长当时很担心三名乘员可能会因为任务失败而羞愧地自杀，便命令一名医生去看着那三个年轻军官。有冢后来说，他们的声誉已经被挽回——他们三个都参加了下一次任务，在"回天号"内被发射。他们都没有死。

随着11月20日早上时间的流逝，一艘自杀式潜艇依然下落不明。11:32，"萨姆纳号"的舰长欧文·约翰逊亲眼目睹了那天的第二次爆炸，巨大的水柱从暗礁冲天而起，位置靠近黎明04:18时爆炸的位置。"雷诺号"也报告说看见了相同的爆炸。

"萨姆纳号"的行动报告中描述了11月20日发生的两次爆炸。这就是I–47那艘失踪"回天号"的最终命运吗？

这最后一艘"回天号"在04:15和04:30之间出发，本来应该像之前出发的

第十八章 任务失败

乘员那样沿着相同的航向一直驶向扎乌航道。但这名乘员可能因为视野有限而误入歧途。当他试图在落潮的时候通过比较浅的佐瓦塔布航道穿过暗礁时，他也许也搁浅了。如果说他暂时没有击发他的武器，他可能希望涨潮会让他的潜艇升起来，然后他就能够完成自己的任务。这很有可能，因为他在自己的"回天"内等了很长时间。但是，如果潜艇的一部分白天保持在水面以上，密封的微型潜艇会一直暴露在强烈的赤道高温中，变成一个令人难以忍受的火炉。假如相反，他一直潜伏在水下，温暖的赤道海水也会吸取这名"回天号"乘员身体的热量。在两种情况下，"回天"内部的条件都会很可怕。

如果没有一定的浮力浮起来，乘员就会一直被困在小小的船舱内，舱内的空气最后将逐渐被耗尽，最长可维持11个小时。没有逃跑的机会，孤独的水手肯定已经绝望到极点。自爆"回天"弹头引起的冲天水柱明显宣告了他这次不成功任务的结束。

前I-53引航员山田实描述了失败的"回天号"乘员所肯定感受到的巨大压力，因为他们对天皇有极大的责任感。"（他）必须保守秘密，在敌人靠近'回天'的时候，他只能自我引爆弹头。然而，最后的情况完全超出他的忍耐力……（他）在搁浅很长时间后，决定自杀。"

卡特准将指出，"雷诺号"距离爆炸现场很近，可能更精确地观察到了发生的事情。"雷诺号"的报告中说，第一次爆炸发生在10：50，随后被YMS-324确认是一枚水雷被巡逻中的登陆艇引爆。第二次爆炸发生在11：30，被"萨姆纳号"见证，被确信是一艘"回天号"在帕格拉格岛南部两英里的地方爆炸。

问题依然存在：这就是试图进入帕格拉格岛佐瓦塔布航道然后在7小时后自绝的第二艘"回天"吗？LST-225和"萨姆纳号"在帕格拉格岛南部找到了一艘"回天号"的残骸，但没有记录那天的日期。不知道这个没有乘员座舱的推进系统究竟是来自于04：18的爆炸还是11：30的爆炸；如果说有两艘"回天号"在暗礁上搁浅，乘员都自绝了，那或许其中一艘滑入深水中，涨潮的时候消失了。这最后一艘"回天"的残骸至今依然下落不明。

回天号

小船一直在继续巡逻寻找敌人微型潜艇存在的迹象，直到11月20日20:00。在环礁湖内没有进一步的发现，但环礁湖外的行动依然在继续。

两架在空中巡逻的复仇者飞机在法拉洛普岛东部15英里的地方发现一艘潜艇。他们相信这是一艘"回天号"。飞机进行攻击的时候，潜艇似乎不能下潜。他们宣称在21:04击沉了目标。然而，水面舰艇用探照灯探查了那个区域，却没有发现任何潜艇沉没的证据。

这艘潜艇可能就是经历一整天潜行后浮出水面的I-36。有时美军飞机会报告击沉潜艇，后来却得知那只是一艘浮出水面的潜艇紧急下潜了。事实上，母潜艇I-36的确去过那个区域；如果美军飞机的袭击属实，说明I-36那天运气不错，因为它安全地返回了日本。轮机长有冢义久回忆起那天他们终日神经紧张，为了防止被探测到，潜艇长时间潜行，天黑后才浮上海面，抛弃三艘没用的"回天"。上浮的时间比较接近复仇者飞机攻击的时间，被遗弃的"回天"可能为巡逻飞机提供了攻击目标。从有冢的报告看，潜艇显然没有留在原地等着确定被遗弃的自杀潜艇的命运。

"在那天早些时候逃跑的过程中，我们听见了驱逐舰螺旋桨的声音。"有冢报告说。"可能水面舰艇和飞机都在向我们投放深水炸弹。20:00或者21:00，我们听见螺旋桨的声音消失了，知道敌人的舰艇已经离开，但不知道是否还有飞机在上面等着发现我们。寺本舰长面临艰难时刻。I-36有13号电子雷达，能够探测到潜艇上方是否有飞机，但确定不了飞机的方向。

"打开雷达后，没有飞机的影子出现。"他继续说，"I-36上浮，启动柴油发动机，以20节的速度逃离乌利西。我们用了5到6天的时间才返回德山湾的大津岛；在那里，我们调查了三艘'回天'不能发射的原因。"

根据第六舰队三仓上将的命令，那天完成攻击、向总部发了无线电后，母潜艇I-47和I-36返回日本。两艘潜艇都返回了德山湾大津岛的培训基地。在那里，I-36将三名极度失望的"回天号"乘员送回大津岛，以便他们为下一次的任

第十八章 任务失败

务进行培训。然后，I-47和I-36一起驶回"吴"岛海军基地，11月30日抵达。

12月2日，在第六舰队旗舰"筑紫丸号"上举行了一次特别的会议，讨论折田和寺本关于乌利西菊水攻击的报告；200多名参谋和专家出席会议，项目团队向舰长们询问了具体情况，重新细化了以后的战略任务。

第六舰队通讯官、上尉参谋坂本凡一（Bunichi Sakamoto）对结果进行了总结：

I-47上的船员看见了两次火光，I-36上的船员听到了爆炸。在"回天"任务后的三天后，也就是11月23日，一架侦察机从特鲁克岛拍摄了乌利西的照片。根据这些照片，我们估计仁科上尉击沉了一艘航母，福田上尉和今西少尉也各自击沉了一艘航母，佐藤少尉和渡边少尉则各自击沉了一艘战列舰。

日本关于成功的报告总是过于乐观，比如这份关于乌利西攻击的报告中就吹嘘击沉了一艘航母。这种掩盖事实的报告在一定程度上对日本海军制订太平洋战争作战计划起到了破坏作用。美国海军提供了一份关于1944年11月20日事件的详细而准确的概括报告。

在"筑紫丸号"上，与会军官争论是否该对此次任务进行保密。折田承认仁科曾希望如此，但他自己不同意这种观点。"我相信敌人已经知道'回天'了。保密还有什么价值？"

折田希望他们把这个公开，这样日本就会放弃攻击锚地的策略，因为现在空中和海上的巡逻以及锚地的防护网已经堵住了"回天"的攻击道路。但是折田也知道，大多数第六舰队的工作人员以及潜艇学校的指导人员都是攻击锚地的坚定倡导者，甚至在正式会议之前，他已经被辩驳得无话可说。

1945年，会有更多的"回天号"乘员失去生命。他们的死被视为英勇的、尊贵的，与那些没有死亡的乘员的耻辱和羞愧形成鲜明对比。

回天号

横田裕是众多执行任务但活着回来的一名"回天"乘员,他经历过三次这样的机会。许多"回天号"因为损坏或者故障,或者因为没有良好的目标而没有被发射出去,但是要求每次执行任务的成员都做好随时赴死的准备。横田描述了他在一次发射前的感受:

"'回天号'乘员,登艇,做好'回天'战斗准备。"潜艇的扬声器里发出刺耳的声音。我们的时间到了,我们又一次系好头上的武士巾。因为我们是自负的男人,如果失去镇静,那将是我们的耻辱。"我们即将出发。"我们大声宣告,"请等待我们的成功。"

你爬上通往"回天"座舱的梯子,你没有多少时间,但你还得回头往下看,强迫自己微笑。而且你只能说:"我出发了。"你活着时想得到称赞,死后也想得到称赞,愿望同样强烈。你希望他们说:"横田很年轻,但是他以令人难以置信的勇气出发,他一直保持着尊严。"

在那一刻,你坐在自己的座舱内,使自己镇静下来,集中起自己的思绪。如果你感觉苦恼,你就会失败。你仅有一条性命。"你就要见到妈妈了。"我会这样让自己冷静下来。照看我的"回天号"的船员是准尉南尚(Nao);当他从下面关上舱门的时候,他伸出手:"我祝福你成功。"

在那次任务——也是他的第二次任务中,其他三艘"回天号"出发之后,横田还待在他自己的"回天"里面。他等待了20分钟,然后被告知没有更多的目标了,他的发射被取消。不久之后,他又接受了另一次任务,又一次准备赴死,但由于一条输油管的问题,他的"回天号"出现故障,他再次返回。他后来说,他真想爬进一个角落里,为他的失败而死。当战争结束,他返家时,他更是羞愧难当,痛苦不堪。

我这次真的被击败了。对于"回天"部队来说,活着回来就是一种耻辱。在

第十八章　任务失败

我被选中去执行任务而他们没被选中时,他们还羡慕过我。

有一天,一名维修技师告诉我日本失败了。你说什么,你这个杂种?我不敢相信。那天晚上,我们都被集合起来,特种攻击部队的高级军官含着眼泪告诉我们这个消息。我离开集结地,从基地里的隧道向大海走去。我痛哭起来。"我永远不会再出发了,战争结束了。古川君、山口君、柳古君,回来吧,请你们回来吧。"

我哭了又哭,不是因为日本战败了。"为什么你们死了,只留下我活着?你们回来吧。"我的眼泪既不是怨恨的眼泪,也不是愤怒的眼泪,也不是为了日本的未来而流泪,我是在为逝去的伙伴而流泪。

日本有太多的损失令人悲痛,"回天"培训人员的"母亲"仓重朝子和死亡"回天"号乘员的家人一样,都为那些已经死去的勇敢年轻人心碎。

"我们永远不能再重复战争的痛苦。"多年以后,她这样说,"但是,我们必须向今天的年轻人传送那些为了保卫祖国而全力以赴的年轻人的精神。"

第十九章
1944年12月

在这个世纪,任何人都可能被问及他做过什么来让自己的生命更有价值……可以这样自豪而满足地回答:我曾在美国海军服役。

——约翰·F.肯尼迪总统(John·F. Kennedy),
1963年7月1日致美国海军学院毕业生

第十九章　1944年12月

"密西号"的幸存者从其他援救船上下来之后，登上重巡洋舰"威奇托号"。在随后的一个月内，这艘船将是他们的家，会把他们首先转移到埃尼威托克岛，然后到夏威夷，最后到加利福尼亚。"威奇托号"是一艘巨大的军舰，比"密西号"长61英尺，拥有更大的补给，但也拥有将近1 000名船员，这意味着只有很小的空间可以分享给新增的"密西号"乘客。因此，209名"密西号"的人员和一个月前抵达乌利西的几名"休斯顿号"幸存者一起挤在甲板上。狭小的空间带来生活不便，但"密西号"的水手尽量不去打扰"威奇托号"船员的日常工作。

在"密西号"遇难那天傍晚，被一枚哑鱼雷击中的"威奇托号"艰难地驶进乌利西。潜水员第二天早上下水检查了4根主轴和支柱的损坏情况。"密西号"的第一组幸存者，一共145名，在11月22日星期三下午晚些时候登上"威奇托号"，随后是第二组的64名幸存者。

两名"密西号"水手在巡洋舰上相遇，他们都惊讶地看着对方。"我以为你已经死了！"约翰·麦瑞德（John Meirider）对乔·莫里斯说，"我最后看见你的时候，你只是勉强浮在水面上。"莫里斯问另外一名助理电工埃德·米切尔的消息。莫里斯最后一次看见他是在攻击发生前的晚上，当时他正要去舰首靠近航空汽油油箱的地方睡觉。麦瑞德告诉莫里斯米切尔已经死了，莫里斯露出震惊的神色。约翰·梅尔爬出"塔帕汉诺克"的小船，扫视着站在甲板上的幸存者。他看见了一名失踪的朋友，机械师助手亚历山大·戴（Alexander Day），他正和一群工程水手站在一起。梅尔还听说发动机室内的大多数值班人员都活了下来。

幸存者在伤残的巡洋舰主甲板上四处搜寻自己的伙伴，打听从星期一油轮沉没后就没有看见过的好友的信息。好的消息给他们带来极大的宽慰，坏的消息让他们悲痛不已。这些茫然的幸存者似乎已经被悲痛压垮，依然沉浸在失去曾经是他们家的军舰的悲痛之中。日本人的攻击似乎依然那么的不可思议，但这些蓬头垢面、身体负伤、心灵受惊的水手们不得不认真对待善后事宜。他们承受着现在被称为"创伤后紧张"的痛苦，但在当时，那叫"震惊"，他们尽量以最大的努力去克服它。

和往常一样，水手们喜欢聚集在一起闲聊。他们一直在推论究竟发生了什么，下一步会怎么样。11月22日和23日，"密西号"的水手们不知道自己的未来会怎样，传言逐渐变成谣言，说"威奇托号"将要带幸存者到珍珠港，把他们安置在一个康复站，然后运回太平洋。其他人又听说"密西号"的成员将要被拆分，有高级技能的人员将会立即返回大海，以补充第三舰队其他军舰的人员短缺问题。这个传闻流传了很久，"密西号"的水手们渐渐不安起来。他们惊魂未定，身心受伤，依然不能除去皮肤上的油，他们只想回家。

11月23日，星期四，是感恩节。"威奇托号"的厨师花费了两天的时间为船员和乘客们准备了盛宴：烤火鸡、鼠尾草酱、蔓越莓酱、牛杂肉汁、奶油土豆泥、芦笋尖、烤土豆、甜咸菜、酿橄榄、百果馅饼、水果蛋糕、硬糖组合、热卷、冰镇饮料和香烟。盛宴开始之前，饥饿的水兵们怀着感激之情默默祈祷。

那一天，"密西号"新来的军官把幸存者召集在一起点名，然后请"威奇托号"的三名文书军士采访他们的个人经历，为给准将的报告准备资料。水手们眼里含着泪水，痛苦地回忆攻击发生后他们经历的一切——惊恐、火焰、燃烧的石油、死亡。采访的气氛很凝重。

前"密西号"舰长贝克对他幸存的船员做了一次演讲。他告诉他们，因为他是把"密西号"的水手作为一个团体带到太平洋上的，他会确保他们一起回到美国，这个承诺成为幸存者欢迎的消息。

第十服务中队的指挥官、准将W.R.卡特接到了对所有目击者的采访资料和第一手死亡统计资料。接到"威奇托号"上幸存人数的统计数据之后，他于11月23日给太平洋上各指挥官发送报告；医疗救护军舰"撒玛利亚号"和"萨雷斯

第十九章 1944年12月

号"也提交了他们统计的"密西号"病员名单。这份名单后来被修定如下:

军官
幸存   16名
失踪   3名
死亡   1名
总数   20名

士兵
幸存   220名
失踪   45名
已知死亡 13名
总数   278名

在将最后通知发送给63名死亡人员的家属之前,伤亡数字又被重新修定了三次,其状态已经从失踪变化到推定死亡再到最后变化为阵亡。其中62名在11月20日及随后的很短时间里死亡或者失踪,第63名两个月后死于与遭受攻击相关的疾病。

11月22日,指挥官菲利普·贝克接到命令,要求他带着幸存者名单和所有相关数据去珍珠港。命令还要求贝克请"密西号"的幸存者确认任何身份仍然不明的死者的遗骸。虽然接到这项任务的幸存者们会永远把这当作沉船事件中最糟糕的部分,但很少有人能回忆起具体的细节,也许他们的大脑仁慈地屏蔽了这段记忆。

少尉帕特·卡纳凡(Pat Canavan)的任务是挑选人员去确认尸体。他接受了幸存者中主动报名的志愿者。一等机械师助手格斯·李维克斯是第一批志愿者中的一员。李维克斯的朋友、枪炮手助手万泽·史密斯志愿去确认枪炮部的船友,舵手厄尔·塔特尔也志愿确认甲板水手的任务。

担任海军牧师的天主教神父向志愿者们下达严格指令：只有认出了死者的脸才算是有效的确认。每位志愿者都戴上外科口罩，然后被带到阿瑟岛（Asor Island）上放置"密西号"水手尸体的帐篷。检查尸体用了相当长的时间，经过努力辨认，志愿者们有效地确认了18具尸体。10具尸体已经被烧得面目全非。从身份辨认小组回来的水手们描述说，烧伤十分严重，有些船友是他们通过文身辨认出来的。

卡纳凡少尉陪同17岁的埃德·金斯勒登上麦格江岛，去确认有可能被冲上海岸的尸体。登船去海岛之前，金斯勒曾乞求免除执行这项任务，但卡纳凡坚持说命令就是命令。他们两个人到达海岸后，看见一只断臂。金斯勒马上恶心起来，双膝跪倒在沙滩上，呕吐痛哭。

"我干不了这事。"这名水手说，"如果有必要，你可以杀了我，但我不会再干下去了。"前两天的大火、死亡和毁灭已经将这两个男人彻底压垮。年轻的少尉也哭泣起来；他们只好强迫自己继续去完成这不可名状的任务。

死亡人数在不断上升，在沉没事件后的几周内达到62名，最后一名两个月后死亡。死者是机械师助手佩莱格里诺·波尔卡罗（Pellegrino Porcaro），一名执行身份确认的志愿者，死于怀俄明州夏安（Cheyenne）的海军医院，死因是火灾和烟雾引起的急性鼻窦炎和二级脑膜炎。他是"密西号"最后一名由于遭受11月20日的攻击导致的疾病而死亡的人。

11月24日和25日，对死者身份的验证工作继续进行。11月26日，被分派去执行任务的水手们返回"威奇托号"，作为对他们提供的服务的奖励，李维克斯和其他6名志愿者被空运到约翰斯顿岛（Johnston Island）。在那里，他们享用了第二次感恩节晚餐。

到这时，水手们得知了一些好消息："巨轮密西"最后几周加油的舰队以军事胜利回报了他们。经过七十个昼夜的逐洞穴激战，帕劳岛在11月25日最终被海军第一舰队完全控制。死棋行动完全成功，"密西号"做出了显著贡献。帕劳岛的科索尔航道在菲律宾岛东边500英里的地方为补给船只提供了一个无遮挡的

第十九章 1944年12月

锚地,也为三个远程巡逻和搜索飞机中队提供了一个基地。

当"威奇托号"的锅炉在星期天早上被点燃后,这艘伤残的巡洋舰开始启航。当巡洋舰06:00左右驶出航道入口的时候,"密西号"的水手在围栏边排成一队,告别乌利西。航空母舰"企业号"、巡洋舰"威奇托号"和护卫驱逐舰"卡尔森号(Carlson)"及"克鲁特号(Crouter)"把速度提高到16节,并在07:43用5英寸排炮和20mm机枪向"企业号"的飞机拖着的标靶进行射击演习。

这次未经宣布的枪炮演习使神经已经绷紧的"密西号"水手惊恐不已,仓皇躲避。比尔·布里奇一直站在一个炮塔旁边。当炮手松开双发炮的后膛时,他被震倒在地。空气中弥漫着火药的味道。

鲍勃·乌加摩尔附近的5英寸火炮的冲击波几乎将他吹落水中。一道道冲击波撞击着他毫无防护的耳膜,他一直紧紧抓着围栏;在回家的途中,乌加摩尔的耳朵一直听不清楚,之后再也没有完全恢复听力。水手厄尔·吉文斯正在副甲板附近散步,全然不知他上面的5″/38英寸火炮的炮手正在操纵着火炮。5英寸炮弹的冲击波震得他眩晕起来,撞在舱壁上。他摇摇晃晃地走开,在随后的三小时内听不见任何声音。三天后,这样的事情又发生了一次:当95发5英寸炮弹在枪炮演习中被消耗掉时,这些已经罹患炮弹休克症的幸存者再次被提醒,他们是在一艘战舰上。

船员们还在打听着失踪船友的消息。约翰·巴雅克听说他的朋友加斯顿·科特已经死亡。当军舰被击中的时候,科特正睡在舰桥下面的船员舱里那个指定给巴雅克的铺位上。燃烧室的水手霍华德·博周、雷德·福斯特和雷·福乐曼询问是否有人在水中看见了被称为"斯米提"的供水员埃德蒙·史密斯。"黑帮"中没有人看到过他。后来他们得知他失踪了,估计已经死亡。

"密西号"的厨师费尔南多·奎瓦斯和约翰·迪安得知,他们的好朋友、餐厅首席总管弗兰克·卢茨在水中死于心力衰竭。仅仅一个月之前,贝尔利医生才给他做过一次身体检查,并且宣布他身体健康,能够胜任职责。但或者是惊吓过度,或者是奋力逃生时挣扎过度,他的心脏终于不堪重负。就在他死亡前两周,

回天号

厨师们还为庆祝他的30周年海军服务纪念日而做了一餐特殊的膳食。卢茨得知由于自己年事已高可以申请在岸上服役后，已经提出申请。但他被命运欺骗了，死在乌利西的油污海水中。

弗雷德·开普林格（Fred Caplinge）是巡洋舰上最忙碌的幸存者之一。他在军需官的办公室里吃力地帮助登记回国水手们的工资信息。"密西号"的工资记录表已经随着军舰一起沉没了，这就要求开普林格凭借自己的记忆去解读对船友们的访谈资料与实际情况之间的差异，以完成工资记录；开普林格还需要在幸存者们离开巡洋舰之前完成他们的防疫注射记录，以便他们抵达美国就能迅速离开。这个商店主频繁拜访医务室，和那些被烧伤绷带包裹得像木乃伊的船友们交谈。

12月1日，"威奇托号"摇摇晃晃地驶进埃尼威托克岛的海港，从乌利西到此的航程花费了七天时间。水手们将"威奇托号"的燃油油箱加满之后，巡洋舰马上踏上她的下一段航程，途经珍珠港最终到达目的地：加利福尼亚。"威奇托号"在"波科摩克号（Pocomoke）"和"威尔克斯号（Wilkes）"的护卫下慢速航行，三艘军舰排成纵队前进。

虽然船员们已经踏上回家的旅程，但太平洋上的战争依然在继续，有时航行也不一帆风顺。12月4日中午后不久，一声尖叫响起。"威奇托号"的水手查尔斯·噶斯特（Charles Gust）从左舷的炮火射击指挥台上失去平衡，摔下35英尺下面的通讯平台上，头部首先接触平台，头盖骨被撞破，当场死亡。

除了那次可怕的事故之外，返家巡洋舰上的生活单调乏味。"威奇托号"的水手在工作，"密西号"的水手却既不值班，也没有任何任务。于是，他们和以前一起值班的朋友消磨时间。鲍勃·乌加摩尔有一副扑克牌，整天玩着无休止的傻瓜游戏；约翰·梅尔坐在下一个炮塔下面，仔细擦拭皮鞋，连续三周时间每天如此，他感觉他可以宣布他拥有太平洋上最闪亮的黑色皮鞋。

文斯·凯瑞利仍然是屡教不改的赌徒，用借的25美元作为赌注玩扑克度过第

第十九章 1944年12月

一天的时间。这个纽约人很容易赢,岂能失去把"威奇托号"水手的钱包弄瘪的机会。旅程足够长,他有足够的时间弥补11月20日8000美元的损失——为了从下沉的"密西号"游开,他在水里脱下工作裤,在餐厅赢得的全部现金跟着裤子沉入了环礁湖的海底。他和任何愿意和他玩牌的人玩,抛石游戏或者叫牌游戏都行,开始慢慢弥补损失的钱。

在12月9日下午,"威奇托号"经过旁特医院(Hospital Point),继续往家行使。夜幕降临的时候,巡洋舰的速度已经达到16节,船员和"密西号"的幸存者们开始期待早些抵达圣佩德罗(San Pedro)。殊不知太平洋台风正在积蓄着力量,这艘伤残巡洋舰正在驶往风暴的途中。

就算恶劣的天气暂时没有增加他们的痛苦,返家的最后旅程条件也相当简陋。幸存者们几乎没有睡眠住宿的设施,少数幸运水手分到了指定的铺位,但大多数水手不得不睡在甲板上。雷·福乐曼和他的四个好朋友蜷缩在40mm炮台下面的钢铁甲板上;弹药准备机架和武器钢板几乎不能给他们提供抵御寒风的保护,当他们一起挤在甲板上睡觉的时候,最外侧的两个人深受其害,在日益寒冷的夜晚几乎被冻僵,所以每隔一段时间,水手们就要调换位置,令两个倒霉蛋睡到最外面的位置上去。随着巡洋舰越来越靠近北半球,幸存者们最后得到允许睡在餐厅的甲板上,少数幸运的人甚至享受到了床垫的奢华。

台风爆发,大海猛烈抽打着军舰。比尔·布里奇看着汹涌的波涛危险地上升到他在舰首附近的歇息点,不得不艰难地走向舰尾。甲板上已经绑上保险绳。当海水从重型巡洋舰一侧灌入从另一侧落下的时候,布里奇不得不抓住一根保险绳,以便站稳脚跟。当军舰向右舷倾斜、将他掀倒在地的时候,他已经快到餐厅的安全地段。甲板几乎接触到海面,他用尽全身力气紧紧拽住保险绳,拼命不让自己被冲下船去。

巡洋舰又向左舷倾回。布里奇赶快跑向安全地带,跳进餐厅的船舱中。在那里,他看见了一幅令人难以置信的混乱景象,从船舱灌入的海水在甲板上流淌,咖啡杯、盘子、餐具、鞋子和衣服在甲板上来回滑动。布里奇发现他的一名船友

回天号

正在一片狼藉中呕吐。

那天晚上，幸存者终于睡下了，但台风依然无情地暴虐着军舰。船员们几乎失去希望，担心这艘只剩两个螺旋泵的军舰能否脱离暴风的魔掌。半夜后不久，风力达到极限，对受难的船只发泄着它的狂怒。

这是一场噩梦。试图在餐厅入睡的幸存者们开始从一面墙上滑到另一面墙上，碰到一面舱壁，又被弹到对面的墙上。锅碗瓢盆哗啦落地，打在甲板上，发出刺耳的噪音。无法入睡的幸存者撞在一起或者撞在舱壁和桌子上，碰撞声和痛苦的喊叫声四处可闻。鲍勃·乌加摩尔躺在餐厅桌子下面的床垫上，把手伸过头顶，伸手够到固定在舱壁上的餐桌的扶手，死死抓住扶手。

可怕的三天终于过去，水手们浑身青紫、伤痕累累。12月12日，他们终于感觉到军舰平稳下来。他们后来得知，风暴期间，"威奇托号"倾斜46度，甚至烟囱都进了海水。这艘在太平洋战争中幸存的巡洋舰几乎因肆虐的台风而葬身海底。

最后三天的航程中，百无聊赖的水手们眼巴巴地期盼着看到陆地的那一刻。12月15日03:50，"威奇托号"的海面雷达精确定位出圣米格尔岛（San Miguel Island）。三个小时后，圣罗莎岛进入水手们的视线；最后，美国加州海岸线出现在朦胧的地平线上。水手们挤在围栏边，有些人垂下头，掩饰盈满眼眶的泪珠。当幸存者们第一眼看见六个月前离开的美国本土时，他们都低头鞠躬，心跳如雷。

军舰靠岸了。奇怪的是，"威奇托号"的舰长让自己的水手上岸，却命令"密西号"的船员到船舱里去。被隔离在下面的幸存者听见码头乐队演奏着"起锚曲"，一名"密西号"的水手违背命令挤上甲板，然后快速从舷梯上下来，在舱口向舰友们报告说："真是个伟大的时刻！乐队在演奏，少女们在分发油炸圈饼和咖啡。"有些人试图到甲板上去，但被一名"威奇托号"的军官挡在船舱口。军官吼道："你们想往哪里去？"他命令幸存者们退回去，他们等待了半个小时，然后开始反抗。

第十九章 1944年12月

他们被这愚蠢的限制激怒了,在甲板下面大声抱怨起来。后来,幸存者们被告知,他们将向第十一海军部的指挥官报到,然后等待分配。码头上,泽维尔·库加特(Xavier Cugat)的拉美乐队乐曲在空中飘荡,"威奇托号"的船员们嘲笑着幸存者:"当官的不希望在甲板上看见你们这群衣衫褴褛的乌合之众。"幸存者义愤填膺,面面相觑。过去的三十天来,他们一直穿着同样的衣服,而且衣服的确不合身。显然,舰长认为没有制服穿的人没有资格到甲板上去观礼,看不到欢呼的人群,也受不到欢迎。

巡洋舰靠岸一个小时后,舰长终于发了善心,允许这群穿杂色衣服的水手登上甲板。"威奇托号"的水手已经离开,乐队也走了。200多名衣着邋遢的"密西号"水手面无惧色,走下巡洋舰的跳板,终于感觉到脚下本土码头的安全。他们回家了!

欢迎的人群已经亲吻过自己的亲人,离开码头。但对"密西号"的船员们来说,却没有乐队、没有女孩,也没有欢迎。他们扫视着码头,看到四处散落着杯子、餐巾纸和"欢迎'威奇托号'水手回家"的标语。一名军官下令"集合",幸存者们在码头上列队,聆听简短的保密规定:"你们不能对任何人说起军舰沉没的事情。日本人或许还不知道他们击沉了什么。"他们散乱地走向等待着的公共汽车和栅栏式货运卡车,等着被转运到圣佩德罗军营。因为弃船的时候丢失了大部分私人物品,他们的随身物品只有一个小的杂物袋,里面有梳子、香皂和牙刷,他们身上的衣服都不合身。

当他们抵达基地一个遥远的军营后行动依然受到限制时,他们感觉自己像孤儿。最后,一名军官让他们排成队,告诉他们可以给家里打电话,但又一次严格警告他们不能告诉任何人"密西号"沉没的事情。

"不能告诉任何人你们到过哪里、发生过什么事,或者你们现在在哪里。只能简单地告诉家人你们一切都好,很快就会回家。"这是个严厉的指令。但这个命令毫无意义,因为就在圣佩德罗,他们已经看见《洛杉矶时报》上美联社的报道,上面有一张"密西号"燃烧的照片和拉姆森勇敢地用水上飞机展开救援的报道。报纸上的这些报道早已经惊动了一些水手的家人，让他们知道了乌利西的悲惨事件。

多年后，幸存者回忆起新闻报道对他们的家属和广大公众的影响。约翰·梅尔说，当这些水手回到家的时候，"每个人都在美国所有报纸的头版上看到了乔·罗森塔尔的照片，所以他们就向家人和朋友讲述了逃难的经过。"

即便如此，当幸存者在圣佩德罗的时候，无论海军或者美联社，都没有提到过军舰是怎样沉没的。船员们不知道是什么击沉了他们的军舰——他们猜测是被鱼雷击中了。

当这些归国人员给家里打电话的时候，他们已经有模有样了。他们有了钱，被安排返回爱荷华州、纽约州、新泽西州和威斯康星州。他们用了几天时间才慢慢恢复组织纪律性。有时，他们会钻进基地餐厅去吃油炸圈饼和咖啡。在这样的一个早晨，约翰·梅尔穿着他唯一像样的行头——被他打磨得锃亮的皮鞋，跟在两名邋遢的舰友后面走进餐厅。一名红十字会志愿者奇怪地看着他们，然后说他们必须离开。"喂，夫人，我们只有这些穿的，我们的军舰没有了！"梅尔回答道。看到这几个水手很饿，她心软了。他们返回军营后不久，军官们告诉幸存者们，基地餐厅是他们的禁地，直到他们领到制服为止。

多亏商店主弗雷德·开普林格重新制作了工资记录表，许多水手在"威奇托号"上就领到了工资，但其他的"密西号"幸存者却一贫如洗。药剂师助手凯利·麦克拉肯借给约翰·巴雅克几美元，但是要求归还。巴雅克答应了，后来，麦克拉肯纳闷自己为什么会要求归还——他们曾经生死与共，金钱似乎是微不足道的。

当水手们提交自己在沉船时丢失的物品清单的时候，他们知道根本不用什么证明就可以得到赔偿，不少人趁机得到了更多的回报。"在军舰下沉的时候，我丢失了一块表"是那天许多"密西号"水手编造的故事。当弗雷德·斯卡福斯得到一块作为补偿的新手表的时候，他面带微笑离开，他和很多其他水手一样，从来就没有过手表。

第十九章　1944年12月

有些水手需要钱回家去休"幸存者假"。基地的牧师为他们联系了提供借款的红十字会,当然要付利息,但可以支付返家的路费。一名铁路部门的代表作出安排,让这些人登上东去的火车。"密西号"舰首的幸存者尤金·库利是接受红十字会借款的水手之一。

但是,报纸上披露的有关"密西号"的死亡信息,极大地打击了苦苦等待儿子消息的父母们,有些父母甚至失去了希望,确信自己的儿子已经死亡。其中一名水手就不得不说服家人他还活着,这名水手就是军舰上的厨师约翰·迪安。

迪安给底特律的家人打电话,听到了父亲的声音。"爸爸,我是约翰,我在圣佩德罗,我就要回家了。"他说。迪安的父亲不敢相信,以为是约翰的哥哥山姆在恶作剧。他生气地说:"老子揍死你,约翰在太平洋呢。"约翰又试了一次。"真的是我,爸爸!我在美国,我就要回家了。"电话那头沉默了。老迪安说不出话来,他把电话递给女儿。她兴奋地和哥哥交谈起来。小迪安身无分文,他父亲立即跑去西联汇款公司(Western Union)汇给儿子100美元买一张到底特律的火车票。

梅尔的家人也同样被他们的好运气惊呆了。"杰克?真的是你吗?"艾拉·梅尔(Ella Mair)从威斯康星克林顿问道。当儿子的声音从加利福尼亚的电话里传来时,她几乎不敢相信自己的耳朵。"是真的,妈妈,我要在家里待整整三十天。"约翰·梅尔挂断电话,没有说他为什么回家,也没有说他的军舰没有了。

雷·福尔曼没有及时打电话告诉家里他回到美国的消息。但是,当他看到美联社报纸上的照片后,他担心母亲会看见,急忙打电话回家,欣慰地发现那张有线传真照片还没有在他家乡的报纸上出现。他离开洛杉矶的联合车站,踏上他返回新泽西州的第一站。在芝加哥寒冬的空气中等待中转的时候,他冻得瑟瑟发抖。他发现自己量身定制的8盎司蓝色羊毛制服不够厚,不足以抵抗北方城市的寒冷,于是他把水兵短大衣的领子拉到方形水手帽边上,努力止住无法控制的颤抖。他登上东去的列车,在圣诞节抵达纽约的大中央车站,在那里赶上开往宾州的地铁。最后,他终于到达新泽西州纽瓦克(Newark),乘上一辆有轨电车赶往维罗纳（Verona）小镇，并在当晚11：00抵达。为了避免穿着轻薄的蓝色制服在雪夜中穿行四条街道，他搭了一辆出租车。几分钟后，他和家人团聚。为了庆祝水手归家，全家人整夜未眠。

几个星期前，另一位母亲还不知道儿子的危险。11月下旬，在俄勒冈州波特兰市（Portland）偏远的森林深处，玛丽·戈特（Mary Girt）在她家的伐木场遇到送油员布隆迪（Blondie），请他给儿子邮寄一封信。她说她儿子在"太平洋上的'密西号'上"。布隆迪把信放在座位旁边，返回城里，但由于某种原因，他没有将那封信寄出。第二天，他拿起当地的报纸，看见美联社发的"密西号"燃烧的照片，他顿时傻眼了。他已经知道玛丽儿子的军舰被鱼雷击中，怎么可能回到伐木场去面对她？圣诞节前，他惴惴不安地沿着伐木场的车辙行驶着，他没有寄出玛丽的信件，他也不知道戈特的命运如何。不过没关系，他听见了玛丽快乐的声音："约翰没事——他昨天给朱厄尔（Jewell）消防局打了电话，他要回家来过圣诞节。"

在宾夕法尼亚州伯利恒（Bethlehem），约翰·巴雅克正打算结婚。他在军舰沉没后一个月回到家，找到了他17岁的女朋友海伦（Helen）。这对恋人心里明白，尽管他在"密西号"袭击事件中幸存下来，但时局不稳定，因为战争仍在肆虐，于是，他们决定结婚。几周后，75名客人聚集在约翰施洗者教堂，见证了他们的婚礼。

除了吃饭、睡觉和赌博外，约翰·梅尔和其他乘火车回家的水手没有别的事情可做。扑克、骰子都不用再藏起来。"满堂彩！"和"同花顺！"的狂热呼喊声感染了其他乘客。梅尔一路玩到芝加哥。那年，他的家乡威斯康星州的圣诞夜很寒冷——零下二十度。但是，对于这位在遥远的乌利西看见过那么多死亡和危险的年轻人来说，天气似乎很温暖热情。接下来的一个月里，他可以暂时忘掉给海上的军舰加油的工作。

就在"密西号"的幸存者休"幸存者假"的时候，太平洋战争还在继续。12月8日，当梅尔搭乘"威奇托号"回家的时候，美国空军已经开始了对硫磺岛72

第十九章 1944年12月

天的轰炸。12月17日，美国空军部队极其机密地开始为一月份在日本投放原子弹做准备，组建509混合编队，该编队将操纵执行投放任务的B-29轰炸机。

1944年12月20日到27日那一周，"密西号"的水手们都在美国和亲人团聚。这一周也标志着美国参与欧洲战争的重要性。突出部战役的焦点是美国和德国部队在比利时一个名叫巴斯托涅（Bastogne）的小镇上发生的激烈战斗。巴斯托涅位于阿登省的一个交叉路口，对德国战役至关重要。美国军队被包围，陷入困境之中，形势显得越来越绝望。2 700名人员的伤亡大多发生在战役的前三天。记忆中最寒冷、最多雪的天气和起伏的山区森林让美军损失惨重。26日，被围困的美军得到乔治·巴顿将军的第三军的解救。巴斯托涅战斗改变了欧洲战场的游戏规则，使盟军部队保住了对关键区域的控制，鼓舞了士气。

在"密西号"沉没后的那个12月，许多海军家庭努力地在理解，为什么命运带走了他们的孩子；幸运的家庭在庆祝英雄的归来。一些水手的旅程结束；另外一些将返回战场，但他们却暂时留在家里。"密西号"已经陷入乌利西的淤泥之中，沉没的原因依然由情报部门密切保密着。美国海军没有正式承认隐藏在全国报纸上的美联社头版新闻和照片背后的故事，日本自杀武器"回天号"还蒙着厚厚的面纱。

第二十章
暮日西沉

战争有不同的类型。在那些日子里，投降就意味着投降，条约就意味着条约；在那些日子里，你可以举着一面旗子出来，然后一切就结束了。在二战中，除了间谍，所有参战人员都穿制服。今天，任何人都可能是你的敌人，而且现在战争仍在继续——没有宣战，有时好像也没有停战。

——丹尼尔·井上（Daniel Inouye, 1924—2012），
已故美国夏威夷参议员，二战军事英雄

第二十章 暮日西沉

作为日本人潜入乌利西环礁湖的结果，美国海军军官开始了解"回天"的真相——某种比潜艇更小的潜艇，能够利用港口侧面的微小入口潜入——美国反潜艇的战略和战术也会发生变化。

美国海军对"密西号"遭受攻击的最初反应是直接凶猛的反击。他们立即采用驱逐舰和护航驱逐舰使用的典型反潜艇策略，在第三舰队锚地乌利西环礁湖展开巡逻。他们选择的武器是从副甲板投放的深水炸弹；由于和其他军舰距离太近，不能使用刺猬炸弹。驱逐舰也在环礁湖外面巡逻。但现在出现的首要问题是：潜艇是如何成功进入乌利西的？

12月8日，第十服务中队指挥官沃勒尔·卡特准将向海军上将哈尔西提交了11月20日的行动报告。哈尔西的参谋收阅了报告。在哈尔西的提议下，他的首席参谋罗伯特·B.卡尼（Robert·B.Carney）在1945年1月7日草拟了一份报告。这份报告被转交给了位于珍珠港的太平洋舰队司令、海军上将切斯特·尼米兹。

这份报告说明海军对损失油轮深表遗憾，但承认船员们"弃舰时的冷静勇气"。它首先总结了在乌利西的调查结果："雷诺号"的指挥官建议给乌利西的所有小型航道入口拉上网；卡尼建议最好在穆加航道入口拉网，并下令任何军舰不允许停泊在正对穆加航道入口的地方。

卡尼也在报告中向太平洋战区发布了总命令：所有太平洋舰队锚地必须拉网，航道内必须使用挡板和大门；巡逻舰艇必须显著变化巡逻方式，"PS级和SC级舰艇必须分派到锚地内进行巡逻，而不是只等着战舰返回进行保养和维修"。以前，返回港口的战舰曾被用于防护潜艇，现在，巡逻艇受命在港口内部进行巡逻。

直到1945年1月7日卡尼撰写报告之后，海军上将哈尔西才警告太平洋各司

回天号

令官对所有锚地进行拉网保护,并且增加反潜措施,以防备"回天"。警告发出后,舰队锚地外的反潜巡逻力度大幅增加。

哈尔西承认,太平洋舰队太过沾沾自喜,没有预计到日本人会攻击重要的舰队锚地。事实上,对锚地的攻击并没有随着"密西号"的沉没而结束。1945年1月,相同锚地受到第二次攻击,但没有一艘盟军军舰受损。到2月份,日本海军评审了针对乌利西的两次任务,然后决定在公海使用"回天号"攻击美国的补给船只和战舰。

随着盟军在欧洲进一步向莱茵河挺进,美国1945年初在太平洋进行了更大的部署。盟军的作战目标和军事战略将聚焦在公海上,"回天号"在那里永远没有用武之地。虽然日本海军官员终于说服最高统帅使用"回天号"扰乱通信和航运而不是攻击锚地,但"回天号"在浅水区域都很难操纵,在海上长距离航行太容易出问题。所以,后来的"回天"任务在很大程度上没有成就,因为几乎没有剩下几艘I级微型潜艇可以搭乘"回天"了,而且I级潜艇的速度、操纵性和有效性都受到搭载在甲板上的4到6艘"回天号"的重量和阻力的阻碍。

此外,在战争的最后几个月里,因为燃油短缺和其他供应问题,日本水面舰艇的活动受到严重限制,这意味着水面舰艇也不能够完全胜任"回天"母舰;尽管"回天号"乘员愿意牺牲自己的生命,但他们和他们的自杀武器"回天"也没能改变战争的走向,部分原因是战术条件已经改变,部分原因是美国海军的情报。

在乌利西的菊水攻击任务后,战争结束前,又发动了9轮征战。第二次任务称为金刚(Kongo),在1944年12月派出6艘"回天号"到不同的位置:乌利西、新几内亚、帕劳、关岛和阿德米勒尔提群岛。他们在帕劳遭遇一艘美国运输舰LST-225。虽然日本宣扬在新几内亚的攻击硕果累累,但没有盟军舰艇被击沉的事得到过证实。在去乌利西的途中,I-38的一艘"回天号"靠近了弹药补给舰"马札马号(Mazama)",但在距离舰艇40码远的地方提前爆炸了。随后对硫磺

第二十章 暮日西沉

岛和琉球发动的攻击也收效甚微。第九次任务叫多闻（Tamon），值得一提。多闻行动组在7月14日和8月8日之间驶往公海，包括六艘母潜艇和它们携带的"回天"。在这次任务期间，由上尉山田实担任引航员的I–53潜艇在吕宋岛英格纳角（Cape Engana）东北200到300英里的地方发射了一艘"回天号"，由中尉胜山淳（Jun Katsuyama）驾驶。护航驱逐舰"昂德希尔号（Underhill）"撞沉了胜山的"回天"，但"回天"也被引爆，炸毁了驱逐舰的舰首，造成少校指挥官纽科姆（Newcomb）和他的111名船员的死亡。I–53又发射另外两艘"回天号"去攻击巡逻舰，以此声东击西，母潜艇才得以逃离。在相同的任务中，日本潜艇I–58发射了它携带的"回天"，并且宣称击中一艘驱逐舰、一艘水上飞机供应船、一艘油罐轮和两艘运输舰（未经证实）。但I–58的确使用自己的常规鱼雷在7月30日击沉了巡游舰"印第安纳波利斯号"。"回天"的第十次任务在8月16日开始，但母潜艇被召回，它携带的"回天"也没有被发射出去，因为日本已经在两天前投降。

尽管日本在"回天"项目上投入了大量的资金、培训和人力，但当1944年8月6日广岛在一团蘑菇云下爆炸之后，"回天"带来的最后一线希望随之破灭。三天后，又一枚原子弹袭击长崎，迫使日本宣布无条件投降。

三个星期后，标志着日本帝国投降的协议在"密苏里号（Missouri）"上签署，"回天"成为二战历史的一条注脚。直到1999年，"密西号"的幸存者才知道是什么击沉了他们的军舰，美国海军却早在1944年12月就知道罪魁祸首是"回天"鱼雷。攻击发生后，调查船"萨姆纳号"上的调查员已经潜到水下，在暗礁下发现了一艘"回天号"的船尾部分，并对其进行了复原和分析。1947年的《国家地理》杂志（National Geographic）上一篇文章报道了对那艘"回天号"的最后修复结果。

2001年，在分析了美国和日本的军事文章后，日本历史学家和潜艇专家确定是仁科在菊水任务中成功地驾驶一艘"回天号"毁灭了"密西西尼瓦号"。2010年，马歇尔·多克站出来披露他发现的事实。当年，他对"巨轮密西"上的遇难水手进行身份鉴定时，发现了一具无名尸体。事实证明，那就是仁科关夫。有关他的命运细节问题最终在美国真相大白。

多克除了确认死者的身份外，还为他们祈祷。对于以前不明身份的那具尸体——仁科关夫来说，这个举动既有讽刺意味又不同寻常：为他进行祈祷的人是他想要摧毁的美国海军的水手。药剂师助手不明就里，起初以为是在给"密西号"的水手送祝福，不过很快就对死者的身份产生了怀疑。

检查完受害者后，多克不相信那是美国海军人员的尸体。身体创伤不同寻常，衣服也不是水手制服，衣服上还有亚洲文字。他感觉这一切线索都指向一名日本参战人员。2007年，随着历史的后见之明，所有的琐碎线索渐渐明朗起来。药剂师助手见过很多死亡水手，知道许多种死亡形式，从烧伤到钝伤，他反复思考那具不明身份的尸体身上的伤。"潜艇的金属护罩肯定盖住了他。"他说，"因此他的身体没有受到严重伤害。"但是，正如多克已经注意到的那样，他头部的创伤是致命的，而且那种创伤完全不同于药剂师见过的任何战伤。"他的脸从下巴到耳朵完全被切掉了，那以上的头部都不存在了。"

历史学家推测，在碰撞的那一刻，仁科的船只撞上油轮，座舱被引爆的弹头产生的巨大爆炸力掀掉，仁科被猛烈弹出。死亡的原因可能是他的头部从舱口栏板擦过时受到重创，这致命打击立即夺走了他的性命。

2001年，一支由潜水员奇普·兰博特（Chip Lambert）带领的潜水探险队找到了"密西号"的坟墓。军舰的确切沉没地点被发现，这在加罗林群岛成了大新闻。夏威夷、美国本土和海外的报纸也对此进行了报道。在兰博特团队回答的有关"密西号"的所有问题中，有一个最受关注的问题与油轮受到的致命打击有关：舰体受到致命打击的具体位置在什么地方？可能是什么引起的？鱼雷？潜艇？还是"回天"？

兰博特的发现提供了重要线索。水下的证据最后确切地证明了驾驶"回天"击沉油轮、并在菊水任务中死亡的乘员的身份。舰体的爆炸发生在舰首的右舷，损伤已经在水下被记录下来。这个确切的地点与仁科从I-47发射之后的行动轨迹

第二十章 暮日西沉

以及他的潜望镜在环礁湖里移动的方向完全吻合。随着数据被传给日本的回天协会和小滩利春进行分析，日本历史学家认为他们可以最终建立起仁科和"密西号"之间的可证明链接了。

在他自己的祖国，这位潜艇乘员被视为英雄，为祖国执行了光荣的使命。而且正如仁科早已知道的那样，他死于自己研制的武器。60年后，多克也注意到了这一点。

"我意识到我看到的一定是仁科关夫的尸体。"他在2010年说。尽管已经过去这么多年，他说那种震惊和悲痛依然鲜明。在1944年的那一天，当"密西号"在烈火中爆炸的时候，失去了太多的东西。多克摇了摇头，疑惑地说："我就是忘不掉那件事。他就在那里，那最后一具送上军舰让我辨认的尸体。原来他就是自杀式潜艇的发明人，也是他击沉了'密西西尼瓦号'。"

随着"巨轮密西"上火焰的熄灭，逝者的灵魂——所有的逝者，包括仁科——都得到永生。也许祈祷和对仁科身体的尊重处理可以被看作最终的和解，但63名美国人由于他的自杀式任务失去了生命；当他选择了自己命运的时候，他的命运也成了他们的命运；尽管他在日本肯定是英雄，"密西西尼瓦号"的船员也为了亲爱的祖国英勇地献出了生命。

尾声

"它被挽救下来，但不是为了我。情况一定经常是这样……当事情处于危境中时，有些人必须放弃，失去它们以使别人可以拥有它们。"

——J.R.R.托尔金（J.R.R.Tolkien）
"灰色的天空"，《王者归来》（The Return of the King）

预见到我们的祖国处于毁灭的危险之中，没有别的路可以走，只有让我们自己成为最有效的武器。只有牺牲我们自己，才能够挽救我们的父母、兄弟、姐妹和朋友。

——小滩利春，"回天号"乘员（存活者），回天协会主席

尾声

在大西洋彼岸，随着突出部战役达到最激烈的时候，欧洲记忆中最残酷寒冷的冬天加重了士兵们的痛苦。坦克碾过卢森堡，莱茵河再也不能阻挡盟军的推进。希特勒已经无处可逃，德国很快就要被占领。欧洲的胜利将在1945年5月8日宣布。

太平洋战争依然在持续，但随着盟军在空中、海上和陆地上以压倒性的优势展开攻击，日本放弃一个又一个岛屿。在太平洋战争的最后8个月，"回天"在公海上的攻击任务发生了战略性的改变。他们试图破坏通讯，在1945年1月到8月的短时间内，神风飞机对盟军军舰发动了成百上千次攻击。但无论"回天"还是神风，都没能战胜刚刚训练出炉的部队和美国高效率的工业生产。简单地说，盟军走向胜利的征途已经无法阻拦。8月，美国在广岛和长崎投放原子弹，日本投降。

1945年9月2日，日本投降签字仪式在东京湾的战列舰"密苏里号"的一间船舱里举行。"密西西尼瓦号"沉没十个月之后，战争结束。

1944年12月底莱特湾被占领后，太平洋舰队将其前沿战略基地搬到那里，乌利西被遗弃，不再作为锚地。很少有美国居民听说过乌利西；到海军安全部门不再对这个地名刻意保密的时候，战争的前沿已经向西转移，也没有任何理由再去刊载有关它的故事。但从1944年9月到1945年3月的7个月期间，乌利西环礁湖是当时世界上最大和最活跃的锚地。

战争结束后，在"密西西尼瓦号"63名美国人死亡的地点设置了一个浮标作为标记。设置浮标的人不知道的是，这也标示出了从日本海军母潜艇I-47上出发并击沉美国军舰的"回天号"乘员的丧生之地。

回天号

短暂辉煌之后，乌利西重新变得默默无闻。但它作为第一艘遭受日本自杀式潜艇蓄意袭击的美国军舰"密西西尼瓦号"的沉没地而在历史上拥有一席之地。"昂德希尔号"是唯一已知的另一艘因为遭遇"回天"而沉没的军舰，原因是这艘护航驱逐舰首先撞击"回天"。日本海军宣称的成功事件比记载显示的多得多；日本海军军官鸟巢建之助相信，1945年冲绳岛的"回天"攻击是卓有成效的，不过日本从来没有办法证实这些攻击成果。

"回天"项目只能被视为灾难性的失败。战争结束前，已经有89名"回天号"乘员在行动中死亡，其中大多数未能打击到美国船只但在海上失踪；有几位由于攻击锚地而死亡，比如在菊水任务中击沉"密西西尼瓦号"的乘员；极少数由于在公海上攻击美国海军军舰而丧生。两名在战争结束时自杀：中尉桥口博宽（Hiroshi Hashiguchi）在他的"回天"内用手枪自杀，少尉松尾秀辅（Hidesuke Matsuo）用手榴弹结束了自己的生命。其他被列为在战斗中牺牲或者在行动中失踪的人可能未找到攻击目标自己引爆弹头自绝了。

最终确认被回天鱼雷击沉的军舰是"密西西尼瓦号"和"昂德希尔号"，不过德国海军军事历史学家于尔根·罗韦尔（Jurgen Rohwer）相信有更多的战果。无论如何，这个结果没有达到最初开发"回天"的高期望值，日本的秘密武器对自己人员的伤亡超过对美国人的伤亡。除了在行动中死亡的89名"回天"号乘员和训练中死亡的15名"回天"号乘员外，8艘日本潜艇（船员共计600人）在运载"回天"的过程中失踪。日本人预估他们击沉了40到50艘敌人的军舰，但实际上他们只击沉了三艘。成功执行任务的乘员被供奉在靖国神社，军衔升高两级。就在悲痛欲绝的亲人为死去的孩子泪流满面的时候，已经有人质疑这种让他们的孩子死得如此悲壮的战略。日本投降并被占领后，战争期间强烈的爱国热情大大减弱。存活下来的神风队员和"回天号"乘员由于没有实现自己的使命而被视为可耻的人，因为狂热的爱国热情而误入歧途的人。但曾经自愿死于"回天"之中的小滩利春慷慨激昂地反驳这一观点。他说："我们不是疯子！我们不是机

尾声

器人,不是怪物。我们没有别的路可以走。"

美国海军军舰"密西西尼瓦号再聚首协会"组建于1999年;回天协会(全日本"回天号"乘员协会)组建于1962年,利春先生担任主席。两个国家的退伍军人觉得有必要分享战争经历,舒缓战争造成的紧张情绪。尽管这些老人的数量在不断减少,太平洋两岸两个协会的人走到一起,讨论二战的战役和战斗,尤其是"密西西尼瓦号"被炸毁的那一天。那是改变了他们一生的一天,也许没有其他任何事情能做到这一点。他们想讨论它,想了解发生过什么,他们也想得到理解。

在12月7日的纪念仪式上,在珍珠港,在华盛顿特区的国家战争纪念馆,在东京附近的靖国神社,这些美国人和日本人中的一部分彼此相遇。他们握手,甚至道歉,有时眼含泪水,但一直都很热情。他们知道,是国家让他们走上战场——水手和士兵都是待宰的羔羊。

利春为"回天号"乘员辩论说,驱使"回天号"乘员自愿赴死的是永生而不是死亡。2002年,他在靖国神社说:"我必须告诉你们这点,特攻队(特殊攻击或者自杀)的乘员和飞行员不是机器人,而是有热心、头脑和意志的人。我们理解它的必要性,我们不是被强迫执行特殊攻击,而是自愿选择那样去做。特攻队的组建发自我们自己的强烈愿望,是为了挽救我们最挚爱的人……这是爱的行为,是最大的仁慈,是为了挽救更多人的生命。"

后 记

参加菊水任务的"回天号"乘员

I-47潜艇，驶往乌利西执行菊水任务

舰长折田善次，菊水任务后还活着，战后与约瑟夫·哈林顿（Joseph Harrington）合著《I型潜艇舰长》

仁科关夫，"回天"的共同发明人，1944年11月20日死于对美国海军军舰"密西西尼瓦号"的自杀式攻击

中尉福田齐，海军工程学校第53届毕业生，死于乌利西

少尉佐藤章，九州大学法学学生

少尉渡边幸三，庆应义塾大学经济学学生

I-36潜艇，驶往乌利西执行菊水任务

舰长寺本岩

海军中尉吉本健太郎，没有发射出去，幸存

少尉今西太一，曾是庆应义塾大学经济学学生，1944年11月20日死于乌利西

海军中尉丰住和寿，幸存

少尉工藤义彦，没有发射出去，幸存

I-37潜艇，执行菊水任务；在帕劳岛作为声东击西的诱饵潜艇进行攻击，所

后记

有船员沉没，包括四名"回天号"乘员

舰长神本信雄

海军上尉上别府宣纪，海军学院第70届毕业生

海军中尉村上克巴，海军工程学校53届毕业生

海军少尉宇都宫秀一，曾是东京大学法学学生

海军少尉近藤和彦

日本"回天"以及神风人员伤亡情况

"回天"：89人死亡于行动中，15人死亡于训练事故中，超过600名潜艇乘员和军官死于运送"回天"。

神风：战争中有超过1321名日本飞行员驾驶飞机俯冲向盟军的战舰；估计大约有3 000名美国人和盟友由于这些攻击而死亡；但这些损害并没有阻止盟军占领菲律宾、硫磺岛和冲绳岛。

"回天"展览：据少校指挥官板仓光马透露，四艘I型"回天"战后被美国海军从大津岛基地运走。这些现存的"回天号"中的一艘在靖国神社展出；它于1945年被美军缴获，现租借给夏威夷的美国军事博物馆；这艘"回天号"只有用于训练的头部和舰体；它于1978年在瓦胡岛的美国军事博物馆被发现。四艘"回天号"中的另外一艘在华盛顿基波特（Keyport）的美国海军水下作战博物馆；在基波特的这艘I型"回天"具有完好的原始军事设备，武器已经被从肋部打开让公众观看。另外一艘"回天号"在珍珠港的太平洋潜艇纪念馆展出，旁边就是美国海军的"弓鳍鱼号（Bowfin）"潜艇。

致　谢

我们很幸运地得到了很多人的指导和帮助。他们慷慨地付出了时间和精力，使本书成为比其他曾经发行的书更好的作品。我们感谢他们所有的人，包括那些名字没有出现在本书中的人，以及只有作者自己才知道他们做出了贡献的人。

如果没有太平洋战争，没有为了各自的目标而战斗和牺牲的作战双方，本书根本就不会存在。我们谦虚地向他们所有的人致敬。我们带着尊重和敬仰，感谢"密西西尼瓦号"的幸存者和日本海军潜艇和"回天"项目的幸存者。他们分享了他们的记忆，往往还有他们的日记、档案和官方记录，他们把故事演变成了真实。我们感谢其他的美国海军舰艇的船员，他们分享了对乌利西、"密西号"以及他们在太平洋上渡过的时间的记忆，尤其要感谢美国海军军舰"拉克万纳号（AO-40）"上的水手们。

我们特别感谢詹姆斯·P.德尔加多（James·P.Delgado），考古学家、历史学家、著名作家、美国国家海洋暨大气总署（NOAA）国家海洋保护区（National Marine Sanctuaries）海洋遗产计划（Maritime Heritage Program）办公室主任，也是我们多年的好朋友。他慷慨地分享他自己为了研究二战时的日本潜艇计划而搜集的文件和资料，甚至分享了他对很多重要问题的感想。我们发动内心地感谢他出色的妻子安·古德哈特（Ann Goodhart）。

我们要对两个人深表感谢，由于他们的慷慨工作和不可估量的贡献，我们才对"回天"计划和菊水团有了更多的了解。第一位是"回天号"乘员、回天协会（全日本回天号乘员协会）前主席、迈克·梅尔的导师和朋友小滩利春（Toshiharu Konada，1923—2006），我们深深怀念他。第二位是山田实（Minoru Yamada，

1922—2012),潜艇I-53的引航员、研究人员和历史学家,他和梅尔一起讨论菊水任务出了什么问题、潜艇的位置以及在乌利西的攻击是如何展开的,他们的讨论结果不同于折田善次在1944年所做的报告。他们高尚的精神永存,祝愿他们宁静地长眠。

西崎智子(Tomoko Nishizaki)在翻译和研究方面提供了无以伦比的帮助,对此我们深表感谢。作为广岛电影委员会(广岛县会议及旅游局)的电影专员,智子听说了美国海军军舰"密西西尼瓦号"的故事,积极参与本书的采访工作和文件翻译工作,她娴熟的翻译技巧和对海军及军事术语的掌握令人惊叹,她的善良和对这些主题的敏感令人感动。

迈克尔·梅尔得到了日本研究人员的大力支持,他特别想要感谢小川宣(Noburu Ogawa),前回天博物馆馆长,他把放置在博物馆里的所有"回天"的照片都寄给了迈克;小野野正实(Masami Ono),被"昂德希尔号"撞死的"回天号"乘员的侄子,他不仅进行了研究和翻译,还充当梅尔和小滩先生之间的联络员;上原光晴(Mitsuhara Uehara),《回天》图书的作者,他分享了他的研究成果并阐述了他的重要观点。

特别感谢马歇尔·多克,美国海军总药剂师助手,一位勇敢的爱国者。他经历了太平洋战争中很多历史性的事件,分享了对"密西号"沉没之后的几个小时以及辨认仁科关夫遗体工作的记忆。他的乐观主义精神是对我们的鼓舞。

西蒙·"希德"·哈里斯友好地分享了"密西号"燃烧和下沉的37张照片底片,以及他的回忆录——油轮沉没一周之后撰写的冗长叙事文"油轮之亡"。

我们要将特别的感谢献给托尼·塔雷格(Tony Tareg),雅浦岛的少尉主管,他现在拥有密西岛和曼扬岛(Manyang Island),也就是"密西号"纪念碑所在地。

我们感谢幕后那些在许多方面为我们提供帮助的人们:感谢吉纳维芙·戴维斯(Genevieve Davis)无微不至的照顾;感谢阿瑟·芬克尔斯坦(Arthur Finkelstein)在阅读和印刷方面的支持;感谢鲍勃·福乐曼(Bob Fulleman)准备照片的出版;感谢罗恩·福乐曼(Ron Fulleman)找到接受采访的"密西号"幸存者;

感谢伊丽莎白·哈达斯（Elizabeth Hadas）卓著的意见和建议；感谢简·开普（Jane Kepp）一流的编辑见解，感谢她的友谊；感谢鲍勃（Bob）和杰克·金贝尔（Jackie Kimbel）在国家档案和记录管理局所做的研究；感谢奇普（Chip）和帕姆·兰博特（Pam Lambert），他们发现了"密西号"的残骸并分享了他们的日志和数据；感谢阿特·莱瑟姆（Art Latham），我们的编辑和朋友；感谢拉里·E.墨菲（Larry·E. Murphy），出类拔萃的水下考古学家；还要感谢乔治·菲利普（George Philip），四代海军家族的后裔，他慷慨地审核了本书的内容（任何剩余的错误都是我们的！）。

我们还要特别感谢我们的代理，文学艺术家代表山姆·弗莱什曼（Sam Fleishman），感谢他在此书从构思到出版的整个复杂过程中给予的精辟指导意见；他不知疲倦地推进着这个故事，而且在整个过程中一直十分友好。

最后，我们钦佩和感激伯克利品质图书公司（Caliber/Berkley）的专业团队给予我们的鼓励和支持；特别要感谢我们的编辑娜塔妮·罗森斯坦（Natalee Rosenstein）和助理编辑罗宾·巴列塔（Robin Barletta）。

迈克尔·梅尔想感谢他的家人在他几年的准备、研究、写作工作中给予的爱和支持：他的妻子南希（Nancy）、儿子布莱恩（Brian）和女儿特蕾西（Tracy）；以及迈克尔的兄弟姐妹：斯科特·梅尔（Scott Mair）和朱莉·（梅尔）·埃芬格[Julie（Mair）Effinger]。

乔伊·沃尔德伦（Joy Waldron）为她的儿子洛根·卢茨（Logan Roots）大声欢呼。只要说到写书，他的聪明才智就能和我们产生奇妙的共鸣。我们要将一束特别的花献给乔伊的母亲，艾格尼丝·卡蒂·约翰逊（Agnes Cuddy Johnson），她的三个兄弟都在太平洋战争中幸存下来。没有她的爱和灵感，此书也许永远不会得以出版。非常遗憾的是，她没有看到完整的图书，但她的星光正在空中闪耀。